suhrkamp taschenbuch 3394

»Alle oder keiner« beschreibt die Fährtensuche eines unruhigen Großstadtindianers, der, eingesponnen in einen Kokon privater Erinnerungen und eingezwängt in feste bürgerliche Bahnen, etwas über sich selbst erfahren will. Bernhard, Diplompsychologe, Ende Dreißig, lebt im Berlin der neunziger Jahre. Sein beruflicher und persönlicher Werdegang: generationstypisch. Studium, Antipsychiatriekongresse in Italien, wechselnde Wohnungen und Wohngemeinschaften, lange Kreuzberger Nächte, festes Gehalt, stabile Beziehung, Thonetstühle – und dennoch wirkt alles wie improvisiert, vorläufig, willkürlich. Seine Geschichte, seine Geschichten: ungeklärt. Durch die Begegnung mit Christine aber wird ihm klar, daß sein Leben die Richtung ändern wird. »Erinnere dich mal, sagte Christine eines Nachmittags, als wir auf ihrem Bett saßen, und erzähl mir, das dürfte doch nicht so schwer sein, wie geht die Geschichte?«

Ulrich Peltzer wurde 1956 in Krefeld geboren. Er studierte Psychologie und Philosophie in Berlin, wo er seit 1975 lebt. Zuletzt erschien seine Erzählung *Bryant Park*.

Ulrich Peltzer
»Alle oder keiner«
Roman

Suhrkamp

Umschlagfoto: © ZEFA/Reed

suhrkamp taschenbuch 3394
Erste Auflage 2002

Druck: Nomos Verlagsgesellschaft, Baden-Baden
Printed in Germany
Umschlag nach Entwürfen von
Willy Fleckhaus und Rolf Staudt

1 2 3 4 5 6 – 07 06 05 04 03 02

schließlich ist Geschichte, wie ein Freund mir einmal schrieb, ein schon geträumter und wieder zerstörter Traum

Raymond Federman

I

Es würde noch etwas geschehen hier, das lag für mich in der Luft, wie schon die Sache mit der Polizei eine Aktion, die sie heimlich geplant hatten, genau vorbereitet, auch wenn jetzt alles wieder ruhig schien, so wie jeden Nachmittag um diese Zeit, die Geschäfte sind offen, und zahlreiche Menschen bevölkern die Straßen, erledigen Einkäufe oder sehen sich die Auslagen der Schaufenster an, Hausfrauen mit ihren Tüten und Körben, umschlungene Paare, Rentner, denen die Stunden zu lang werden, ohne wirkliches Ziel, von einem Café ins nächste schlendernde Müßiggänger.

Die Kundgebung auf dem Platz im Zentrum war kurz gewesen, bis zu ihrem abrupten Ende nichts Besonderes, eine junge Frau hatte, auf einer Telefonzelle stehend, zu den vielleicht zweihundert Demonstranten durch ein Megaphon gesprochen, das ihre Stimme verfremdete, sie klang hohl, wie von weither, als handele es sich um eine Aufzeichnung oder ein Echo, der scheppernde Widerhall einer Rede aus ineinanderfließenden Worten und Sätzen, in einer mir unbekannten, nie zuvor gehörten Sprache, angeblich kaukasischen Ursprungs und bis vor wenigen Jahren mit Gefängnis bestraft, gebrauchte man sie öffentlich, wahrscheinlich ihre alte Forderung nach Freiheit erhebend, Unabhängigkeit, man streckte Fäuste in die Luft, und manchmal rief von unten jemand etwas hoch.

Gerade angekommen, wußte ich nicht, worauf die Geschichte hinauslief, Florencio hatte nichts gesagt, zuerst machen wir dies, dann jenes, aber es kam mir wie eine Inszenierung vor, wie ein Täuschungsmanöver, dessen Zweck für mich im dunkeln lag, noch undurchschaubar, was da eigentlich losgehen sollte, und gegen wen, ich sah keine Frontlinie, so wenig sich ein Adressat erkennen ließ, die Passanten wirkten unbeteiligt, kaum daß einer neugierig geworden und hinzugetreten wäre, Beifall spendend, nickend oder kopfschüttelnd, vielmehr schien das Ganze für sie alltäglich zu sein, normal, jedenfalls nicht den geringsten Umweg wert, es hieße also abzuwarten, wie sich die Dinge entwikkelten.

Das fällt einem schwer, wenn man gespannt ist, Nervosität ergreift vom Körper Besitz, Fickrigkeit, die sich entladen will, meine Beine geraten in Bewegung, treten auf der Stelle und führen ein Eigenleben wie Atem und Herzschlag, nicht zu kontrollieren, das sympathische System, das Adrenalin in die Blutbahnen pumpt, bereit zu Flucht oder Angriff, eine Art Selbstschutz, mit dem wir ausgestattet sind, übergroße Wachheit praktisch, in die sich auch jede Müdigkeit irgendwann verkehrt, in die sie nach soundsoviel Stunden ohne Schlaf zurückschlägt, von Madrid Auto gefahren die halbe Nacht und den halben Tag, ein gutes Stück hatte es geregnet, feiner sprühender Regen, der unter den Wischern einen dünnen Film bildete, hinter dem die Straße verschwamm, Mittelstreifen, Leitplanken, das Licht entgegenkommender Wagen flächig streuend, grell, als blickte man direkt auf eine weiß flackernde Leinwand, für Sekunden geblendet, dann wieder dunkle Schemen von Landschaft links und rechts, die im Morgengrauen, jenseits des Hochplateaus, langsam Form annahmen und zu Hügeln, Bäumen, Schildern, einzelnen Häusern mit festen Umrissen wurden, wie die Linien und Schraffuren einer Radierung abgehoben gegen den milchigen Himmel, ich rauchte und hörte laut Musik, ein Weckprogramm des staatlichen Rundfunks, mich Kilometer für Kilometer meinem Ziel nähernd, den Weg von der Stadtgrenze aus zu sich hatte Florencio mir in einem postgelagerten Brief beschrieben.

Und nun? Etwas würde folgen, das war der Grund unserer Anwesenheit auf dem großen Rechteck des arkadenumsäumten Platzes, eine Unruhe an den Rändern, die sich atmosphärisch fortpflanzte, spielte die Rolle des Vorboten, wie Fall oder Steigen des Luftdrucks, es entstehen Wirbel, kaum merklich anfangs, und bringen das Gleichgewicht des Raumes durcheinander, als beginne er zu kippen, balle sich außen zusammen, wo die Seitenstraßen einmündeten, so daß man unwillkürlich seinen Kopf in alle Richtungen wandte, sprungbereit, da riß die Stimme aus dem Megaphon plötzlich ab, verstummte, während ihr Ton einem noch in den Ohren blieb, ein taubes Gefühl, das keinen Inhalt hatte, die Hülle der Sprache, ein leeres Rauschen, könnte man sagen, aus dessen Schatten die gewöhnlichen Geräusche erst nach und nach wieder hervortraten, Verkehrslärm zum Beispiel, Motoren, Schritte, bis sie, der Block der zweihundert mit seiner Anführerin oben auf der Telefonzelle, ein Lied zu intonieren begannen, gar nicht zaghaft, sondern so laut wie möglich, im Stil einer Hymne, und Florencio neben mir sang auch, mit zweifelsfrei ernster Miene.

Jetzt war es soweit, es hatte sich gelohnt, das Gleichgewicht kollabierte, brach endlich weg, denn städtische Polizei tauchte von überall her auf, aus allen Ecken, wurde zwischen den Bögen der Arkaden sichtbar, als habe sie schon lange im Halbdunkel dort gekauert, kam, teils im Laufschritt, aus den Straßen, die an mehreren Stellen das fugenlose Karree der Fassaden wie ein paar schmale, sauber geführte Schnitte von oben nach unten durchtrennten, der Gesang ist ihr Zeichen gewesen, los, nicht noch eine Strophe, und man hörte eine Trillerpfeife in der Luft, ein lautes, hell gurgelndes Geräusch von stoßweise herausgepreßtem Atem, während sie sich uns schnell näherten, die uniformierten Spitzen einer in sich gestaffelten, leicht auseinandergezogenen Kette, mit bloßen Händen, das sah ich sofort, ohne Schlagwerkzeuge oder Schilde, wie man es eigentlich kennt, das heißt kannte, und immer erwartet bei solchen Zusammenstößen.

Ein Gezerre fing an, außen, ein Drücken und Schieben, aber alles stand gut um die Telefonzelle, von der herab die junge Frau, deren Namen ich vergessen habe, wieder durch ihr Megaphon sprach, die Schlußzeilen des Liedes übertönend, jeder hielt die Arme seiner Nachbarn fest untergehakt und stemmte sich breitbeinig den Versuchen, den entschiedener werdenden Versuchen der Ordnungskräfte entgegen, die Reihen auseinanderzureißen, um in den Block zu kommen, ihre alte Taktik, Grüppchen zu isolieren, beiseite zu drängen und aufzulösen;

aber doch nicht ganz bei der Sache, mit letzter Konsequenz, die über einzelne Handgemenge hinaus zu einer groberen, wirklich heftigen Schlägerei geführt hätte, dieses Sichhochschaukeln, Aufladen mit Wut, bis dem ersten die Sicherungen durchbrennen und man instinktiv handelt, körperlich, ohne zügelnden Verstand, nur noch von Reflexen beherrscht, die oder wir, keinen Schmerz mehr empfindend, daß Blut im Gesicht ist, wie ausgeknipst, das schienen sie zu vermeiden, beide Parteien, sofern es sich vermeiden läßt, wenn man auf der Straße einmal damit angefangen hat, seid vorsichtig, behaltet eure Nerven, alles geht nach Plan, in meinem Sichtfeld wenigstens, mir die vagen, sprunghaften Eindrücke des Augenblicks zu einem Bild zusammenreimend, zur Orientierung, um mich sicherer zu fühlen, es besteht keine echte Gefahr, dachte ich, eingekeilt zwischen den anderen, die Situation hier wird nicht ausarten, nicht jetzt, als sei es wie im Theater nur ein Vorspiel, in das ich geraten war, mit Florencio, dem vertraute ich uneingeschränkt.

Rätselhaft, wie so etwas funktioniert, und überhaupt, das ganze Geschehen im Innern des Kopfes, ein nervöser Tumult, Aufruhr, der sich anderswo bemerkbar macht, Herz, Magen, Lunge, Darm, und von dort wieder zurückmeldet, die elektrischen Prozesse verstärkend, die selbst eine Folge der Wahrnehmung sind, blitzartig aufleuchtende und erlöschende Impulse, winzige Spannungsunterschiede zwischen benachbarten Zellen, im Labor als Tintenkurven zu messen, so das piepsende grüne Flimmern eines medizinischen Geräts, in dem sich das Denken zeigt, taktvoll oder zersplittert, wenn man wach ist, beginnt es zu arbeiten, ist da, wie immer schon, unablässig aus jedem beliebigen Material, aus allem, was durch die Sinne schießt, Ketten von Silben und Worten bildend, ein merkwürdiger Vorgang, bei dem chemische Botenstoffe freigesetzt werden, die meistens wissen wohin, an welchem Zielpunkt sie anzudocken haben, um eine spezielle Wirkung hervorzurufen, ein gutes Gefühl, den Namen einer Farbe, Holzrauch: harzig, auf vielfach sich verzweigenden und kreuzenden Spuren, rasend schnell, wie man in Wirklichkeit auch hört und sieht, schmeckt, Phantasien nachhängt

denn das läßt sich nicht trennen, als haftete jedem Molekül ein Buchstabe an, eins zu eins praktisch, doch Veränderungen unterworfen und nie ganz stabil, im Lauf der Zeit, die Bindungskraft nimmt mehr und mehr ab, bis ein herkömmliches Muster schließlich zerfällt und ein neues entsteht, unerwartet oft, ein Stich ins Herz, den man sich nicht erklären kann, nur sagen, jetzt ist es passiert, ich hab's deutlich gespürt, das, was gültige Gegenwart war, in Erzählung verwandelnd, in eine Geschichte, an deren Schnittstellen wir entlangtaumeln, die wir beschwören oder verfluchen, wie besessen davon, sie wachzuhalten und dem Tod zu entreißen, als wäre es der eigene, verstummte man, Ende der Signale, Monitore ohne Anzeige, ein gleichförmig höhenloser Dauerton.

Übrig bleiben Sätze. Die sind wahr oder falsch, einem selbst verständlich oder nicht. Man existiert darin, mit Haut und Haaren, wie es so heißt, sich zeitlebens zur Welt bringend. Unerreichbare Grenze, Außenseite. Nur in rauschhaften Momenten gelingt es, sie einmal zu durchdringen, der Gegenstände wirklich habhaft zu sein, als flüchtiger Besitz, der mit den Worten genau zusammenfällt, was man empfindet, oder empfunden hat, für die Dauer eines bestimmten Liedes, das eben im Radio gespielt wird, beim Anblick einer Fotografie, unter anderem Zeug in einer vergessenen Schachtel gefunden, wenn man liebt, in diesem seltsamen Zustand, über sich hinausgetragen, als hätte man Drogen geschluckt, Sud von Tollkirsche oder Stechapfel getrunken, tagträumend, wie eingesponnen Zeile für Zeile in die Kapitel eines Romans, der das eigene Leben ist, es wieder hervorruft, weiterschreibt, verdichtet, das läuft so runter, ganz automatisch, ein nervöser Tumult zwischen den Schläfen, Auf- und Abbau von Potentialen, dann Muskelkontraktionen, seinen Platz behauptend inmitten einer Menge aus verkeilten Leibern, aufgeregten Stimmen, Polizeikommandos. Manchmal gellte der Klang einer einzelnen Pfeife durch die Luft, wie der Schrei eines Vogels, dachte ich damals, im Strudel der Ereignisse, hin und her gerissen.

Kurze Zeit später war es schon vorbei gewesen, überraschend, wie es angefangen hatte, als würde eine Art Drehbuch realisiert, das die Rollen und Abläufe festlegte, im großen und ganzen, was geschehen dürfe und was nicht, kein sich der Übersicht der Beteiligten entziehender Kampf, sondern nur das Notwendige, Unerläßliche, mit angemessenem Einsatz, doch ohne das ausgesprochene Ziel, den Rückzug der anderen zu erzwingen, man würde heute irgendwie zu einem Ende kommen, in einer halbwegs friedlichen, geordneten Form, da sprengte der Block der etwa zweihundert Demonstranten auf, von innen her explodierend, aus seinem Kern, und durchbrach an allen Seiten die Linie der, wie soll ich sagen, Tuchfühlung, wo man aneinandergeraten war, zerrte und schob, um ein abstraktes Gesetz, eine Weisung des Staates zu erfüllen, stürmte geschlossen darüber hinweg mit dem Schwung einer kollektiv nach außen getragenen Energie, sich im Rücken der ahnungslosen Polizeibeamten zu viert oder fünft sammelnd, man hatte Gruppen eingeteilt, begriff ich nun, als Florencio mich mit sich fortzog.

Gegen siebzehn Uhr, ein Tag Ende September, graugrüne Regenwolken von der Biskaya warfen eilige Schatten auf die Häuser und in die engen Straßen hinein, ein Wechselspiel von strahlendem Licht und dämmrig huschender Kühle, die einen frösteln machte, wenn man still stand hinter einer Ecke, wie zufällig, als sei nichts, in ein lockeres Gespräch verwickelt, sich Feuer gebend, dabei wurde abgeschätzt, ob sie folgten, oder etwas anderes, Verstärkung holen, doch schien alles ruhig zu bleiben, man hörte keine Sirenen, und auch nicht das unangenehme Geräusch einer Menge übers Pflaster trampelnder Stiefel.

In den Strom der Passanten getaucht, nicht mehr von ihnen zu unterscheiden, nur durch die Halstücher vielleicht noch, dünn zusammengerollte Dreiecke aus Baumwolle, meistens rot oder schwarz, als wäre man auf dem Weg nach Hause, eine Runde drehen, ich versuchte mir die Stadt einzuprägen, wo wir gingen, an welchen Kreuzungen wir abbogen, ausgeblichener Putz, von Wetter und Alter zernagt, ein mattes fleckiges Braun, das zimmerhohe Fenster mit dunklen, gerippten Läden und schmiedeeisernen Brüstungen entließ, schmale umlaufende Austritte, die sich manchmal sprunghaft erweiterten zu regulären Balkons, an wichtigtuenden Gebäuden von schweren Steinnasen gestützt, Sitz der Provinzregierung, Magistrat, mit verdrehten, windzerzausten Fahnen überm Portal, nebenbei nannte Florencio meinen Namen, für später, er, der mir einiges erzählt hatte, die augenblickliche Lage geschildert, nach Jahrzehnten des Jochs, Garrotte und so weiter, das sei der brutalste Tod, den man sich ausdenken kann, mit einer Eisenschraube die Leute zu ersticken, um was es sich prinzipiell handelte, die Unruhe dürfe nicht einschlafen, müsse wachgehalten werden,

klar, ein Verstehen ohne große Worte, radebrechend, nie sehr weit von dem Platz im Zentrum entfernt, den man immer wieder im Hintergrund sah, am Ende einer Straße, diesen Musikpavillon auf seinem runden, bossierten Sockel, beständig dieselben zwei oder drei Blocks abschreitend, mit plötzlichen Richtungswechseln, zurück, Weinhandlung Madrazo, Idigoras: Töpfe und Geschirr, der Schlauch einer von nackten Glühbirnen erleuchteten Kneipe, Zeitungsbuden und Restaurants, sich durchs Gedränge schiebende Autos – auf der begrenzten Fläche eines Tafelbergs, eines sich wundersam erhebenden Plateaus, das wie aus dem Erdboden gespachtelt jedem Reisenden erscheint, die Zackenlinie der Dächer und Kirchtürme, unbewegt am Horizont über einer im Dunst verschwimmenden Ebene.

Nachdem sie zweispurig geworden war, führte die Fernstraße durch einen Gürtel von Neubauten, schmucklose Häuser, zwischen denen Abraum lag, eine spärlich mit wildem Gras bewachsene Hügellandschaft, die

Trampelpfade in Schlangenlinien musterten, zum Teil auch erst Betongerippe, die noch keine Wände oder Dächer hatten, nur die rohe Form zukünftiger Wohnstätten, von ein paar schlanken Pfeilern zusammen- und aufrecht gehalten, neben der Fahrbahn glitzerten Rinnsaale, als es den Berg hochging, ein steiler Abschnitt in engen Kurven, bis das Niveau der eigentlichen, der alten Stadt erreicht war, vorbei an nicht sehr großen, staubbeschlagenen Fabrikhallen, mit solchen Oberlichtern wie Sägezähne, als schnappten sie nach Luft, nach der Helligkeit draußen, weiter hinein in den sich verdichtenden Verkehr, Straßennamen entziffernd, Schilder lesend, wo sich hier die üblichen Sehenswürdigkeiten befinden, Festung, Kathedrale, Arena.

Florencio hatte mir einen Plan geschickt, auf dem der Weg, den ich nehmen mußte, gut sichtbar eingezeichnet war, zu dem Zimmer, das er als Untermieter bei einem verwitweten, halb tauben Mann bewohnte, einem ehemaligen Lehrer, der sich, von der pünktlichen Zahlung an jedem Monatsersten abgesehen, um nichts sonst kümmerte, wer aus und ein ging, oder welche Fortschritte das Studium machte, diese Schnüffelei anderer Vermieter, die einem den letzten Nerv raubten, ärger als zu Hause, weswegen man ja fort war, der Ermahnungen und Warnungen und Kontrollen überdrüssig, der Enge des Vertrauten, die von Tag zu Tag mehr einschnürte, näherrückte wie die Wände in einer Erzählung Kafkas, trichterförmige Sackgasse, aus der es kein Entrinnen gab, wenn man nicht beizeiten umkehrte, auch politisch, um nicht zu enden wie, hörte ich den Freund berichten, Florencios Vater, der sich in Abendkursen hochgearbeitet hatte zum Buchhalter einer Fischereigenossenschaft, mit eigenem Büro jetzt, auf das er stolz war, ein lachhafter, selbstgenügsamer Stolz, der von der Geschichte lediglich wissen will, was in seiner Reichweite liegt, worin er sich spiegelt, beruflicher Erfolg und Gehorsam der Kinder, aber bestimmt nichts darüber hinaus, sich ängstlich an das Erreichte klammernd, ohne jemals einen einzigen Gedanken zu verschwenden, ob das Leben mehr zu bieten haben könnte als eine Eigentumswohnung und Ferien in den Bergen anstatt am Meer vor der Haustür, Teilchen einer Maschinerie, die nicht zu beeinflussen war wie das Wetter

falsch, nicht das Wetter, keine Jahreszeiten der Konjunktur, wie ein steter natürlicher Kreislauf, der sich dreht und dreht und alles zermalmt, was ihm in die Quere kommt, wer es riskiert, seine Bahn zu verstellen, oder ihn anzuhalten versucht, Spinner, Tagediebe, Komödianten, vom Staat beäugt und bewacht, vielmehr ein mitreißender Warenstrom, der so plötzlich hervorsprudelt, wie er im Sand verläuft, verrinnt, da bleibt eine Steppe leergeträumter Dinge zurück, und wieder von vorne, auf Tastendruck

es war ein Foto, das dem Unfall, der abstrakten Meldung, ein Gesicht gab, ein Kindergesicht, von entzündeten Pusteln übersät und aufgequollen, als stünde die Haut unter Druck, wie die Oberfläche eines Planeten, dachte ich, der Schnappschuß einer Raumsonde aus dem Weltall, nicht zu erkennen, ob es sich um einen Jungen oder ein Mädchen handelte, ungefähr zehn Jahre alt, die unsichtbare Wolke hatte es beim Spielen überrascht, auf dem Schulweg, im Bett, angereichert mit den Stoffen, die durch die Explosion freigesetzt worden waren, in einem Wirrwarr von Kesseln und Röhren zusammengebraut, solange es gutging, und ohne einen Gedanken an die Sicherheit zu verschwenden, die hatten ihre Bilanzen im Kopf, ein tabellarisches, börsentaugliches Zahlenspiel, in dem sich das Wirkliche als Kostenfaktor versteckt hielt, praktisch fürs Leben entstellt, was noch kommen würde, Aufenthalte in Krankenhäusern und Sanatorien, Hauttransplantationen, detailreich beschrieben in Sondersendungen und Zeitungsartikeln, neben schematischen Zeichnungen der mit einem Blitz lokalisierten Stelle, wo sich der Irrtum, ein fälschlich geöffnetes Ventil oder so, ereignet hatte, bevor ungünstiger Wind das Zeug Richtung Siedlung trieb, auf Seveso zu, eine Schneise aus Gift ins Juligrün schlagend, das kann man nicht hinnehmen, war unsere damalige Meinung, dafür werden sie ihren Preis bezahlen müssen, jeder, weil sonst doch alles am Ende wäre.

Morgen früh ist Institutsplenum, wie jeden zweiten Montag, bei schönem Wetter im Garten. Alle werden im Kreis sitzen und von ihrer Arbeit berichten, Andrea und ich von dem Handbuch, mit dessen Redaktion wir beschäftigt sind, hauptsächlich dazu hat man uns auf fünf Jahre eingestellt; Anfang September sind vier Jahre vorbei, in sieben Wochen.

Hinterher gehen die meisten zum Essen ins Klinikum, in die Personalkantine im Untergeschoß, es ist günstig da, sonst müßte man zu dem Griechen am Botanischen Garten, oder in diesen Pavillon Ecke Grunewaldstraße, wo es keine gute Tageskarte gibt. Wenn Geißler sich anschließt, könnte es ganz unterhaltsam werden, seine Kommentare zu den Geschichten der Kollegen, irgendwelcher Familienkram, den er, ihn manchmal nur wiederholend, als handele es sich um brandheiße, kaum zu glaubende Neuigkeiten, mit seinem trockenen Spott bedenkt. Man erwartet es schon, liest es seinem Gesicht ab, was folgen wird, während er noch schmunzelnd zuhört, wie ein Picknick im Hohen Fläming verlaufen ist, ein Ausflug nach Buckow, die Eröffnung des Theatertreffens. Nicht nur auf Grund seiner Erfahrung, seiner zahlreichen Gutachten und Veröffentlichungen, nimmt Horst Geißler im akademischen Beziehungsgeflecht des Instituts eine Sonderstellung ein, sondern auch als Therapeut mit einem eigenen Patientenstamm, den er, er ist Facharzt für Psychiatrie und Privatdozent, in seiner Praxis zur Kasse bittet, die dreiviertel Stunde für hundertvierzig Mark.

Hier sagt man Klienten, oder Fall, Strafsache, Proband, möglichst neutral, nur Rühle, der Chef, erlaubt sich manchmal, im Straßenjargon zu reden, etwa um eine für ihn weitschweifige Diagnose zu verkürzen: Ihr Kunde ist doch ein ganz armes Würstchen, 'n ganz kleines Licht, so faßt er dann zusammen, was jemand dem Kreis wortreich zu erklären sich bemüht hat. Sein fachlicher Ruf, seine Auftritte vor Gericht sind dem Spiegel schon einen Bericht wert gewesen, eine Art Portrait, das ihn persönlich wie seine einfühlsame Diagnostik als derzeit wichtigsten Beitrag zum Verständnis kriminellen Handelns auszeichnete, und nicht zu Unrecht, ich habe fast alle Akten, auch die älteren, gelesen, Tonbandabschriften der Befragungen, das Testmaterial, Plädoyers und Urteile, in langen Ordnerreihen unter dem Institutsdach gesammelt, von Brandstiftung bis Hochstapelei, von großangelegtem Betrug bis hin zu spektakulären Kindstötungen, sauber abgeheftet und katalogisiert, eine Biografie neben der anderen: Namen, Tatorte, Verletzungen, Schäden, oft durch Fotos dokumentiert, die in Großaufnahme ein Stück fleckiges Gewebe zeigen, das linke Blatt eines Terminkalenders, oder ein Küchenmesser mit abgebrochener Spitze, so, als könnte der alltäglichste Gegenstand sich verdächtig machen und zum Objekt einer Untersuchung werden, eines Schreckens, der plötzlich aus ihm hervorbricht, ich konnte mir den Vorgang beim Studium der Geständnisse und Betrachten der Bilder genau ausmalen, dieses Umschlagen einer zärtlichen Erinnerung in einen teuflischen Plan, was alles in den Dingen lauern kann, ganze Beziehungen, die manchmal von A bis Z in einer bestimmten Sache zusammenschießen, sich verdichten zu einem Trinkglas, einst als Andenken auf einer Reise nach Malta gekauft, einer Flasche Cola mit arabischen Schriftzeichen, Knoblauchpresse so gut wie ein zerfleddertes Taschenbuch, oder diese bunte Vase vom Polenmarkt, vergleichbar der Masse eines erloschenen Sterns, die Tonnen wiegt, ohne überhaupt einen Umfang zu haben.

Ich blicke mich um. Zwei Kartons stehen noch unausgepackt mitten im Zimmer, den Inhalt der anderen beiden habe ich da und dort verteilt, wo Christine, bevor sie abreiste, Platz schuf, auf ihrem Schreibtisch und den Fächern des Kleiderregals zwischen Bett und Türe; was ich zur Arbeit brauche, liegt griffbereit, Hemd und Hose für morgen hängen über der Stuhllehne, die großen Fenster sind zugezogen mit langen, farbig bedruckten Stoffbahnen in einem wieder modern gewordenen Batikstil, grün und orange verlaufen die Kreise, violett und gelb, schwach bewegt von einem Hauch Wind, der durch die geöffneten Oberlichter kommt, und dazu leises Geräusch, das ist die Stadt, könnte man sagen, ein andauerndes Rauschen im Hintergrund, knapp unter der Oberfläche des Bewußtseins, das nie, auch nachts nicht, wirklich ganz verschwindet, ich höre, wie auf der Oranienstraße ein einzelnes Auto beschleunigt, als würde es ein Wettrennen mit sich selber veranstalten, dann zieht der Faden einer sich entfernenden Sirene in den Hof, die Feuerwache am Görlitzer Park, wieder überlagert vom gedämpften Ton eines Fernsehers, von Filmmusik und Dialogfetzen, die zwischen den Häusern aufsteigen, da hereingemischt Halbsätze eines lauteren Gesprächs aus einer anderen Wohnung, ein sich jeden Abend neu bildendes und doch gleichbleibendes akustisches Gewebe, jetzt im Sommer, in diesen Tagen, wenn die Hitze auch nachts oft kaum abnimmt, sondern sich in dem Schacht draußen staut, einem engen Viereck gekachelter Fabrikgebäude, die zur Straße hin an die Rückfront eines gewöhnlichen Mietshauses stoßen.

Die Etage mit Christines Zimmer geht über ein ganzes Stockwerk des Seitenflügels, und weiter noch, setzt sich fort auf den zweiten, hinteren Hof, wo Lagerräume sind und eine alte Remise. Irgendein Schlosserbetrieb arbeitet dort, ich habe das Firmenschild gelesen, als ich bei meinem ersten Besuch den richtigen Aufgang suchte, die Adresse in ihrer Handschrift war fast nicht zu entziffern gewesen. Solange Christine weg ist, kann ich bleiben, aber vielleicht wird hier auch ein anderes Zimmer frei, im Herbst, wenn sich bis dahin nichts Besseres ergibt, ich müßte eigentlich anfangen zu suchen, einen Makler beauftragen, oder wenigstens mal die Sonntagsausgabe einer Zeitung lesen, den Immobilienteil.

Das habe ich schon seit Jahren nicht mehr gemacht, und warum auch, wir hatten uns eingerichtet mit Sachen, die uns gefielen, die zu uns paßten, so, wie wir lebten, in einem Geschäft entdeckt oder beim Durchblättern eines Katalogs, auf dem Flohmarkt zu einem Spottpreis zwei gut erhaltene schwarze Freischwinger von Thonet, als hätte der Verkäufer ihren Wert überhaupt nicht einzuschätzen gewußt, Geld war endlich vorhanden und ließ die Monate überschaubar werden, man kam aus, nein, es war mehr als ein Auskommen, die Bank schickte Briefe, in denen sie Anlagemodelle empfahl, um die sich sammelnden Beträge auf dem Konto zu dynamisieren, blaue und grüne Kurven zackten da steil nach rechts oben hoch, immer aufwärts, und später dann, redete ich mir ein, könnte ich mich selbständig machen, mit meinen Ersparnissen und der Hilfe von Evelin, zuviel bräuchte man nicht, es würde alles laufen.

Kein Streit, weder um dies noch um jenes. Die Dinge und ihre Kosten scheinen sich schon Lichtjahre von mir entfernt zu haben, ich betrachte sie wie durch ein gedrehtes Fernglas, erkenne noch, wozu sie gut sind, und an welchen Platz sie gehören, aber sonst nichts; die Verbindung ist abgerissen, das kann ich nur schwer beschreiben, als handele es sich um eine formelhafte Gleichung, die plötzlich auseinanderfällt. Womit hat das zu tun? Daß ich auch meine Bücher zurückgelassen habe, ohne Bedauern, sie jetzt nicht mitnehmen zu können, nicht nur die vom Studium, Statistik und Sozialpsychologie, von der Arbeit, Schriften zur Delinquenzforschung, sondern ebenso die anderen, ein paar Regale voller Literatur, nach und nach zusammengekauft – bis auf meinen Lieblingsroman, den Zeno Cosini, dessen sechshundert zerlesene Seiten in einem der beiden Umzugskartons stecken, vorne, mitten im Zimmer.

Ein Windstoß bauscht den Vorhang, er wirft farbige Wellen zu seinen Rändern hin, die ins Leere ausschwingen, während irgendwo eine Nachrichtensendung beginnt, ein elektronisches Tickern untermalt die Stimme des Sprechers, der die Schlagzeilen verliest, das Wichtigste heute. Ich kann nicht verstehen, um was es geht, die Worte sind zu undeutlich, werden durch den Hall der Gebäudekacheln im Hof zu einer leicht klirrenden, sinnlosen Folge von Tönen. Wenn man die Bilder sieht, die zu den Meldungen gehören, schlüsselt sich das oft wieder auf, eine zerbeulte Autokarosserie, Düsenjäger, die Regierung, als würden bestimmte Szenen mit feststehenden Formulierungen verknüpft sein, die ihnen anhaften wie Kaugummi; so glaubt man alles. Und ich? Ich versuche mich zu erinnern, was zuerst da war und später hinzugekommen ist

das entstellte Gesicht des Kindes, das in die unsichtbare Wolke aus Gift geraten war, auf dem Schulweg, beim Spielen, nach der Explosion eines Kessels in einem Zweigwerk von Hoffmann-LaRoche, den Namen kannte man vorher noch nicht, auch nicht die Stoffe, mit denen sie panschten, so exotisch wie das Börsengeschehen in Frankfurt oder New York, die Werte erzielten höchste Notierungen, sackten geringfügig ab, erholten sich wieder, mit verätzter Haut und Lungenschäden rechnend, manchmal mit Blindheit und Tod

nichts wurde in Bologna während der Diskussionen ausgespart, im Verlauf dieses Kongresses, zu dem ich wie ein paar zehntausend anderer gefahren war, um die Ziele der Bewegung neu zu bestimmen, neue Allianzen zu bilden, aber auch, und vor allem, um ein großes Fest von drei oder vier Tagen zu feiern, mochten manche italienischen Gruppen sich beharken bis aufs Messer, Autonomia Organizzata gegen Teile von Lotta Continua, andere autonome Kollektive gegen die Negri-Fraktion, was weiß ich noch, Stadtindianer gegen den Rest. Florencio schüttelte nur den Kopf und zog mich, als es im Sportpalast zu den ersten Handgreiflichkeiten kam, mit auf die Straße. Nachdem wir uns vorgestellt hatten, ich sagte, ich heiße Bernhard, bin neunzehn, aus Deutschland, sind wir in eine Bar gegangen und haben geredet, über alles mögliche, ohne Mißtrauen, man verrate zuviel von sich und seiner Herkunft. Er gefiel mir, seine unaufgeregte Art zu erzählen, um was es sich für ihn handelte im allgemeinen und im besonderen, welche Ziele sie verfolgten, und mit wem, in einem englisch-französisch-spanischen Kauderwelsch, dessen Grammatik eine der Infinitive war, die durch Gesten über die Schulter oder nach vorne in eine zeitliche Richtung gebracht wurden, man verstand das: ist schon vorbei, tritt bald ein, passiert gerade, während man herunter auf den Boden zeigte, hier und zur Sekunde, nicht gestern, eine körperliche Form, die Verben zu einer Geschichte zu beugen, einen Schritt zurück meinte die Vorvergangenheit, in sich beendete und nicht mehr zu beeinflussende Handlungen, Fehler, die man gemacht hatte, allein oder mit jemand zusammen, wenn man zu sorglos gewesen war, blind dem eigenen Glück vertrauend, daß es hielte, es hält aber nicht auf Dauer, von selbst, als könne man sich darin verstecken wie ein Maulwurf unter der Erde, ohne weiteres, es gibt schon klare Vorsichtsmaßnahmen, Florencio und ich, wir tauschten Postfachnummern aus, und wenige Wochen später besuchte ich ihn, in meiner Erinnerung ist es ein Tag Ende September oder Anfang Oktober, gegen siebzehn Uhr, kurz nach der von der Polizei aufgelösten Kundgebung, als wir in einer kleinen Gruppe durch die Stadt liefen

die Frau, die neben mir ging, umfaßte plötzlich meine Hand, nahm sie fest in ihren Griff, ohne mich dabei anzusehen – im Hintergrund wieder der leere Musikpavillon auf seinem runden Sockel, am Ende der Straße, in die wir zuletzt gebogen waren, die Häuser reihenweise beklebt mit einem druckfrischen Plakat, dessen Text, unter einer rot-grün-weißen Fahne, so unverständlich war wie die gesprochene Sprache, ein aus vielen langen Worten zusammengesetztes Schriftbild, das die sonst kaum gebräuchlichen Buchstaben X und Z auffällig oft enthielt, Widerhaken gleich, an denen man hängenblieb bei dem Versuch, hinter einzelne Silben zu kommen, ob sie vielleicht doch lateinischen Ursprungs sind, da platzte Florencios Stimme ins Straßengewirr, in das frühabendliche Treiben von Müßiggang und Einkauf, zerriß die Luft zwischen den Passanten wie die Zündung eines Feuerwerkskörpers, ein lautstarkes Signal, das von einer anderen Stimme, und noch einer, nicht so weit entfernt, erwidert und verdoppelt wurde, ich glaubte, drei Worte unterscheiden zu können, die offenkundig aber eng zusammengehörten, wie ein einziger, rhythmisierter Begriff, den jetzt auch die Frau rief, und der Rest unserer Gruppe, geschlossen beieinander.

Daß die Leute zurückgewichen wären, in Panik, zu der sich ihr erstes Erschrecken über den jähen Lärm aufgeschwungen hätte, das läßt sich nicht sagen, aber ihre Mienen spiegelten Distanz, eine abwartende, weniger neugierige denn skeptische Haltung zu dem, was mitten unter ihnen geschah, was noch folgen würde, als wüßten sie es nicht genau einzuschätzen, so, wie man den Zweck oder das Ende einer alten, sich wiederholenden Geschichte voraussieht, und welche Rolle man darin spielt, nach den Regeln der Kunst, sie räumten eine Gasse frei, durch die wir uns in Bewegung setzten, das Skandieren, das aus verschiedenen Richtungen sich selbst antwortete, Kreise zog, längs einiger festgeschriebener Linien sich überlagerte oder nachhallte, näherkam oder abrückte; als sie sicher war, daß ich den Anschluß nicht verlieren würde, ließ die Frau meine Hand los, außerdem brauchte man beide Arme jetzt, um sein Gleichgewicht im Laufschritt zu halten, letzte Stufe, bevor einem aus Atemlosigkeit die Stimme versagt.

Gesichter tauchten aus der Menge am Rand auf, als würde sie ein Schlaglicht erhellen, allein sie, während die anderen undeutlich blieben, zu einem Hintergrund tanzender, grau schattierter Punkte und Streifen verwischten, wie durch ein unruhig wanderndes, nicht ganz scharf gezogenes Objektiv betrachtet, in dem es eine leere Stelle gab, die Ausschnitte willkürlich vergrößerte und für die Dauer eines Lidschlags einfror, ein Mann mit einem Pepitahut, die besorgte Miene eines Hotelpagen, eine ältere Frau, die zu lächeln schien, unter einem flackernden, halb schon erloschenen Ladenschild kurz vor der nächsten Ecke, wo wir den Weg einer anderen Gruppe kreuzten, die nach links abtauchte, das, was überall gerufen wurde, ihre Losung, hinter sich herziehend.

Die Straßen waren Schächte, kaum breit genug für zwei Autos, links und rechts hochstöckige alte Häuser, deren Fassaden, Fenster und Balkongitter sich gegenseitig bewachten, beäugten, daß keines aus der Reihe sprang, um in einer eitlen Laune öffentlich zu prahlen mit einem Paar angeschnittener Säulen neben dem Eingang, einem aus Stein gehauenen Wappen, oder einem türmchenartigen Barockgiebel oben am Dach, den sah man, wenn man den Kopf in den Nacken legte und japsend hin- und herdrehte, nachdem die Geschwindigkeit sich wieder verlangsamt hatte, abgenommen hatte fast bis zum Stillstand, als ginge man sonntags spazieren mit der Familie, ein für das Kind nicht vom Fleck kommendes Schlendern, Stoffwechsel und Herzschlag normalisieren sich, darum ging es ihnen, die Sache im Auge zu behalten, ob eine Falle errichtet worden ist, die, läßt die Aufmerksamkeit aus Erschöpfung nach, unerbittlich zuschnappen würde. Ich konnte keine Gefahr erkennen, nichts, was mich zu Recht hätte beunruhigen dürfen. Einzelne Tropfen Regen zerplatzten in meinem Gesicht und auf dem Pflaster, dunkel splitternde Flecken, die eine noch in den Steinen gespeicherte Wärme rasch wieder zum Trocknen brachte.

Ohne Idee, was als nächstes eintritt, welche Abläufe und Manöver sich aus der Situation notwendigerweise ergeben, fehlte mir auch jede Vorstellung des Ganzen, ich ahnte nur, daß es gut organisiert war, entweder von oben nach unten, von der Leitung zur Zelle, oder auf einem gemeinsamen Treffen, zu dem eingeladen wird, wer sich ausweisen kann durch einen Bürgen oder eine Vertrauensperson, alles muß abgeschottet sein, damit nichts ans Ohr der Behörden dringt, sonst hätten sie Tage Zeit, sich vorzubereiten, es wären Greifkommandos unterwegs, deren Plastikfesseln einem das Blut in den Händen abschnüren und sie nach wenigen Minuten taub werden lassen, wie gefühllose Anhängsel der auf dem Rücken zusammengebundenen Arme, flach am Boden liegend.

Ich weiß nicht genau, wieviel Zeit vergangen war, nicht viel jedenfalls, als es von neuem begann, man rannte los und rief zugleich dieses Wort, das eigentlich aus drei anderen Wörtern bestand, wie mir schien, ineinander verschweißt und verhakt, was in erlaubter Ausdrucksweise zum Gegenstand von Verhandlungen und Zeitungsartikeln wurde, mehrsilbiges Echo einer Geschichte, die das Land bis damals unlösbar mit sich herumtrug. Als wir die folgende Querstraße erreichten, stiegen zwei Polizisten aus ihrem schräg auf dem Gehweg stehenden Wagen, aber zu spät und zu zögerlich, um wirklich handeln zu können, die wollten gar nicht eingreifen, denn das hätte bedeutet, unter Umständen beiseite gestoßen oder überrannt zu werden, wohl ohne verbindlichen Befehl, dem Treiben in der Stadt ein Ende zu bereiten, den Zickzackkursen der Demonstranten, die, würde man sie aufmalen, den Linien eines Schnittmusterbogens ähnlich sehen mußten, einem für Uneingeweihte nicht durchschaubaren System von Kanten und möglichen Nähten.

Es war anstrengend, auch ohne beim Laufen noch etwas zu rufen, ich spürte Stiche in meiner linken Seite, wo die Milz ist, und meine Brust tat weh, während die anderen keine Zeichen von Müdigkeit erkennen ließen, so nahm ich sie wahr, mich dazu antreibend, auf gleicher Höhe mit ihnen zu bleiben. Als zwischen den Häusern erneut der Pavillon in Sicht kam, der vor meinen Augen kleine Sprünge vollführte, wenn ihn nicht eine Rückenpartie, ein wippender Haarschopf verdeckte, schöpfte ich wieder Kraft, es würde nicht mehr lange dauern, dachte ich, das ist zu schaffen, so ein unbestimmtes, erleichterndes Gefühl, und dann öffnete sich die Straßenschlucht, gleichzeitig fast mit den übrigen Gruppen stießen wir auf die freie Fläche des großen Hauptplatzes, in einer spiegelbildlichen Umkehrung zurück an den Ausgangspunkt der Flucht, nahe der Telefonzelle, bis der ganze Block von ungefähr zweihundert Leuten wieder zusammen war.

Einige zogen ihre Halstücher über Mund und Nase; vielleicht wurde fotografiert, stand ein Teleobjektiv im Schatten der Läden eines der zahlreichen Fenster ringsum, vielleicht aus anderen Gründen. Die Dächer des Karrees waren flach, flach ansteigende Dächer mit hellbraunen, klobig wirkenden Schindeln, denen dürres Antennengeäst entwuchs, in regellosen Abständen das

Türmchen eines oft mit Blechhaube versehenen Kamins. Wolkenbänke trieben darüber hinweg, sich ballende, aufwölbende, an ihren Rändern zerfasernde Massen, die das Licht filterten, es blitzartig scheinen ließen oder trüb ausstreuten, verwaschen, als sei eine Schicht von geriffeltem Glas, von mehr oder weniger abgewetztem Tuch zu durchdringen. Schweiß lief mir aus den Haaren ins Gesicht, wie einem Schweiß aus den Haaren ins Gesicht läuft, wenn man eine Zeitlang gerannt ist, angespannt und mit der Empfindung, nicht gut genug vorbereitet zu sein oder den Lehrstoff nicht richtig verstanden zu haben, die Gesetze des Differenzierens, die gleich abgefragt werden würden, ein nebulöser Tanz von Strichen, Zahlzeichen und Klammern, dabei überholt sich das Herz fast selber, in kurzer Folge sind seine Schläge dicht gebündelt, mein Hemd spüre ich am Körper kleben, aus Flanell

ich glaube, es war ein Flanellhemd, mit roten und flaschengrünen Karos, reißfest, bei Western-Clothes im Wedding gekauft, nicht weit von der Transvaalstraße, wo sie mich um fünfhundert Mark Kaution betrogen hatten, die Tectum-Gesellschaften für Wohnungsbau und -verwaltung in Person eines etwa gleichaltrigen Sachbearbeiters, der Schönheitsreparaturen für ein düsteres ebenerdiges badloses Zimmer reklamierte, dessen enge Toilette, man mußte eigentlich schon im Hausflur die Hosen herunterlassen, eine halbe Treppe höher lag – was für mich sehr viel Geld bedeutete, fünfhundert Mark, und beinahe der monatlichen Überweisung der Bundeskasse Düsseldorf entsprach, plus einer mickrigen Waisenrente, die ich durch Hilfsarbeiten aufbesserte, um das

Auto zahlen zu können, ein rot und grün gemustertes Hemd also, mit oder ohne T-Shirt darunter, wahrscheinlich ohne, da ich ja das leicht filzige Gewebe durchnäßt auf meiner Haut spürte, das heißt spüre wie einen feuchtwarmen Umschlag, der langsam erkaltet, das heißt erkaltete, während es weitergeht von Seite zu Seite, und mein Sprechen, in dem noch die Gegenwart ist, sich wie von alleine verfestigt, zu einem Imperfekt wird, auf dessen Oberfläche ich mich fortbewege

ein Frösteln dann, mir läuft ein Schauer über den Rücken, in eben solchen Worten, rieselt vom Nacken aus meine Wirbelsäule entlang abwärts, wenn das Licht am Himmel hinter Wolken verschwindet und seine plötzliche Abwesenheit den Platz binnen einer Sekunde in perlgraue Dämmerung taucht, mit einer schwachen bläulichen Beimischung, würde ich behaupten, noch brennen keine Laternen, dafür ist es wahrscheinlich noch zu früh gewesen, war die Tageszeit nicht weit genug fortgeschritten, als auch Florencio sich sein Halstuch vors Gesicht zog und mich aufforderte, es ihm gleichzutun, ein Dreieck aus schwarz gefärbter Baumwolle, das lose vor dem Mund hing, so daß man atmen konnte ohne Schwierigkeiten, sich verständigen, falls es nötig sein würde, warnende Zurufe in englischer Sprache, ich drehte mich um und sah, wie eine Handvoll Uniformierter, nein, mehr, zehn oder zwölf Mann, vor einem beflaggten Gebäude Aufstellung nahm, aber nicht sehr geordnet, eher allein gelassen wirkte das, sich nicht im klaren darüber, was eigentlich und warum zu schützen wäre.

Auf sie ging ein Hagel nieder, von Steinen, nicht sehr

großen, woher denn, die klackernd über das Pflaster sprangen, während die Männer versuchten, mit um den Kopf gelegten Armen aus dem Zielfeld zu kommen, das in steilem Bogen von einer zweiten Geschoßwelle erreicht wurde, einer stolperte getroffen, fiel, rappelte sich wieder hoch und lief den anderen hinterher, die sich in Richtung einer Allee entfernten, eines breiteren Durchbruchs an einer der Schmalseiten des Platzes, unter den Bäumen dort Zuflucht suchend. Als hätten sie den Vorgang beobachtet, und sicher hatten sie ihn beobachtet, ohne ihren Kollegen zu Hilfe zu eilen, machten sich ein paar Polizisten zur nächsten Ecke hin davon, hastende Bewegungen zwischen den schweren, gedrungenen Säulen der Arkaden, unangreifbar durch die Stuhlreihen der vielen Cafés, die eine Art Wall bildeten, eine neutrale Zone, in der sich jetzt die verbliebenen Gäste von ihren Sitzen erhoben, um den offenen Raum zu verlassen, sich Passanten anschließend, die, mit ihren Einkäufen bepackt, Taschen, Tüten und Körben, auch auf dem Rückzug waren.

Eine körperlich zu spürende Leere breitete sich aus, schob sich nach außen, weg von der Stelle, die wir besetzt hielten, bis keiner mehr in der Nähe war, der nicht zu uns gehörte, ein Fenster im ersten Stock des beflaggten Gebäudes zersplitterte, Gläser und Aschenbecher auf den Tischen der entvölkerten Cafés brachen entzwei, man sah Einzelteile durch die Luft fliegen, begleitet von einem dumpfen, sich wiederholenden Klirrgeräusch, in das sich plötzlich andere Töne mischten, ich erkannte Stimmen, die etwas Panisches an sich hatten, lauter werdende Wortfetzen und Schreie, dann kamen sie gerannt, aus der Einmündung einer Straße gegenüber, so schnell sie konnten, sich beim Laufen umschauend, ob der Vorsprung noch groß genug sei, ein Querschnitt der Leute, denen man in der letzten Stunde begegnet war, ungelenk die älteren, seit langem nicht mehr geübt darin, sich so fortzubewegen, als Schlußlichter zwei elegante Frauen, die ihre Schuhe in den Händen trugen;

mit Helmen und Gewehren, lückenlos die ganze Breite der Fahrbahn einnehmend, erschien hinter den Flüchtenden eine militärische Kolonne, Soldaten, dachte ich, aber später sagte man mir, daß es die Guardia Civil war, mit Schnürstiefeln und gepanzerten Westen, schwarz gefärbten oder maskierten Gesichtern und flankiert von einer Reihe fast mannshoher Plexiglasschilde, die sie wie eine elastische Wand schützten, als sie sich trabend auf ihrer Seite des Platzes verteilten. Um mich herum schwoll das Rufen an, dieser drei Worte in einem, zugleich wurden Stahlzwillen ausgepackt und gespannt, was ich mit Schrecken bemerkte, gespannt und abgeschossen in einer halb knienden Haltung, das eine Bein vorgeschoben, während der Block fächerförmig ausschwärmte, um sich Raum zu verschaffen, den Schützen freie Bahn, wutentbrannt, ein besseres Adverb fällt mir nicht ein, empört vielleicht, oder voller Zorn, gegen die Phalanx des Staates anbrüllend. Eine Antwort ließ nicht auf sich warten, kaum hatte sich die Truppe hinter den Schilden verschanzt, da knallte es schon, ein schwerer, dröhnender Knall, der durch viele zusammenfallende Einzelzündungen entsteht, Dampfwölkchen stiegen in die Luft, und dann prasselte eine Menge kleiner rauchender Zylinder herab, die kurz nach der Landung weißgrauen Qualm ausspien, explosionsartig, sich durch den Rückstoß manchmal fauchend und zischend um ihre eigene Achse drehend, dichter, schmutziger Nebel, der alles einhüllte und sofort in den Augen brannte, weshalb man sich ein Stück zurückziehen mußte, neben meinem Ohr noch das Schnappen eines losgelassenen Zwillengummis.

was kann man sagen leichte Zunge schwere Zunge von Wünschen erledigt hinten die Hände öffnen sich

Draußen ist es ruhig geworden, im Hof, das höre ich jetzt, als könnte man auch die Stille hören, wie zuvor das andere, das durch die Fenster hereingesickert war, leise Musik, ein Rinnsal von Gespräch, die Erkennungsmelodie des heute-journals, und selbst das Rauschen der Stadt scheint abgeklungen zu sein, tief in den Hintergrund gesunken, nächtliche Wärme staut sich darüber und deckt es zu, seit Tagen eine Wetterlage, die Kranken aufs Herz geht, Schwüle, ohne daß es einmal regnete, meine Haut fühlt sich klebrig an, im Nacken, den ich mir müde reibe. Auf der niedrigen Bettkante sitzend und beschienen von einer Blechlampe mit beweglichem Arm, dessen Halterung Christine an der Kopfseite in die weiß gekalkte Wand gedübelt hat, nicht sehr ordentlich, wie man sieht, wenn man flach ausgestreckt daliegt, eines der Plastikgewinde steht schräg hervor, oben leicht eingequetscht von ein paar Hammerschlägen, Zeichen ihrer Ungeduld, sich mit so etwas zu befassen, Dingen, die sie bei der Arbeit stören, die getan werden müssen, aber lästig sind. Hauptsache ist für

Christine das Schreiben, dem sie alles weitere unterordnet, ihren Alltag, den Rest, der noch bleibt, abends ins Kino oder ins Theater, manchmal zum Tanzen, ich hätte mir nie vorgestellt, welcher Ausdauer es bedarf, hätte ich sie nicht beobachtet, schon letzten Dezember während der Woche in Rom, stundenlang über den Bildschirm ihres notebooks gebeugt, ein bläuliches Flimmern, auf dem Reihen von Buchstaben schweben, die sie der Tastatur entlockt, in klackernden Schüben nur mit den Zeigefingern, als handele es sich um eine Art Zwang, der plötzlich hervorbricht, sich Luft macht, und dann korrigiert wird, verglichen, geprüft, halblaut gelesen, bis für den Augenblick etwas stimmt, ein kurzer Abschnitt zu dem übrigen paßt. Im Frühjahr gibt es ein Buch von ihr, sie hat einen Verlag gefunden, der Verlag sie, ein Lektor rief an, den sie aus Klagenfurt kannte. Vielleicht fahre ich einmal zu ihr hin, übers Wochenende, nach Schleswig-Holstein, wo sie in einem Dorf ein Stipendium absitzt, in einem geräumigen Zimmer unterm ausgebauten Dach, wie es mir ihre Stimme gestern, oder war es vorgestern?, erleichtert am Telefon mitteilte, das Zimmer sei groß und hell, habe Platz genug und ich sollte nur kommen, die Zeit kann man im Speisewagen verbringen, essend und trinkend, während nördliche Landschaft am Fenster vorbeizieht, im Glas spiegelt sich mein Gesicht, deutlicher, wenn es dunkel ist draußen, wie etwa in der U-Bahn auf dem Weg zur Arbeit, das Stück zwischen Möckernbrücke und Yorckstraße, morgen früh so wie jeden Tag. Das Auto hat Evelin, sie braucht es für ihr Geschäft, um schnell mit bestimmten Fragebögen von Charlottenburg nach Steglitz zu kommen, Schokoriegel oder Softdrinks, die sie und Jutta in der Fußgängerzone testen lassen, schmeckt Ihnen das?, schmeckt Ihnen das nicht? Wenn die Quote nicht erreicht war, haben wir abends den Rest oft selber ausgefüllt, ich habe ihr geholfen, Kreuzchen zu machen und irgendwelche Stellungnahmen zu erfinden, daß Club-Cola fast so gut sei, wie die aus dem Westen, oder ganz und gar untrinkbar, je nachdem, was in der Summe der Meinungen noch fehlte. Darum kümmern sich heute Studenten, die Evelin und Jutta beschäftigen, wer fälscht, fliegt raus, so steht es in ihren Arbeitsverträgen, aber die beiden sind beliebt, weil sie gute, übertarifliche Stundenlöhne bezahlen; kein Mangel herrscht mittlerweile an Kunden, die rennen ihnen die Türe ein, seit es den Binnenmarkt gibt und die Wiedervereinigung dazu, Keksfabrikanten aus England oder französische Cognacbrenner, jedes Produkt wird auf seine Verkäuflichkeit getestet, bevor es in die Regale geht, manchmal neu benannt, wenn die Zielgruppe Probleme mit der Aussprache hatte, oder Spreewaldgurken ausgerechnet »Delikat« heißen sollten. Ich mag keine eingelegten Gurken, schon als Kind waren sie mir zuwider, samstags zu Roastbeefschnittchen mit Remoulade und Hagebuttentee, den ich nur getrunken habe, weil nichts anderes auf den Tisch kam, aus Gläsern, die in einem schlanken Metallfuß steckten, Edelstahl rostfrei von der Firma WMF, passend zu Käseglocke und Fleischgabel, das Set für den Abend, fürs Wochenende, formschön, wie jeder Gast sagte, der sich in lobender Absicht äußerte, was ich damals nie verstand, die Bedeutung dieses Wortes, sowenig wie die Wirkung, die es bei meiner

Mutter hervorrief, eine stolze Miene, die sie unverhohlen aufsetzte, ihr Körper straffte sich regelrecht, bevor sie erklärte, daß man es nicht mehr habe sehen können, das alte Silberbesteck, angelaufen sei es gewesen und nicht mehr zu reinigen, unhandliche unmoderne Gerätschaften, die in Zeitungspapier gewickelt jetzt im Keller lagerten.

Wenn ich die Augen öffne, blendet mich das Licht der in die Wand gedübelten Lampe, die Blechhaube mit der Birne darin befindet sich genau über meinem Kopf, es scheint, als würde sich der Glühfaden bewegen, langsam auf und ab treiben wie in einer Flüssigkeit, auch nach dem Erlöschen noch eine Zeitlang, bis er im Dunkel des Zimmers endgültig verschwindet. Ich muß mich jetzt ausziehen, Hose und T-Shirt, sonst schlafe ich vorher ein, wie früher manchmal, als ich mich in Kleidern hingelegt habe, um mich zu zwingen praktisch, am nächsten Morgen aufzustehen, es gab ein paar Monate, während denen ich am liebsten im Bett geblieben wäre, und oft geblieben bin, den Tag verschlafend und abends durch die Gegend laufend von da nach dort, in neue Lokale und Cafés, die überall eröffneten, eines hieß Mink und war vollständig ausgekachelt, selbst die viereckigen Barhocker hatte man fugenlos mit weißen Kacheln verkleidet, was den Eindruck wachrief, in einem Labor gelandet zu sein, oder einem Waschraum, auch weil Kondenswasser sich an den Wänden niederschlug und von der Decke tropfte, in gleißendem Lärm stand man dichtgedrängt zusammen, als handele es sich um einen Selbstversuch, später dann der Club Modern, der sich in einem Souterrain auf dem Mehringdamm eingerichtet hatte, regelmäßig heimgesucht von Razzien, die ihren Anfang damit nahmen, daß sich einige Gäste plötzlich Armbinden überzogen, auf die in Großbuchstaben Polizei gedruckt war, zweimal mußte ich alle Taschen entleeren und wurde mein Ausweis kontrolliert, andere Plätze noch, wo ich hinging, um keinen Bekannten zu treffen und mit niemandem zu reden, mich in ein Gespräch verwickelnd, das ich nicht führen wollte, als könnte man durch Schweigen den Sätzen im Kopf ein Ende bereiten, oder sie jedenfalls luftdicht verschließen, so wie ein Kind beim Versteckspiel die Augen zumacht in dem Glauben, auf diese Weise unsichtbar zu werden, ein Überrest von magischem Denken, das um sich selber kreist, die Person, für die man sich hält, aber schon nicht mehr ist, als blieben die Worte hinter der Welt zurück, dem eigenen Gefühl, an das sich die Stücke eines neuen Präsens herantasten, ich hörte viel Musik, kaufte ziellos die Platten von Gruppen, deren Konzerte ich im Metropol oder im Esso besucht hatte, oft nur, weil mir ein Plakat gefiel, der Name der Band, aus dem ich ein Versprechen herauslas, eine Botschaft, die, nicht sehr genau, vielleicht das beinhaltete, was mir zu fehlen schien, für mich, anders würde ab jetzt alles weiterlaufen müssen

ein Windstoß fuhr in die Nebelwand und trieb sie zu Schwaden auseinander, hinter denen man schemenhaft Bewegungen sah, jenseits der Reichweite unserer Geschosse, wie wir nun außerhalb des Streifens waren, in dem ihre Ladungen zündeten, nur eine ballistische Rechnung ist das, ich achtete auf Florencio, der gemeinsam mit der jungen Frau, die das Megaphon hatte, sich um Ordnung bemühte, Anweisungen gab, wie eine neue Front zu bilden sei, obwohl mir schien, daß die meisten es aus Erfahrung von allein wußten, Munition wurde durchgereicht für die Zwillen, jene Leute, die sie handhabten links und rechts, eine Metallkugel oder einen Kieselstein vorrätig zwischen den Fingern, es wird jetzt zu Verletzungen kommen, dachte ich, die Soldaten werden zurückfeuern, ernsthaft, aber ohne noch Angst zu verspüren bei diesen Gedanken, als seien es nicht meine eigenen, etwas, das mich wirklich betraf, vielmehr empfand ich eine im nachhinein merkwürdige Leichtigkeit, eine Hochstimmung, die trotz Schrecksekunden und anfänglich weicher Knie von mir Besitz ergriffen hatte, mein Körper war nicht mehr schwer, nicht mehr verschieden von dem Augenblick und seiner Erzählung, Rauchfahnen wehten über den Platz, und es roch schweflig, auch durch die Halstücher hindurch, manchmal versetzt mit einer Spur Tränengas, was leicht kratzig schmeckte, wenn es das gibt, einen kratzigen Geschmack, und jetzt hört es auf, es zerreißt in einzelne Bilder, kurz vor dem Einschlafen, kommt schon, dachte ich, als ich sie anrücken sah, mit Atemmasken, die sie in Außerirdische verwandelten, insektenköpfige Marsmenschen, deren Schlagstöcke und Gewehre wie künstliche Glieder wirkten, unter Beschuß genommen, jemand, der einen ledernen Arbeitshandschuh trug, löste sich aus unseren Reihen und warf eine der zylindrischen Hülsen in ihre Richtung zurück, so ein trudelnder Kometenschweif von Qualm in der Luft, hinten brach einer der dunkel Gekleideten zusammen, sackte in sich zusammen durch den Treffer einer Kugel oder eines Steins an seinem Helm, ein schwarzer, seitlich wegspringender Punkt, glaubte ich zu erkennen, während ich schrie, bis meine Stimme sich überschlug, was die anderen schrien, ohne daß ich davon mehr als den Klang verstanden hätte, aber darum ging es auch nicht, mein Herz, seine rasenden Schläge, der in Strömen herunterlaufende Schweiß, was ich sah und hörte und tat, das alles verschmolz ineinander in diesem Moment, Gardisten kletterten von der Ladefläche eines Militär-LKWs, der rückwärts auf eine Straßenkreuzung stieß, um uns den Weg abzuschneiden, Warnschüsse fielen, aus einem Café, durch dessen geborstene Scheibe dampfige Wolken nach draußen quollen, taumelten Gäste, die dort Schutz gesucht hatten, gerieten keuchend und hustend zwischen die Fronten, man mußte sich neu gruppieren, später lief ich mit ein paar anderen in eine Gasse, an deren Ende mit geöffneten Türen ein Linienbus stand, als würde er noch auf Passagiere warten, und kaum waren wir hineingesprungen, fuhr er los, neben mir ein älterer Mann, der auf baskisch auf mich einredete, bis der Bus nach zwei oder dreihundert Metern wieder hielt, um uns herauszulassen, wir zogen die Halstücher vom Gesicht und bewegten uns vorsichtig zum Platz zurück, durch fast leere Straßen, von fern Sirenengeheul und Stimmen, mir kommt es heute so vor, das sind Stimmen gewesen.

Das elektronische Fiepen des Weckers schreckt mich hoch, und eine Sekunde lang weiß ich nicht, wo ich bin, als sei ich jetzt in einem anderen Traum, an einem anderen Ort, aber dann ist es klar und jede Verwechslung ausgeschlossen, weil man alles nach einer gewissen Zeit wiedererkennt; das Licht der Morgensonne, die bereits über den Dächern steht, fällt durch die bunten Vorhänge und macht ihre Farben strahlend, wie transparentes Papier, und ein heller Keil zeichnet sich vor den beiden unausgepackten Kartons auf dem Boden ab, seine Spitze berührt Christines Kleiderregal, das die Funktion eines Raumteilers hat, um den man herumgehen muß, wenn man ihr Zimmer betritt, mit diesen großen, hier nach Südosten ausgerichteten Fabrikfenstern, die fast eine ganze Wandseite einnehmen, es ist schon warm, wahrscheinlich ein wolkenloser Himmel, der sich im Lauf des Tages trüben wird, von Hitzedunst überzogen, was ich während der Arbeit beobachten kann, wie da plötzlich einzelne dünne Schlieren auftauchen, die sich später verdichten; halb acht, das Bad müßte im Augenblick frei sein, Elenis Dienst beginnt heute um sieben, und die anderen schlafen noch, nur Rainer frühstückt mit seinem Sohn Daniel in der Küche, leise hört man den Ton des Kassettenrecorders, der neben ungespültem Geschirr auf der Fensterbank stehen wird, ein Hörspiel mit Liedern, deren Texte unverständlich sind, Benjamin Blümchen oder so etwas, der andere Kleine, Felix' Kind, hat bei seiner Mutter geschlafen, sie hat ihn gestern geholt, ohne mehr als das Nötigste zu reden, eine hochgewachsene Frau mit ganz kurzen blonden Haaren, die sich seit jeher nicht gerne in der Etage aufhält. Sagte mir letztens Rainer,

dessen Miene sich gereizt verzieht, als Daniel bei dem Versuch, die Lautstärke des Geräts aufzudrehen, einen Löffel voll Milch und Schoko-Pops über dem Tisch entleert, eine herabtropfende weiße Lache, in der geröstete

Haferflocken und Schokoladenstückchen schwimmen, die ich, er soll sitzenbleiben, mit einem Haushaltstuch aufwische. Rainer sieht müde aus, müder als sonst, obwohl er früh ins Bett gegangen ist, seinen Angaben nach, um noch ein paar Seiten in Deutschers Trotzki-Biographie zu lesen, von der er beim Abendessen erzählt hatte, daß sie interessant ist, nicht allein aus historischen Gründen, sondern auch wegen ihrer Schreibweise, man könne sich darin verlieren wie in einem Roman, dessen Geschichten erfunden seien, oder wie in einem Film, kaum glaublich klinge, was von Verschwörung und Bürgerkrieg berichtet werde, der windigen Phantasie eines Drehbuchautors entsprungen, wenn man nicht wüßte, es handelt sich um Tatsachen. Nein, sagt er laut, verdammt, weil Daniel auf dem Kinderstuhl gegenüber keine Ruhe gibt, das bleibt so, und damit ist es erledigt, mißmutig stochert der Junge in seiner Schüssel, die Comicfiguren Hand in Hand zierlich umrunden. Mit einer Geste fragt Rainer mich, ob er mir Espresso eingießen soll, aber ich schüttele den Kopf und deute auf mein Kinn, mache Rasierbewegungen, und Rainer nickt. Das zu weite grüne Cordhemd, das er halboffen trägt, die weiten dunklen Hosen lassen seine Figur noch schlanker als gewöhnlich erscheinen, wie unterernährt für ihre Größe, und mir kommt es auch vor, als würde er nicht genug zu sich nehmen, außer Kaffee und Zigaretten, Bier, Nudeln und Salat – keine Ahnung, was er mittags in der Kantine ißt, ich schlucke jeden Tag eine kleine orangefarbene Tablette, die laut Beipackzettel sämtliche Vitamine und Spurenelemente in Milligrammdosen enthält, zur eigenen Beruhigung, könnte man sagen, eine

Abbitte, die man seinem Körper leistet für alles andere, diese Unregelmäßigkeiten, gelegentlich ein Stechen im Rücken und dann der Vorsatz, Sport zu treiben, einmal um den Landwehrkanal zu laufen vom Urbanhafen bis zur Kottbusser Brücke, die Strecke wäre zu schaffen, obwohl, wenn ich mich jetzt von vorn und hinten betrachte, in den beiden Spiegeln über den beiden Waschbecken des Bades, dazwischen die sonnenhelle Milchglasscheibe des Kippfensters, es noch fast keinen Unterschied gibt zu früher, daran erinnere ich mich.

Längs in den Raum hinein steht die Wanne auf einem schwarzen Holzsockel, unter dem das Abflußrohr verläuft, es ist nachträglich eingebaut worden, wie der Rest der Installationen, nachdem man die Trennwände zum Gang und zur Küche selbst aufgemauert und verputzt hatte, um das hallenartige, von mehreren Säulen abgestützte Geschoß bewohnbar zu machen, es in verschiedene Zimmer und Bereiche zu gliedern, deren größter, wo gekocht wird und gemeinsame Zeit verbracht, fünfzehn mal neun normale Schritte mißt, also elf auf sieben Meter ungefähr, fast ein Saal, in dem die beiden Kinder Dreirad fahren und Ball spielen können.

Ein lichtes, bläuliches Grün, das ist wasserabweisender Lack, verkleidet das Bad ringsum bis zur Höhe meiner Brust, einfach und praktisch, doch für mich, auch wenn mir die Farbe gefällt, eine türkise, leicht glänzende, dem Mittelmeer ähnliche Tönung, zugleich irritierend, ich wußte lange nicht, warum, nur daß diese Form des Anstrichs eine Wirkung hat, war ich ihr in einem geschlossenen Raum ausgesetzt, für die Dauer des Rasierens beispielsweise, so etwas unterschwellig Bedrückendes, eine Verschiebung meiner Stimmungslage, die mich unruhig werden ließ, als müßte ich mich fortbewegen, aber man darf nicht, der Bezug der Pritsche, auf der ich mich ausstrecke, fühlt sich kalt an, wie die Hände des Arztes, der den Knoten in meiner Leistenbeuge ertastet, ihn sacht hin- und herschiebt, während meine Mutter ihm dabei über die Schulter blickt und sie ein paar Worte wechseln, leise, obwohl ich deren Sinn nicht begriffen hätte, mir scheint die Decke des Ordinationszimmers sehr weit entfernt, sehr hoch zu sein, ein schmaler weißer Kasten mit einem graugrünen Rand in meinen Augenwinkeln, eine gerade gezogene Linie, wo sich oben und unten treffen, als ich aus der Narkose erwache, sehe ich sie wieder, dann täglich bis zu meiner Entlassung, am Kopfende einer Reihe von Betten, die alle umgittert waren,

es sind jetzt drei sich überschneidende Geräusche hier, ins Becken fließendes Wasser, die Kassette von Daniel und ein Hämmern auf Blech, das aus dem oberen Stockwerk dringt, pünktlich zum Arbeitsbeginn der Spenglerei, als würde man den ersten Schlag genau auf die Sekunde setzen, nachdem jemand rückwärts gezählt hat wie beim Start einer Rakete, gebückt spüle ich mir Schaum von der Haut und creme sie dann ein, nah am Spiegel einen kleinen Schnitt suchend, der wohl zugegangen und nicht mehr zu entdecken ist. Durch den Spalt des gekippten Fensters mischt sich das Gurren einer einzelnen Taube in das, was ich höre, dünnes Gezwitscher von anderen Vögeln, die sich unter den Sträuchern am Drahtzaun verbergen, der den Hof in zwei gleiche Hälften mit zwei Toreinfahrten teilt, auch sie ockerfarben gekachelt wie Seitenflügel und Quergebäude, aus einer blendenden Wärme tritt man auf dem Weg zur Straße für einen Moment noch einmal in ein kühles, schattiges Stück Raum, in dem erhöhte Fußsteige links und rechts sind, um Lieferwagen durchzulassen, mit dem Rücken zur Wand gedreht in stoßweise herausgepreßten Dieselschwaden, die sich nur langsam verziehen, an dem schweren Gittertor, das abends vom Hauswart geschlossen wird, hängen Firmenschilder übereinander, mit Zahlenkombinationen versehen, wo sich die einzelnen Büros und Werkstätten befinden, für das Gewerbeamt und den Vermieter trägt unsere Etage den Namen: Graphic Service Futura GbR, I-2, lese ich in gelber Schrift auf blauem Grund, als ein Monteur an mir vorbeigeht, dessen Umriß sich dunkel gegen die Helligkeit draußen abzeichnet, auf der Oranienstraße, in der Ferne begrenzt durch das Stelzengestänge der Hochbahn.

Die meisten Geschäfte haben noch zu, die Schaufenster sind mit Rolläden gesichert, nachdem Plünderer bei Unruhen neben Getränke- und Supermärkten auch Herrenausstatter und einen türkischen Basar leer räumten, Aksünger Gida Pazari, oder Jugendliche dazu übergegangen sind, ihre Schnörkel nachts aufs Glas zu sprayen, geheime Markierungen ihres Territoriums, man sieht sie rumhängen den ganzen Tag in kleineren Gruppen, ziellos für alle, die sich mit ihnen nicht auskennen, die das von sich selber schon vergessen haben, daß man wartet, ohne sagen zu können, worauf, irgendwas, nur nicht zu Hause sein, wo man sich eingesperrt fühlt und in einer fremden Sprache geredet wird, wieviel die Dinge kosten, jenes da, ein neues Auto, und überhaupt, dafür würde man nicht arbeiten gehen, sich kommandieren lassen, kuschen, als gäbe es sonst nichts anderes auf der Welt, Zeit, mit der man anfängt, was man will, eben nichts, weil genug davon noch übrigbleibt, ein unbegrenzter Vorrat, den man immer bei sich hat, jahrelang, der scheinbar nie abnimmt, gleichgültig, welche Entscheidungen getroffen werden, ich verstehe das, falls ich die Sache richtig verstehe, es ist Montag, unter meinem Arm trage ich eine Ledermappe mit Papieren, die für das Plenum im Institut zu kopieren sind, die Aufgabe von Andrea diesmal, auch wenn sie wieder versucht, sich davor zu drücken.

Ich zünde meine erste Zigarette an, vor dem Haus der städtischen Blindenanstalt, einem Gebäude aus sandfarbenen Steinen, in dessen Parterre handgeflochtene Korbstühle verkauft werden, Wäschetruhen und Kehrbesen; in meiner Vorstellung sehe ich sie da hinten sitzen, wie sie nach Material und Werkzeug tasten, das auf den Tischen liegt, dabei den Kopf seltsam geneigt oder zur Seite gewandt, als horchten sie ihren Bewegungen nach, könnten sie steuern durch winzige Veränderungen in der Atmosphäre des Raums, die eine Art Schallbild erzeugen, eine farblose Zeichnung wie auf einem älteren Rechner, der Tiefe mittels künstlicher Schatten hervorruft, aber so ist es wahrscheinlich nicht, nur schwarz alles und kein Signal von außen mehr, denke ich und schließe kurz die Augen, was war da noch?, man könnte es auf Anhieb nicht sagen, in sich eingekapselt, lediglich mit Worten beschreiben, die das Gesehene wieder zusammensetzen Teil für Teil, bei Blinden die Töne der

Wahrnehmung, Geräusche, aus denen ihre Welt besteht, das kreiselnde Rumoren einer Maschine der Stadtreinigung, übers Pflaster kratzende Borsten, ein Wasserstrahl, der glucksend im Rinnstein verläuft, ich weiß, daß der Tank des Wagens orangerot ist, wie die Kleidung des Mannes in der Fahrerkabine, halb aus dem Fenster gelehnt, um genau seine Spur zu halten, vom Heinrichplatz kommend, der die Form eines Achtecks hat, das durch die beiden sich auf ihm kreuzenden Straßen durchbrochen wird.

Selbst die Dunkelheit ist heute anders dort, verschieden von der, die ich kannte, wenn man zum Esso lief, längs graubrauner Fassaden, von denen der Putz abblätterte, und Toreingängen ohne Beleuchtung, manche mit Brettern vernagelt, weil das ganze Haus leerstand, an Fenstern vorbei, um die herum sich hellere Flecken streuten, kleine Krater im Mauerwerk, aus denen Sand rieselte, das waren Einschußlöcher, die man nie zugegipst hatte, als hätte über die Jahre jedes Interesse gefehlt, sie zu beseitigen, hier wenigstens, auf dem Stück zwischen Landwehrkanal, Spreeufer und Grenze, das wie ein Wurmfortsatz des Westens aussah, betrachtete man den gestrichelten Umriß dieses Gebildes auf einem älteren Stadtplan, sich orientierend, wo die Konzerthalle lag, gleich weit entfernt von zwei Stationen der Linie eins, man passierte verwilderte Baugruben und Plakatwände, hinter denen leerer schwarzer Raum war, punktiert von den Lichtern eines Hofflügels, es roch leicht modrig, nach Briketts und klammen Kellergewölben, abhängig auch von der Jahreszeit, ob nasses Laub unter den Schuhen klebte, oder Frost den Hundedreck versiegelte, kulisssenhaft weiß und rein die Straßen für eine Nacht, wenn es abends zum ersten Mal geschneit hatte und sich vor dem Kassenhäuschen Pfützen bildeten, Schmelzwasser, das den Wartenden in dem überfüllten Foyer aus der Kleidung tropfte.

Ein langer, violett-schwarz gestrichener Gang führte durch eine Stahltüre in den fensterlosen Saal, der hell ausgeleuchtet war, bis auf die Bühne und die Theke gegenüber völlig leer, ein ehemaliges Kino, das man jetzt als Ort für alles betrieb, das Neueste, was mit Musik zu tun hatte, mit Maschinen und Stimmen, elektronisch verstärkte Geräusche, die einen täglich umgaben, oft nur Krach, Rumpeln, quietschende Rückkopplungen, was ein paar Minuten oder eine halbe Stunde dauern konnte, dann wieder traten Gruppen auf, die ihre kurzen Stücke so schnell und laut herunterspielten, als hätten weder sie noch das Publikum eine Sekunde Zeit zu verlieren, mit Analysen und so weiter, eines Abends das Röcheln Alan Vegas, sein monotoner Sprechgesang, den der Takt eines Preßlufthammers immer weiter vorwärtstrieb –

das alles stand für sich da und niemanden sonst, keine Instanz mehr, die vorschrieb, wie man sich zu äußern und zu bewegen habe, wie etwas richtig darzustellen sei, jenseits der Behauptungen abgestorbener, toter Begriffe und einer lähmenden Überwachung des Denkens durch richtiges Oben und falsches Unten beziehungsweise umgekehrt, durch antiquierte Symbole und Verneinungen, zementschwere Texte, die es von vorne bis hinten auswendig zu lernen galt, anstatt sich das zu nehmen, was man praktisch brauchen konnte, umblätternd, springend, den Sender wechselnd, wenn es langweilig wurde oder nicht mehr gut war, verstiegen, so bastelte jeder sich sein eigenes Programm zusammen, aus der Obhut der großen Wahrheit entlassen, allein mit sich in dieser kahlen, grell beleuchteten Halle, Bier trinkend, rauchend, manchmal tanzend, und das hieß meistens, vor der Bühne in die Luft zu springen, gegen andere Körper zu stoßen, umzufallen und wieder aufzustehen, verschwitzt lief ich später kreuz und quer durch die Nacht, Throbbing Gristle oder This Heat in meinen Nervenbahnen, ein vibrierendes Dröhnen, das ich aus mir herauslaufen mußte, um schlafen zu können, endlich müde geworden, leer, wenn ich zu Hause ankam; oft dämmerte es schon, ein gelblicher Streifen über den Lagerplätzen und Bürobaracken am Spreeufer, ging oder geht man vom Schlesischen Tor aus nach Mitte, auf den Fernsehturm zu, deutlich konnte man seine Schritte auf der wenig befahrenen Straße hören, die gesperrte oder zerstörte Brücken verband, nur noch Pfeilerstümpfe im behäbig dahinfließenden Wasser, bis es dann nicht mehr weiterging, weil die Mauer von der Flußseite her plötzlich vorsprang und den Weg verstellte, wie das Projekt eines minimalistischen Künstlers, in der Art eines running fence quer durch die Stadt, an Kränen herabgelassene Betonplatten mit einer wulstig runden Krone, später so gründlich und rasch wie möglich beiseite geräumt, um dem Verkehr wieder freie Bahn zu verschaffen in die nördlichen Bezirke und nach Osten, überall eröffneten hier jetzt Geschäfte, wo sonst staubblinde Ladenfenster den Einblick verwehrten, es gab Computershops, Falafelbuden und Restaurants mit kühl marmorierten Wänden, auch viele Mietshäuser waren inzwischen saniert und von außen frisch gestrichen worden, so daß die ganze Gegend aufgehellt wirkte, nicht mehr so trostlos wie früher, von der Zentrale des Springer-Konzerns bis zum Bethaniendamm, dem Sozialamt in einem Seitentrakt des ehemaligen Diakonissenspitals, einem pseudoromanischen Gebäudekomplex mit Türmchen und schlanken Säulen, ich glaube, das ist vom Heinrichplatz aus zu sehen, wenn man sich auf die Kreuzung stellt, aber ich weiß es nicht genau, ich müßte zurückgehen, um mich von meiner Vermutung zu überzeugen, dafür fehlt mir die Zeit, und außerdem ist es vollkommen unwichtig.

nichts folgt nichts kommt aus der anderen Richtung da ist keine andere Richtung als ob man die Wahl hätte das läßt sich alles einfach nicht denken

Im Anhang soll es eine Liste der einzelnen Testverfahren geben, ausführlich beschrieben und kritisch eingeschätzt, die Zuverlässigkeit ihres Aussagewerts, was Intelligenz, Leistungsvermögen und emotionale Gestimmtheit betrifft, oder hirnorganische Störungen, daß jemand einen echten Dachschaden hat, der nicht psychisch induziert ist, sondern durch eine frühere Verletzung, so eine irreparable Sache im Kopf, die die Schuldfähigkeit vermindert, die Einsicht in die Rechtswidrigkeit, dieses oder jenes zu tun, das muß dann neurologisch abgeklärt und diagnostiziert werden, um Fehlurteilen aus dem Weg zu gehen. Andrea sichtet seit wenigstens drei Wochen die Literatur zum Thema, und mir scheint es, sie würde sich kaum von der Stelle bewegen, da noch mal nachgucken und dort, ohne weiterzukommen, substantiell, wie Rühle, der Ordinarius, zu sagen pflegt, ein kleiner energischer Typ, dessen Hemden zu eng geschnitten sind und über dem Gürtel spannen, wir arbeiten hier ausschließlich substantiell, Frau Händler. Ich bin fast durch mit den projektiven Persönlichkeitstests, ziemlich fragwürdigen Geschichten, die nur mit größter Sorgfalt eingesetzt werden dürften, weil sie der Willkür der Gutachter zuviel Raum bieten, ihrer eigenen Phantasie, Antworten so und nicht anders zu interpretieren, sich am Konfliktbewältigungsstandard, den Normen einer sich in Auflösung befindlichen Produktionsweise orientierend, und zudem wissenschaftlich überholt, hauptsächlich diese Kritik hat Doktor Sperl in seinem Rorschach-Artikel herausgearbeitet, der aber sehr lang geraten ist, wir müssen kürzen, ich habe am Rand schon die Stellen markiert, die wegkönnen, testtheoretische Superdetails, die niemand außer ihm selber versteht, ein Hinweis darauf würde genügen, siehe Libman et al. 1988, in meiner Ledermappe steckt ein Ausdruck, der wie die anderen Aufsätze den Mitarbeitern heute auszuhändigen ist;

ein Geschenk von Evelin, das sie mir an meinem ersten Arbeitstag vor vier Jahren machte, die Mappe lag in blaues Packpapier eingeschlagen neben meiner Teetasse auf dem Tisch in ihrem Erkerzimmer, als Zeichen dafür, daß es nun losgeht, ab jetzt hatte die Frage nach meiner Arbeit eine klare Antwort, Besoldungsstufe und Funktion, die sich gegen Kritik wappnen ließ, das, was man tat, konnte so oder so dargestellt werden, zu früher handelte es sich bei dem Buch um einen echten Fortschritt, eine praxisnahe Bestandsaufnahme von Methoden, denen nicht mehr das Lied von der interesselosen Objektivität gesungen wurde – andererseits blieb sich die Geschichte gleich, das System von Gefängnis und Psychiatrie, Strafe und Schuld, der Verindividualisierung sozialer Brüche, aber wer war ich denn, gegen alles und jeden anzutreten, ich bin Fachmann für ein bestimmtes wissenschaftliches Instrumentarium, das ich bis in seine Verästelungen hinein untersucht habe, in meiner Diplomarbeit so gut wie in der Zeitschrift für Angewandte Psychologie, seitenweise, falls ich jemals noch einen Beleg bräuchte, als Ausweis meiner Haltung gegenüber Selbstverständlichem, die vier Jahre sind schnell vergangen, ein geregelter Ablauf hat die Tage in sich verschlungen, mir kommt es manchmal vor, als sei der Morgen mit dem Geschenk erst gestern oder letzte Woche gewesen, und ich muß mir dann ins Gedächtnis rufen, daß die Zeit fast um ist, daß wir uns langsam, aber sicher der Schlußredaktion unserer Arbeit nähern, ins Gedächtnis rufen die Affäre von Bukarest, die mich anders traf, das weiß ich heute, als sonst eine Heimlichkeit, ein gewöhnlicher, alkoholbedingter Aussetzer am Abend eines Kongreßtages, es gab einen Riß in mir, den diese Frau wieder aufdeckte, wachgehalten durch sporadische Telefonate nach Wiesbaden, wo sie mit Freund und Kind lebt, das habe ich nie erzählt, und wie hätte ich's auch erklären sollen, wenn für mich selber alles, was später folgte, damit in keinem direkten Zusammenhang steht, im Bezug auf so ein bestimmtes Gefühl, das mich seit unserer Begegnung damals, im ehemaligen Gästehaus der ehemaligen staatlichen Gewerkschaft, nicht mehr verlassen hat.

Hausfronten ziehen nah am Abteilfenster vorbei, Baumkronen, dann schiebt sich jenseits des Landwehrkanals wie ein Riegel die Amerika-Gedenkbibliothek in meinen Blick. Ab hier ist die Strecke dieselbe wie von der alten Wohnung aus, Hallesches Tor war meine Station, wenn ich nicht mit dem Auto gefahren bin, Umsteigen an der Möckernbrücke und ab Yorckstraße dann weiter mit der S-Bahn zum Botanischen Garten. Diese Linie kenne ich inzwischen am besten von allen in Berlin, nie vorher habe ich einen Weg hier so oft und so regelmäßig zurückgelegt, selbst wenn ich jeden Tag zum Studieren gegangen wäre, hätten meine diversen Umzüge das verhindert, von Ein-Zimmer-Wohnungen in Wohngemeinschaften und wieder zurück, eingeschlossen der Aufenthalt in einem Schöneberger Appartmenthaus, das billig war, weil der Senat die Mieten subventionierte, um Arbeitnehmer aus Westdeutschland anzulocken, ich stellte mich bei denen im Büro als Starkstromelektriker vor und bekam ein möbliertes Zimmer plus Küchenzeile und Duschbad, ohne in sechs Monaten je den Nachweis liefern zu müssen, bei irgendeiner Firma auch wirklich beschäftigt zu sein. Außer mit Evelin habe ich am längsten noch mit einem Freund in der Herbertstraße zusammengelebt, einem kurzen Verbindungsstück zwischen Kaiser Wilhelm-Platz und Stadtbahngelände, wo ich von meinem Fenster aus die Züge sehen konnte, am Schreibtisch hockend und den Kopf in die Hände gestützt, was eine beruhigende, nein, einschläfernde Wirkung hatte, zu warten, bis endlich eine

Kette dieser eckigen, rotgelben Waggons in Richtung Wannsee oder Frohnau unten entlangfuhr, mit einem metallisch rumpelnden Geräusch, das die Glasscheiben in feine Schwingungen versetzte. Würde ich,

wenn ich in die S1 wechsle,

mich auf die rechte Seite des Wagens begeben und an der entsprechenden Stelle hochblicken, könnte ich, sofern das dichte Grün der Sträucher und Bäume es nicht verhindert, über der Böschung das Haus sehen, Satellitenschüsseln an fast jedem Balkon, im vierten Stock Rolläden, die geschlossen sind. Da oben wohnen Gespenster, nachtaktive Kreaturen, deren man nur gewahr wird durch den Lärm, den sie frühmorgens auf der Treppe veranstalten, beim sich wiederholenden Versuch, der Schwerkraft sturztrunken ein Schnippchen zu schlagen. Ist man erst einmal fort, trifft man sich auch nicht mehr, es läuft auseinander mit einer gewissen Unumgänglichkeit, die schon die Größe der Stadt hervorbringt, und ebenso, daß man den meisten Leuten eher zufällig begegnet, es bleibt oft Zufall, mit wem man seine Zeit verbringt, selbst anscheinend engere Beziehungen – käme man plötzlich auf die Idee, sie nach ihrem sachlichen Grund zu befragen – lösten sich dann so gut wie spurlos auf, was war da?, und womit hat es angefangen?, vor allem bei solchen Liebesgeschichten, die sich immer weiter verlängern, weil es normal ist, man hat sich daran gewöhnt, wie man sich später kaum noch erinnert, an diese oder jene Einzelheit vielleicht, aber nicht mehr an den ganzen Zusammenhang, als säße man über den Schnipseln einer Textseite, die willkürlich zerschnitten worden ist, in Nebensätze und begonnene Aussagen, in alleinstehende Subjekte und prädikatlose Beschreibungsversuche, daß etwas geschehen sollte, müßte oder werde, möglicherweise geschieht,

bei der Arbeit, die man sich macht, alles neu zu ordnen, die Stücke so lange hin und her zu schieben, bis sie wieder eine Art Sinn ergeben, eine Erzählung aus sich einleuchtend folgenden Teilen. Bahnhof Feuerbachstraße. Ich spüre, wie mein Körper durchs Bremsen nach vorn gezogen wird, dann fällt er mit einem Ruck auf seinen Platz zurück. In blauer Uniform verharrt ein Angestellter der Verkehrsbetriebe neben dem Zug und beobachtet die ein- und aussteigenden Passagiere, gerade so, als bestünde sein Auftrag in diesem fast regungslosen Beobachten, als speicherte er, was weiß ich, das Kommen und Gehen um ihn herum. Noch zwei Stationen. Die rote Lampe über der Tür beginnt zu blinken, und gleichzeitig ertönt ein Signal, ein lautes, sich in kurzen Abständen wiederholendes Piepen, dem das Geräusch einrastender Türgriffe ein Ende setzt. Die blaue Gestalt auf dem Bahnsteig gleitet an mir vorbei, Schautafel und Signalmast, schließlich ein Prellbock, der von grünem Strauchwerk bis obenhin zugewachsen ist. Die Frau gegenüber holt ein Buch aus ihrer Tasche, ein Paperback mit zartrosafarbener Rückseite, in dem als Lesezeichen eine Postkarte steckt. Ich erkenne das ovale Zeichen des Verlages, die Reihe, Penguin Popular Classics, nicht aber Titel und Autor, oder Autorin, obwohl ich mich zur Seite lehne und möglichst unauffällig meinen Kopf drehe; ich müßte tiefer rutschen, um wenigstens an den Vornamen zu kommen, doch das geht nicht, außer ich würde so tun, als binde ich meine Schuhe, und dabei von unten hochsehen; Treasure Island liest sie, hier in der S-Bahn ausgerechnet das, das war eines meiner Lieblingsbücher früher, neben der Geschichte von Huckleberry Finn, an diese beiden reichte lange nichts anderes heran, Hauptfiguren, deren Sache man ganz und gar zu seiner eigenen erklären konnte, in unvorhersehbare Abenteuer verstrickt. Ich stellte mir vor, zusammen mit Huck und seinem Freund Neger Jim auf einem Floß den Mississippi hinunterzutreiben, dachte mir selbst Finten aus, um die Sklavenjäger, die uns auf den Fersen waren, abzuschütteln, wie ich vor Spannung zitterte, als ich, in einem Apfelfaß versteckt, die finsteren Pläne des einbeinigen Schiffskochs belauschte, John Silver, der aber, das muß gesagt werden, weniger schlimm war als seine Kumpane, kein solcher Galgenvogel, sondern eher einer, mit dem sich noch reden ließ, und jedenfalls interessanter als Doktor Livesay und Squire Trelawney, diese eingebildeten Langweiler, die sich überall einmischten, ohne die geringste Ahnung von dem zu haben, was man auf hoher See wissen muß, wie man nämlich eine Meuterei anzettelt oder sie im Keim erstickt, etwas Wichtigeres gab es überhaupt nicht.

allein die Vorstellung zu versuchen sich das vorzustellen ist unmöglich dorthin will ich nicht wie ich geboren wurde Schreie Schlag auf den Schädel man spuckt Erde und Dreck aus einen ganzen Mund voll lehmiger Geschmack kein Deklinieren mehr ob mit s oder n oder t aber der gibt doch noch Laute von sich irgendwie atmend dabei handelt es sich um einen Automatismus soviel steht fest

Wenn es heißer wird, ziehen wir um unter die Bäume am Rand des Gartens, einer gepflegten, von hohen Sträuchern und Bäumen abgeschirmten Rasenfläche hinter dem Haus, über die Terrasse zu betreten oder seitlich, auf einem Kiesweg am Sekretariat im Souterrain vorbei, wo sich die Klientel zu melden hat, es riecht nach verblühendem Flieder und frisch gesprengtem Gras, ein paar Insekten schwirren als bewegliche Punkte durch die Luft, langsamer, mehr treibend als fliegend, kreuzt eine Biene dieses nervöse Auf und Ab, Vögel sind zu hören und Stimmen, wer gerade etwas sagt, Frau Müller hat links neben Rühle Platz genommen, Geißler rechts, Andrea und ich sitzen ihnen genau gegenüber, während die anderen Mitarbeiter den Kreis zu beiden Seiten schließen; Protokoll führt wie immer Paul Weichsel, der Institutssekretär.

Im Augenblick handelt es sich um Brandstiftung, mehrere Dachstühle sind angezündet worden, ein Hinterhaus in Friedrichshain ist bis auf die Grundmauern ausgebrannt, ohne Personenschaden und ohne den Vorsatz, jemanden zu verletzen oder zu töten, wie Frau Müller referiert, das habe erwartungsgemäß ein zweites, längeres Gespräch mit der Tatverdächtigen ergeben, die zwar willens sei, aktiv an der Exploration teilzunehmen, sich aber noch sehr schwer tue, offen zu reden, auch aus dem Grund einer Inkompetenz heraus, eines verbal-intellektuellen Unvermögens, Gefühle, Bedürfnisse und Einstellungen halbwegs strukturiert zu artikulieren, unter Umständen müsse man hier eine erhebliche, meßbar nachzuweisende Minderbegabung vermuten, ein doch eher niedriges Gesamtintelligenzniveau, Sonderschule und dann wechselnde, unglaublich miserabel entlohnte Beschäftigungsverhältnisse als Küchenhilfe und ähnliches, zuletzt habe sie vom Sozi gelebt, ziemlich isoliert, nachdem ihre Ehe den Bach runtergegangen sei, der Mann sitze wegen verschiedener Raubdelikte jetzt dauerhaft ein – also das Vollprogramm, denke ich, da fehlt mal wieder nichts, nur bemerkenswert, daß es eine Frau war, sonst zündeln hauptsächlich Männer in Serie, der Feuerteufel von Neukölln, der Dutzende Keller in Brand steckte und beim Löschen erkannt wurde, Feuerteufel endlich geschnappt, so stand es fettgedruckt auf den Stelltafeln der BZ, vor jedem Kiosk fiel einen die Schlagzeile an, diese altbewährte Mischung aus Seufzer, Monstrosität und Hauswartsjargon, bohrte sich durchs Bewußtsein in tieferliegende Schichten, ins Innere des Körpers, wo sie sich über die Organe hermachte wie alle ihr vorangegangenen, sie zersetzend, ein schleichender, täglich neu genährter Prozeß, der das Gewebe in Stumpfsinnsfäden verwandelt, die einem irgendwann aus dem Mund schleimen,

mit einer Energie, sagt Frau Müller, die einen erstaunlichen Kontrast bildet zu ihrer allgemeinen Fahrigkeit und Antriebsschwäche. Sowohl Geißler wie Rühle schreiben sich gelegentlich etwas auf, Stichworte für die Diskussion des Falles, wenn es nach Ende des Vortrags zu einer kommt, Frau Müller hatte sich intern gegen Sperl durchgesetzt, die Sache zu übernehmen, und er reagiert nun mit Desinteresse, schaut gedankenverloren ins Grün oder blättert teilnahmslos in dem Akt, der auf seinen Knien liegt, auch wird er sich später nicht zu Wort melden, oder betont kollegial, in der Form eines freundschaftlichen Literaturhinweises vielleicht, peinlich darauf bedacht, sich öffentlich keine Blöße zu geben, daß er etwas besser wüßte als Müller und die Brandstiftung eigentlich sein Fall sei, im Prinzip, wenn die Reihenfolge eingehalten worden wäre und Rühle ihn unterstützt hätte, das hat er aber nicht, so wenig wie Geißler, der Sperl nicht mag, die beiden gehen sich aus dem Weg, da die Abneigung auf Gegenseitigkeit beruht, eine Aversion auf den ersten Blick, wie Geißler es mir einmal während eines langen Abends im Café Einstein gestand, von dem Moment ihrer Vorstellung an, von dem Augenblick an, als er in Rühles Büro getreten sei, wo Doktor Sperl saß, um mit ihm bekanntgemacht zu werden, völlig irrational, eine reziproke Blockade, die man kausalgenetisch, Geißler hatte gelacht, wohl jenseits des Spiegelstadiums verorten müsse, schlechthin also therapieresistent sei, außer man unterwerfe sich gemeinsam einer alkoholischen Brachialkur, die ihm seine Gesundheit aber inzwischen verbiete, weshalb man damit zu leben habe, und wieso auch nicht, er schätze den Kollegen Sperl und seine Arbeit durchaus, soviel Unabhängigkeit sollte man ihm schon einräumen, das wäre ja noch schöner.

Und es läßt sich ganz bestimmt verneinen, unterbricht Geißler Frau Müller, daß die zwei intim geworden sind? Ich meine, wenn der Mann öfter schon in ihrer Wohnung übernachtet hat und sie sich angeblich ernsthaft überlegt, den zu heiraten, also ich meine, das liegt doch im Bereich der Möglichkeiten.

Ich glaube, antwortet die Psychologin, daß eben nein, kein Intimverkehr, was sich ins Bild einer ausgeprägten affektiven Gehemmtheit gut einpassen würde, und diese Heiratsidee, dabei handelt es sich um eines ihrer Phantasmen, wie die Geschichte mit dem adoptierten Kind.

Naja, meldet sich Rühle mit erhobenem Arm zu Wort, Phantasma, wie Sie es nennen, aber bedenken Sie mal, der Ehemann ist weggeschlossen, in keiner Weise mehr präsent, da könnte so ’ne Heirat, Neuvermählung, für die Frau eine fesselnde Perspektive sein. Das ist doch alles eine Frage des Überblicks, einer intakten psychischen Orientierung – seien wir ehrlich, ich habe meinen Hochzeitstag auch vergessen, im Lauf der Jahre, und zwar ganz ohne Absicht, wenn ich auch grundsätzlich noch weiß, daß ich verheiratet bin.

Ein mokantes Lächeln Geißlers, selbst Doktor Sperl gelingt es nicht, ernsthaft zu bleiben, und Weichsel blickt grinsend von seinem Stenoblock hoch, ich heiße Paul, so stellte er sich mir damals vor, Paul Weichsel, bevor er mich durch das Haus führte, eine der alten Dahlemer Villen, die zum Bestand der Freien Universität gehören, in großer Zahl nach dem Krieg angemietet, als der Lehrbetrieb Unter den Linden, im sowjetischen Sektor, von den Genossen ins Visier genommen wurde, Lyssenko ruled the roast, diese Geschichten, daß sich der bourgeoise Charakter vererbt wie eine Krankheit, und es sozusagen Proletarier von Geblüt gibt, aus ihrer Erbmasse heraus, die Mendelschen Gesetze des Klassenkampfs, welcher draußen zu bleiben hatte fortan, nach dem Umzug der Wissenschaft in den westlichsten Westen der Stadt, das war dann die Geschäftsgrundlage, darauf ließ sich aufbauen, ich weiß nicht warum, aber der Kreis bricht in Gelächter aus,

Paul Weichsel also hat mich durch das Haus geführt und mir den Raum gezeigt, in dem Andrea und ich arbeiten würden, er hatte das Schild an der Tür schon ausgewechselt und ein neues mit unseren Namen und Titeln versehen, der Bezeichnung des Projekts, so daß die Sache von Beginn an ganz offiziell war, auf dem Schreibtisch neben dem Telefon lag eine Liste der Institutsanschlüsse, wie Paul sagte, damit immer die connection stimmt, alphabetisch geordnet von Briesemann bis Sperl, aber noch ohne Müller, die später aus Braunschweig hinzugekommen ist mit einer Dissertation über Fälle von Hypermnesie in der Tasche, Spitzenleistungen des Zahlengedächtnisses, die keine Entsprechung auf anderen Gebieten haben, das können sonst fast Schwachsinnige sein, die speichern ihnen einmal vorgelesene Datenkolonnen mühelos: welcher Wochentag war der 12. Januar 1926?, wie lautet die dritte Wurzel aus 195118616?, obwohl sie zu allem anderen unfähig sind, etwa lesen und schreiben zu lernen, als gebe es in ihrem Kopf eine sturmumtoste Insel der Ruhe, eine kleine, perfekt funktionierende Maschine inmitten einer Trümmerlandschaft aus Alteisen und zerrissenen Kabelsträngen, so vollendet wie nie bei uns halbwegs Normalen, im statistischen Mittelfeld, da, wo sich die Glockenkurve des Durchschnitts auswölbt, ein schraffierter Bereich in den Lehrbüchern zum Thema;

sich selbst läßt man ungerne testen, immer enttäuscht von den Ergebnissen, die man so nicht erwartet hat, ein bezifferbarer Frontalzusammenstoß mit dem eigenen

Größenwahn, man könnte es auch narzißtische Kränkung nennen, wenn schwarz auf weiß vorliegt: der Intelligenteste bist du nicht, fast sechzehn Prozent scoren höher, das sind zwölf von achtzig Millionen, die besser gegen die Stoppuhr arbeiten, die auf dem Tisch liegt und bei jeder Aufgabe läuft, außer bei den Fragen nach Bildung und gesellschaftlichen Regeln, ob sich die Person, die vor einem sitzt, in ihrer Umwelt zurechtfindet, ob sie weiß, was man tut und was nicht, einen gefundenen Brief in den Kasten stecken und eben nicht öffnen, um mal zu gucken, ob es sich lohnt – das sagte der Mann schulterzuckend, als fiele ihm wirklich keine andere Antwort ein, mich unsicher anschauend, schwitzend, schon bei unserer Begrüßung waren seine fleischigen Hände feucht gewesen, aber jetzt schwitzte er am ganzen Körper, ein dunkler Rand breitete sich unter seinen Achseln durch den Stoff des hellbraunen Anzugs und des gestreiften Polohemds hindurch aus, und Schweißperlen standen auf seiner Stirn, glasige kleine Tropfen, die ihm manchmal ins Gesicht liefen, von wo er sie mit einer Wischbewegung seiner lose geballten Faust entfernte, mechanisch die Handflächen immer wieder an der Hose trockenreibend, das ist alles halb so wild, hatte ich versucht, ihn zu beruhigen, nehmen Sie bitte hier Platz,

dann erklärte ich ihm das weitere Vorgehen, wie lange es insgesamt dauern würde und daß wir nicht die Justiz seien, weder Staatsanwaltschaft noch Gericht, sondern eigentlich auf seiner Seite, ich, als jemand, der für Geißler die Voruntersuchungen führte, was mir neben der Arbeit Geld einbrachte, kein Teil der Strafverfolgungsbehörden. Laut Aktenlage hatte ein knapp Vierzigjähriger im Versandhandel und beim Tele-Shopping zahlreiche Waren bestellt und nicht bezahlt, Fernseh- und Videogeräte, Kleidung, Schuhe, Schmuck, Mikrowelle, CD-Spieler, eine Gefriertruhe, sowie, obwohl selbst ohne Auto derzeit, Autozubehör, Felgen und Spoiler, wovon man das meiste in seiner Wohnung und in seinem Keller wiederfand, oft noch originalverpackt, so daß ein echter Schaden begrenzt geblieben war, nur wenige tausend Mark betrug, die er aber nie würde zurückzahlen können, rechnete man das Familieneinkommen mit bereits vorhandenen Schulden hoch.

Was ist ein Thermometer?

Der Mann rutschte unruhig hin und her.

Haben Sie mich vielleicht nicht richtig verstanden?

Doch, doch, er nickte beflissen und atmete mit geblähten Backen aus.

Sagen Sie es einfach in Ihren Worten, wie Sie einfach so sagen würden.

Sein glänzendes Gesicht nahm einen hilfesuchenden Ausdruck an.

Na?

Wenn man krank ist. Nach einer kurzen Pause fügte er hinzu: Im Krankenhaus.

Auch wenn ich ahnte, welchen Weg seine Gedanken eingeschlagen hatten, war die Antwort unbefriedigend.

Wozu ist das denn gut?

Unterm Arm oder im Po – ein flüchtiges, verschämtes Lächeln – von der Schwester.

Was macht man damit, mit so 'nem Thermometer?

Ungefähr diese Länge, sagte der Mann, und spreizte Daumen und Zeigefinger auseinander, unter den Arm, er stockte, hob seine Schultern und ließ die Hand zurück auf seinen Schenkel fallen. Als ich schon zur nächsten Frage übergehen wollte, rief er: Man sieht, wie heiß der Körper ist, und das Wetter.

Zum Temperaturmessen!?

Ja, genau.

Ich setzte ein Pluszeichen in das Kästchen auf meinem Bogen und dachte, daß wir auf diese Weise mehr als drei Stunden bräuchten, um fertig zu werden, dazu hatte ich entschieden keine Lust.

Wo liegt Rom?

Als Stadt?

Rom, die Stadt Rom.

In Italien?

Wie heißen die letzten beiden Bundespräsidenten?

Den kennt doch jeder.

Obwohl es sinnlos war, fühlte ich mich verpflichtet nachzufragen, der endgültige Minusstrich in dieser Rubrik sollte keine Folge meiner Ungeduld sein, nicht davon abhängen, was ich dem Probanden aus Erfahrung zutraute und was nicht.

Fangen wir einfach mal mit dem letzten an.

Der ist öfter im Fernsehen, sagte der Mann, so ein Großer.

Wissen Sie zufällig auch den Namen?

Statt zu antworten, irgendwas, sei es falsch oder richtig, sank mein Gegenüber in sich hinein, in seinen massigen weichen Körper, als tauche er darin unter, mich mit einem Gesichtsausdruck ansehend, der Ohnmacht und Trotz zugleich spiegelte, als trüge ich die Verantwortung für seine mißliche Lage oder könnte ihn daraus befreien, wenn ich nur gewollt hätte, mit einem Telefonat bei den zuständigen Stellen, dem Abbruch der Befragung, deren Zweck ihm nicht einzuleuchten schien und in seiner Empfindungswelt bloß eine weitere Zumutung war, feindlich von außen kommend wie alles übrige sonst auch, sich dagegen verwahrend durch diese Haltung passiven Widerstands, die mir den Abfall seiner Motivation auf Stufe Null signalisierte, seiner Bereitschaft mitzuarbeiten, und dabei hatten wir gerade erst angefangen, am besten wäre es, dachte ich, ein Stück aus dem Handlungsteil vorzuziehen, eine Aufgabe, die zu lösen dem Mann leichter fiele und ihm das Gefühl vermitteln würde, etwas erfolgreich bewältigt zu haben. Das Ordnen von Bildtafeln zu einer kleinen Geschichte, oder ein vorgegebenes Mosaik mit zweifarbigen Würfeln nachlegen. Obwohl er sich, von mir behutsam ermuntert, jetzt wieder erkennbar Mühe gab, blieben die Ergebnisse bescheiden, mehr oder weniger verliefen alle Subtests gleich, so daß sich schon vor der genauen rechnerischen Auswertung der einzelnen Faktoren prognostizieren ließ, man habe es hier wahrscheinlich mit einem Fall zu tun, der im Grenzbereich zur Retardierung anzusiedeln sei, mit mangelhafter sozialer Orientierung als direkter Folge davon, unfähig, sich zu verstellen: Natürlich werfe ich einen frankierten und adressierten Brief in den Postkasten, unter dem ich ihn gefunden habe, ich lasse ihn weder liegen, noch nehme ich ihn mit nach Hause, oder halte ihn gegen das Licht, oder lasse ihn liegen und frage mich später, wieso, wieso hat der Brief unter dem Kasten gelegen?, oder sage: Wenn ich ihn gefunden habe, gehört er ja praktisch mir, oder: Ich würde den Brief öffnen, um eine wichtige Nachricht, sehen Sie, es könnte doch sein, und außerdem weiß man nicht, wie lange der Brief schon da lag, vielleicht weggeworfen, weil man sich im letzten Moment anders entschieden hat.

Nach dem FPI-R wäre hier der Benton-Test angesagt, dachte ich, zur Kontrolle des Verdachts auf eine cerebrale Schädigung, die man bei Herrn S. nicht guten Gewissens ausschließen konnte, so, wie er sich bisher dargestellt hatte, offenkundig von einfachen Problemlösungen schon überfordert, auch affektiv, und in seiner Gedächtnisleistung erheblich eingeschränkt, selbst wenn man die für ihn stressige Situation berücksichtigte, die ungewohnte Umgebung, das Machtgefälle zwischen uns beiden, in seinen Augen mein kalter Blick, als eine Anhäufung statistischen Wissens und abstrakter Begriffe, um dieses oder jenes auf einer fließenden Skala vergleichen zu können, in Ziffern ausgedrückte menschliche Eigenschaften, deren Deutung ein bestimmtes Profil ergibt, geronnenes Leben, zu Worten erstarrt in den Sätzen eines Gutachtens, das die Grundlage des zu fällenden Urteils sein wird, beeinträchtigte Schuldfähigkeit nach Paragraph 21 StGB, neben einer kurzen Bewährungsstrafe ordnet der Richter eine Pflegschaft an, die sich in nächster Zukunft um ihn und seine Familie zu kümmern hat, den Schriftverkehr mit den Gläubigern übernimmt und Vollstreckungsbefehle zu verhindern versucht.

Hätte er die Sachen wenigstens sofort verkauft und nicht bloß in seiner Wohnung gestapelt, das Geld ausgegeben für eine Weltreise oder sonstwas, dachte ich, bliebe ihm zumindest eine schöne Erinnerung, so aber nichts mehr, jeden Kauf müßte er sich nun von Amts wegen bestätigen und genehmigen lassen, Teil der Warenwelt, ohne ihr Schleusensystem durchschaut zu haben, reißender Strom und toter Kanal, ein Brackwasser aus nutzlos gehorteten Dingen, bricht das Gesetz, die Haare des Mannes waren naß wie sein Gesicht, als wir uns nach einer zermürbenden Zeit voneinander verabschiedeten, ein länglicher dunkler Fleck zeichnete sich auf seinem Rücken ab, und im Raum hing Schweißgeruch, ein muffiger Dunst aus Schweiß und zu lange getragener Wäsche, weshalb ich kurz das Fenster geöffnet habe.

Sperl redet. Es geht um sein Seminar, oder ein Seminar im Wintersemester, um psychopathologische Aspekte des Verbrechens als Drama, so ähnlich, das nennt er wohl so. Der Leinenanzug, zu dem er geflochtene Sandalen trägt, sieht nicht schlecht aus, ein zimtfarbener, sich je nach Einfallswinkel des Lichts in seiner Tönung verändernder Stoff. Frau Müller raucht, wie Schröder, Andrea und ich selbst, während Geißler und Rühle sich abwechselnd aus einer Dose mit Fruchtdrops bedienen, die auf einem Teewagen zwischen ihren Gartenstühlen steht. Schon halb zwölf, es wird heute zu lange dauern, um noch irgendwo essen zu gehen, und außerdem kein Wetter für warme Mahlzeiten, endlich gut wäre ein Regen, der abends die Luft einmal abkühlen würde. Ich könnte die restlichen beiden Kisten ausräumen, ich weiß schon gar nicht mehr, was ich da eingepackt habe, was mir gerade in diesem Augenblick wichtig erschien. Den Roman von Svevo mitzunehmen war nur eine Art Reflex, ein reflexhafter Griff ins Bücherregal, ebenso wie bei dem Foto, das ich mit einer Stecknadel an die Wand über meinem Schreibtisch gepinnt hatte, in Westdeutschland wiederentdeckt, als ich eines Nachmittags aus Langeweile alte Familienalben durchblätterte, Bildlegenden auf schwarzem Karton in einer weißen Kreideschrift, mir fremde Gestalten, die statuarisch oder kauzig posierten, allein oder in einer Gruppe, auf Reisen oder feiernd, nur kenntlich eigentlich, wenn man ihre Namen und Verwandtschaftsgrade las, der also, aha, das war die, ein Wickelkind auf dem Arm, im Hintergrund Sträucher und Teppichstange, so zogen sie alle Seite um Seite an mir vorbei. Und was noch, außer Foto und Buch? Wahrscheinlich meine Dokumentenmappe, vermute ich, mit Zeugnissen und Verträgen, Depotschlüssel, Kontovollmacht und obendrein, als Anekdote in der letzten Plastikhülle, meinem Wehrpaß, einem grauen, damals gesetzwidrig von mir einbehaltenen und mit nach Berlin genommenen Lappen, dienstflüchtig, das hatte ich mir erspart.

dunkel nicht dunkel nicht hell man krallt sich fest lehmige Erde es wird undeutlicher wie einmal deutlich Schlag verschwommen an Fruchtwasser erstickt die Augen treten einem aus dem Kopf bei solchen Vorgängen

Andrea Händler ist in Bad Godesberg aufgewachsen, ihr Vater war hoher Beamter, der beim Regierungswechsel in den einstweiligen Ruhestand versetzt wurde, weil er der damals falschen, der sozialdemokratischen Partei angehörte. Mit einer üppigen Pension ausgestattet, widmet er sich seitdem Immobiliengeschäften, zuerst nur im Umkreis, dann kaufte er Häuser in Dortmund, und jetzt mischt er auch hier mit, wie sie einmal erzählte, habe Fondsbeteiligungen und mehrere Wohnungen am Gendarmenmarkt, die für ein irrwitziges Geld an irgendwelche Repräsentanten vermietet seien, du wirst schwindlig, wenn du da rausguckst durch die großen Fenster und dir klarmachst, was jeder einzelne Blick kostet, wie auf eine Fototapete mit den beiden Domen und dem Schauspielhaus, oder eine Bildpostkarte, dafür griffen manche Firmen tief in ihr Portemonnaie, andererseits ja Kleckerbeträge, meinte sie, von der Steuer abzuziehende Werbung, die sich psychologisch amortisiere, auf der Ebene der Macht, das ist alles meins, und nicht nur in einem übertragenen Sinn, aber wer wüßte das nicht besser als wir? Ganz genau, hatte ich gesagt, und sie hatte lachend genickt, wenigstens einen Zweck muß das Studium doch erfüllt haben.

Zurückgelehnt in ihrem Bürostuhl sitzend, scrollt sich Andrea durch Listen von Veröffentlichungen, von meinem Platz aus betrachtet, sieht es aus, als würden die Zeilen sich nicht von oben nach unten bewegen, sondern auf der Stelle vibrieren, ein flackerndes Muster bildend, das plötzlich erstarrt, um sich dann in einem schmalen horizontalen Bereich grau einzufärben, ein weiterer Klick, und die gesuchten Angaben springen, aus der Tiefe des Geräts sich vervollständigend, hervor, während der Rest zugleich untergeht, im Bruchteil eines Bruchteils versinkt. Was auf dem Monitor steht, kann ich nicht lesen, dazu ist er zu weit entfernt, selbst mit der Brille, die in meiner Ledermappe steckt, wären die einzelnen Buchstaben kaum zu entziffern. Das Gestell habe ich noch mit Evelin ausgesucht, als sei nichts, wenn man zusammenlebt, scheint man das zu machen, eine eingespielte Sache bis zum Schluß, nach der Arbeit oder samstags vormittags, wann eben Zeit zum Einkaufen bleibt, in Frage kommen nur bestimmte Straßen und Geschäfte, da, wo man hingeht und die anderen trifft, Jutta und ihren Mann, Edith, Annette, Jürgen, Rechtsanwälte, Marketingleute und Architekten geworden, Filmkritikerin bei einer Stadtzeitung, in Schöneberg um den Winterfeldplatz oder in Mitte, was vorher telefonisch verabredet wird, eine Telefonkette sozusagen,

der Brillenladen hatte aufgestemmte Wände, so daß man das grobe, rötlichbraune Mauerwerk sah, in dem die Stützen für die Regale verankert waren, Borde aus armiertem Glas zwischen Stahlrohren, wie man sie zum Einrüsten gebraucht, durch Schäkel und fingerdicke Stifte miteinander verbunden, es gab abgezogene Holzdielen, und von der Stuckdecke hing ein alter, ausladender Kronleuchter, den Spaß erlaubte man sich, so wie im benachbarten Friseursalon hydraulische Sessel, die der Inhaber in Polen aufgetrieben hatte, mit Nackenrollen und violettem Kunstlederbezug: die Farbe kannste einfach nicht erfinden, oder das Mitropa-Porzellan im Café Roter, in dem man später seine Einkäufe vorzeigt, Verabredungen für den Abend ausmacht, reservierte Theaterkarten verteilt, quengelnde Kinder beruhigt; man lebt und bewegt sich, darauf kommt es an, das Leben ist in Bewegung, in einer guten Geschwindigkeit jetzt, die man im Griff hat, Freunde und so weiter, mit denen sich Ferienhäuser mieten lassen, man könnte über Silvester in die Bretagne fahren oder im Sommer nach Umbrien, warum nicht Umbrien?, das Meer ist relativ nah bei dem Ort, nächstes Jahr dann das, etwas anderes, sich mal die Villen von Palladio angucken, im Mai, wenn es noch nicht so heiß ist, daß man im Auto erstickt, Andrea, die leise am Bildschirm vor sich hinflucht, hat ihren letzten Urlaub in Brasilien verbracht, die Familie ihres Freundes Edson stammt aus Porto Alegre, Beamte, alles Beamte, selbst auf der Südhalbkugel, hatte sie gesagt, ein paar tausend Kilometer unterm Äquator, gerate ich wieder in eine Beamtenfamilie, als ob das strukturell bedingt sei, keine Struktur, denke ich, die einen gefangenhält, sonst wären wir Laborratten, aber vielleicht sind wir welche, die ein ingeniöser Doktor Skinner zu Trainingszwecken züchtet, zu seiner eigenen wissenschaftlichen Belustigung, durch die geöffneten Fenster zieht träge ein Vorhang aus schwerer warmer Luft, senkt sich über mein Gesicht und meine nackten Arme, während draußen alles gedämpft und verlangsamt erscheint, als mache es die Hitze selbst dem Licht schwer, sich fortzubewegen, und filtere die Geräusche des Gartens, die Zeit dehnt sich aus, den Eindruck bekommt man, ohne wirklich mehr zu werden, in ihrer Dauer zuzunehmen, es bleibt immer ein und dasselbe Maß, das die Spannung einer Feder in Spiralenform ist, an meinem Handgelenk, oder das stumme Pulsieren einer Quarzbatterie, die zwei Jahre lang vorhält, bevor man sie auswechseln muß.

Ein ruhiges Bild, das Grün der Blätter und des Rasens, in dem einzelne Flecken von Gelb und Rot sind, der hellblaue Streifen eines Blumenbeets da, wo er schon letzten und vorletzten Sommer ins Auge fiel, wandte ich meinen Kopf vom Schreibtisch aus nach links, so wie jetzt, am Himmel sieht man stillstehend flache Wolken, weiße dunstige Bänder, die sich wie aus dem Nichts gebildet haben, verwaschenes Blau dazwischen, das unmittelbar über den Baumkronen kräftiger wird, mit den Spuren anderer Töne aufgeladen, Lavendel, glaube ich, so könnte man die Farbe nennen, zu der es sich an dieser Stelle verdichtet hat.

Der Rand des schwarzweißen, querformatigen Fotos ist gezackt, auf seiner Rückseite steht, mit Bleistift geschrieben, eine Jahreszahl. Vor hochgeschossenen Sträuchern sind drei junge Männer abgebildet, die zu ihren Smokings gestärkte Hemdbrüste und Zylinder tragen. Der in der Mitte hält sich bei denen außen untergehakt, wie sein linker Nachbar hat er eine flachgedrehte, unangezündete Zigarette im Mundwinkel, der rechts eine in der rechten Hand. Als glänzende längliche Spur scheint das Sonnenlicht auf dem schwarzen Samtstoff der Hüte wider, als ein Spiel von Reflexen im Hintergrund, in dem undurchsichtigen Bewuchs, der Liguster sein könnte, oder Weißdorn, offenbar aber seit längerem schon nicht mehr gestutzt, sondern sich selbst überlassen, wild in alle Richtungen sprießend. Stehkrägen mit kurzen weißen Propellerfliegen, Blendrevers, Ziertücher, wobei das des mittleren viel zu weit aus seiner Brusttasche hervorschaut, ein zusammengefaltetes Dreieck aus Brüsseler Spitze, dessen erste Lage umgeknickt ist und, sicher mit ein wenig Parfüm getränkt, herabhängt, wie der Ausdruck des Gesichts eine lässige Antwort auf die Frage nach dem Preis der Welt, daß das, was sie auch immer kosten möge, für ihn kein Problem darstellen würde. Das Jahr weiß ich nicht mehr auswendig, zweimal flüchtig unterstrichen hinten auf der Karte, einer als Postkarte zu verschickenden Fotografie, nur noch, daß sie damals jünger waren als ich heute, jeder einzelne von ihnen, zur Hochzeit eines Cousins eingeladen, wie ich mich erinnere, unter dem Bild an jenem Nachmittag im April gelesen zu haben, als ich die Stunden totschlug, bis ich zu ihr ins Krankenhaus gefahren bin.

Diese Mischung aus Desinfektionsmitteln und Medikamenten, die einen schon in der Eingangshalle umfängt, ein fremder, synthetischer Geruch, macht mich beklommen, wie auch der Anblick des weißbekittelten Personals, das an den Fersen offene Gesundheitsschuhe trägt, die fast keine Geräusche verursachen, nur ein leises Schlappen auf dem polierten Belag der Gänge, ein Druck baut sich in meiner Brust auf, der während der Besuchszeit immer stärker wird, ein hohles, nach außen drängendes Gefühl, dem ich durch kurze schnelle Atemzüge zu begegnen versuche. Daß ihr Befinden nicht lebensbedrohlich sei, rede ich mir ein, neben ihrem Bett sitzend, gegen den Druck ankämpfend, trotzdem kommt mir alles endgültig vor, ich weiß mir nicht zu helfen, endgültig verlaufend. Über dem operierten Auge klebt ein Stück Mull, das andere wirkt stumpf durch die Trübung von Linse und Regenbogenhaut, sieht mich an, ohne mich zu sehen, im gelblichen Weiß ein zerfaserter Blutfleck, der sich aufzulösen scheint. Ich verstaue die mitgebrachten Sachen in dem rollbaren Nachttisch, Mineralwasser, Obst und ein kleines Radio, da ärztlicherseits hier keine TV-Geräte erlaubt sind, ein leeres Regalbrett oben an der Wand, zwischen uns hängt die Plastikleitung vom Tropf zu ihrer Armbeuge mit einer sickernden Flüssigkeit darin, die die Schwerkraft herabzieht, am Kopfende des Bettes Schalter und Lämpchen für Rufe, ein rotes und ein grünes Gehäuse, in Reichweite der Kranken, die sich von der Narkose erholt. Ihre Schwäche geht auf mich über, in mich hinein, so daß ich fast nicht mehr Luft zu holen wage, als würde mich das Atmen kontaminieren, mit diesem Zustand verlorenen und jetzt wiederkehrenden Bewußtseins, der etwas Kindliches an sich hat, Schwebendes, und unser Verhältnis plötzlich verkehrt, spüre ich in meiner Ängstlichkeit, die durch diesen Gedanken aber nicht weniger wird, erst der unbefangen freundliche Ton einer kurz ins Zimmer schauenden Schwester rückt die Situation zurecht, ja, ist in Ordnung, ich darf einen Apfel schälen, kleinschneiden, was ich ihr laut beschreibe, während ich es tue, auch, wo ich eingekauft habe, an welchem Marktstand, ob näher zur Schule oder zum Museum hin, die Schnitze läßt sie sich nicht in den Mund stecken, sondern nimmt sie mir tastend aus der Hand, als ginge es darum, die Form zu wahren, alles andere wäre Preisgabe, schlußendlich, so baut sich ein neuer empfindsamer Raum auf, kommt es mir vor, in dem man ruhig reden könnte, wenn man es wollte, anders als sonst, als man es gewohnt war, Tage später vielleicht, ihre plattgelegenen Haare vom Hausfriseur wieder gerichtet, bei einem Spaziergang über das Klinikgelände.

Es gab da eine schmale Grünanlage zwischen älteren und neuen Gebäuden, Backsteinpavillons, Rampen,

Glasfronten von Labors, in denen sich die Bäume spiegelten, den abgeschlossenen Kasten eines Generators, Betonbrüstungen, das Hochhaus der Chirurgie mit seinen von Stockwerk zu Stockwerk wechselnden Farben, ein nach oben heller werdender Anstrich, dessen Abstufungen sie erkannte, sie zählte, für sich selbst, die einzelnen Töne auf, sich bestätigend, daß der Eingriff nicht fehlgeschlagen war und den im Sichtfeld treibenden Schleier vorläufig gelichtet hatte; gelichtet heiße, erklärte sie mir, die Rückkehr von Umrissen, eine Begrenzung, die die Dinge unterscheidbar mache, kein milchiges Ineinanderfließen zu einem gegenstandslosen Teppichmuster aus Flecken und Strichen mehr, solchen wandernden, sich manchmal drehenden Stäbchen, sondern ein gefestigtes, wenn auch außen noch leicht verwackeltes Bild, matschig umrahmt sozusagen, was aber nicht weiter von Bedeutung sei, eine Petitesse, wie sie sich ausdrückte, vergleiche man es mit dem der Monate vorher, seit ihrem letzten Anfall. Vom fast schon sommerlichen Wetter ins Freie gelockt, kamen uns andere Patienten entgegen, die nur Bademäntel über ihrem Schlafzeug trugen, zum Ausweis einer Krankheit, die man ihnen meistens nicht ansah, als gelte es, jeden Zweifel am Grund ihres Hierseins öffentlich zu zerstreuen, dachte ich, und zugleich, daß ich mich in ihre Lage ja gar nicht hineinversetzen könne, in das Gefühl, das eine plötzliche Erfahrung ist, der Schock, nicht länger dazuzugehören, zur Welt der Gesunden, die man für alles hielt, wie soll ich sagen?, jenseits dessen bloß Geschichten gewesen sind, die einem erzählt wurden, bei dem und dem war es so und so, bis man selber einmal zu genau diesem wird, einem abgesonderten Teil des täglichen Lebens, falls man kann oder darf, seine Runden auf einem Stück geharkter Wege drehend.

Als wir vor einem ziegelroten, L-förmigen Trakt standen, sagte meine Mutter, hier, hierdrin, womit sie sowohl meinen früheren Aufenthalt auf der Kinderstation meinte wie die Tatsache meiner Geburt im linken Flügel des Baus, aber das wußte ich schon, weil sie es immer sagt, wenn wir bei einem Gang über das Gelände diesen Punkt erreichen, mich peinlich berührend, so daß ich versuche, das Thema zu wechseln, was sie dazu bringt, noch einmal anzufangen, der Arzt im Kreißsaal sei ein Grobian gewesen, der auf Kosten der Gebärenden gewitzelt habe, heute würde man ihn anzeigen deswegen, oder ihm die Approbation entziehen, wünschte sie sich, als das wenigste, habe sie damals auch ihrem Mann berichtet, doch der, also mein Vater, wäre vom Charakter her zu ausgleichend gewesen, um irgendwelche Schritte zu unternehmen, und dann fährt sie mit ihm fort, dem Geschäft, den Belastungen, der Konkurrenz, die man durch die Möglichkeit der Ratenzahlung und eine beständige Suche nach preiswerten Herstellern auf Distanz gehalten habe, ob ich mich erinnere, ich werde mich wohl erinnern: Nyltest-Hemden aus Hongkong in einer riesigen Frachtkiste, die an einer Seite beschädigt war, da es auf dem Schiff gebrannt hatte, eine dämmrige Lagerhalle des Hamburger Hafens, in der meine Eltern zusammen mit einem Zollbeamten die Lieferung begutachteten, ein Teil der Hemden war durch Löschwasser und schwelende Funken ramponiert, die anderen mußten gereinigt werden, um sie noch verkaufen zu können, auf der Kiste stand eine Inschrift, als deren letztes, vom Feuer nicht eingeschwärztes Wort ich l-i-m-i-t-e-d buchstabierte, das war englisch und hieß: begrenzt, in dem gelben Lexikon, das mein Vater bei sich führte, zwischen limestone und limousine zu finden, angeblich hatte er während seiner Kriegsgefangenschaft in Libyen die Sprache von seinen Bewachern gelernt, water, camion, bread, barbed wire, good man, sergeant, was er auch gewesen war, Maat, wie dieser Dienstrang in der Marine lautete, pflegte er zu erzählen, weniger als ein Leutnant, aber mehr als ein einfacher Matrose, meine kindlichen Fragen beantwortend, wie er in die Wüste gekommen sei und was er alles erlebt habe, wenn ich mich sonntags zu ihm, der schlückchenweise seinen Tee trank, ins Bett legen durfte;

mit dem Fingernagel zeichnete er eine Landkarte auf die glattgestrichene Decke, oder Panzersilhouetten, die schlanke Gestalt eines Minaretts, den Straßenplan von Bengasi, wo die britische Kommandantur lag, der Souk, ein enges Karree, in dem die wenigen Frauen, die man zu Gesicht bekam, Schleier trugen, manche sogar eine Art Stoffgitter vor ihren Augen – er fuhr sich mechanisch über den Kopf, die schütteren, bis auf einen dichten, grau melierten Kranz im Nacken, schon hoch gelichteten Haare –, durch das sie, seiner Meinung nach, kaum etwas hätten sehen können, mittelalterlich, wie die Sitten und Gebräuche eben wären da in Nordafrika, endlose Hitze bei Tag und nachts Temperaturen unter Null, die einen Schüttelfrost, ein Bibbern am ganzen Körper hervorriefen, wellige Sanddünen erstreckten sich links und rechts der Pisten ins Landesinnere, in die

Sahara, zum Beispiel Skorpione, die hausten gerne unter als Wegmarkierung aufgehäuften Steinen, schnürten seitlich weg wie Krebse, wenn man sie mit einem Stöckchen aus ihren Höhlen stocherte, auch Schlangen, kleine bewegliche Vipern, deren Gift ein Kamel umhauen würde, ließe man sich von ihnen erwischen, die Kameraden beobachtend, die mit der Jagd auf dieses Kleingetier ihre Langeweile bekämpften, das Warten, den Überdruß, Stunden und Tage und Wochen des Nichtstuns, besser jedoch als das andere, hätte man sich nicht ergeben und weitergemacht, sagte mein Vater, sonntags morgens in aller Ruhe seinen Magentee trinkend, bei der ersten sich bietenden Gelegenheit – Arme hoch und nichts wie rüber zu den Tommies, cease fire because we give up, aus und fertig, er und die restlichen fünf seines Zuges, irgendwie abgeschnitten gewesen von den eigentlichen Manövern der Kompanie, Gott sei Dank, die Scheiße endlich vorbei, gewonnen, sagte er, ich hatte in dem Moment den Krieg für mich gewonnen, guck mal, wieso hätte ich mich totschießen lassen sollen?, für was?, für wen?, also war ich einer der Sieger, lebendig mit noch sämtlichen Körperteilen dran, knapp über dreißig Jahre alt, verantwortlich niemandem sonst als mir selber.

Wie ich es kannte, diente das Ende der Geschichte einem pädagogischen Zweck, der Betonung des Vorteils nämlich, sich in einer fremden Sprache ausdrücken zu können, im Kriegsfall sozusagen, was ein gewisser Christian aus Hannover vermochte, von ihnen fünfen, hinter einer Panzersperre den anrückenden Gegner erwartend, und er selbst dann später, als Fahrer eines englischen LKWs, habe es gelernt, die neuen Worte täglich in ein Heft geschrieben und abends wiederholt, auch Regeln, das sei wichtig, ich sollte nur an ihn denken, wenn ich einmal aufs Gymnasium käme, er glaube fest daran, daß ich ihn nicht enttäuschen würde. Ich nicht, nein, ich weiß es noch, limestone bedeutet Kalkstein, obwohl ich mich nicht erinnern kann, das Wort je wieder in einem Buch, einem Artikel gelesen zu haben, außer damals, als ich in der Lagerhalle ein anderes nachschlug, das ihm folgte, limited, auf der vom Brand beschädigten Seite der Frachtkiste, die meine Eltern mit einem geliehenen Autoanhänger abtransportierten, ich saß hinten und wurde, aus dem Fenster blickend, immer müder, da sie, das heißt wir, mitten in der Nacht losgefahren waren, um alles an einem Tag zu erledigen, das sind ungefähr neunhundert Kilometer hin und zurück durch die norddeutsche Tiefebene, die dem Sehen keinen Widerstand entgegenbringt, nur der Horizont in der Ferne, über den die Landschaft plötzlich wegkippt, ein flacher gerader Saum vor dem Bild eines aus gewaltiger Höhe niederstürzenden Himmels.

Anfang Punkt Ende Punkt darin öffnet es sich springt auf

Gesellschaft. Zivilgesellschaft. Oder auch: Wetterleuchten. Ein Wort rauscht ohne Zusammenhang durch meine Gedanken, einem Mantra ähnlich, das sich wie von selbst wiederholt, so eine Abfolge sinnlos werdender Silben – werden sinnlos infolge unablässiger, automatischer Wiederholung, vergleichbar dem Sprung in einer alten Platte. Ich sitze mit übergeschlagenen Beinen in der

S-Bahn, und niemand sieht mir an, was los ist, die Aktivität meines Gehirns, den Zackenausschlag einer tintengefüllten Schreibpatrone, Feder, mechanischer Arm und Elektrode; zeichnet inhaltsleer den synaptischen, organeigenen Strom auf. Zivile Gesellschaft, was ist denn das Gegenteil davon, geschlossene Anstalt, Militärdiktatur? Jemand nimmt sich ungefragt das Recht, den Ausnahmezustand zu verhängen, es habe eine Gefahr gedroht. Für wen oder was? Die herrschende Ordnung, die, das lernte man in der ersten Schulungsstunde der Basisgruppe, die Ordnung der Herrschenden ist, Justiz und so weiter. Man faßte es kaum, was die Nachrichtenagenturen stündlich heraustickerten, die Wirklichkeit einer Hoffnung zu Meldungen unter anderen Meldungen verdichtend, zu einer Chronik des fortgesetzten Schreckens. Als Schüler der Sekunda habe ich alle mir erreichbaren Zeitungsartikel, die sich mit dem Putsch in Chile befaßten, ausgeschnitten und in einer Mappe gesammelt. Daß ein christlich-deutscher Politiker verlautbaren ließ, bei sonnigem Wetter sei das Leben im Stadion von Santiago recht angenehm, überraschte mich weniger als die freche Routine, es in der Öffentlichkeit zu tun, als handele es sich um einen möglichen Standpunkt; was sein muß, muß sein, da beißt die Maus kein' Faden ab, blicken wir den Tatsachen unerschrocken ins Auge:

bevor er exekutiert wurde, brachen Soldaten dem populären Sänger und Gitarrespieler Victor Jara die Hände, wahrscheinlich mit den Kolben ihrer Gewehre, als befürchteten sie, er könne auch aus dem Jenseits noch der Volksfront zu Diensten sein; das ist dem Präsidenten Allende erspart geblieben, oder eine andere Folter, weil er sich selbst erschoß, während abtrünnige Einheiten der Luftwaffe seinen Palast bombardierten, es gibt ein Foto von ihm, auf dem er, mit teils ungläubiger, teils ängstlicher Miene, nach oben schaut, von Leibwächtern umringt, einen verrutschten Stahlhelm auf dem Kopf und eine Maschinenpistole im Arm, was wie eine mißlungene Maskerade aussieht, weder heroisch noch belustigend, sondern einfach grotesk erscheint, zu groß ist die Unverhältnismäßigkeit zwischen der Dramatik der Situation, den Flugzeugen am Himmel, dem wirbelnden Qualm, diesen kampfbereiten oder kampferprobten Männern um ihn herum, und seinem zivilen Aufzug andererseits, der Figur eines älteren, bebrillten Mannes, der zu Helm und Waffe ein Sakko trägt, als wäre er auf dem Weg ins Caféhaus, oder zu einer geschäftlichen Besprechung, statt dessen jedoch

eines der ersten Dekrete der Junta betraf die Abschaffung der kostenlosen Schulmilch, des einen Liter Milchs, den die Regierung der Unidad Popular kostenlos an jedes Kind hatte verteilen lassen, um gegen die Unterernährung vorzugehen, nach Meinung der Generäle aber dem Sozialismus dadurch einen nicht länger hinzunehmenden Vorschub leistete, so eine Art Dominotheorie des Eiweißmangels,

las ich in der Zeitung und schnitt es aus, anfangs mehrere Artikel täglich, später weniger und von den Titelseiten ins Innere der Blätter gerückt, Hintergrundberichte und die Aussagen von Geflohenen, die es an ihrem eigenen Leib zu bestätigen wußten, zum Beispiel Verschmorungen an den Geschlechtsorganen, Schädelfrakturen, ausgerissene Fingernägel, mit Eisenstangen zertrümmerte Kniescheiben, Dunkelhaft, vorgetäuschte Hinrichtungen,

wie kann man das verstehen?, dachte ich, über der Mappe sitzend, diese Gewalt, die sich unterschiedslos gegen Männer und Frauen richtete, hochrangige Funktionäre wie armselige Losverkäufer, praktisch jeden, der einmal Sympathien für die demokratisch gewählte Regierung gezeigt hatte, es wäre, dachte ich weiter, doch genug gewesen, sich des Staatsapparats bemächtigt zu haben, warum also diese Orgie von Brutalität, wochen- und monatelang, zumal Vergleichbares nicht vorlag, es das auf seiten der nun gestürzten Macht nicht gegeben hatte, zu rächende Morde oder willkürliche Strafen, Internierungen oder Zwangsarbeit für die Aktionäre der Kupfergesellschaften, vielmehr ein Legalismus, der unangetastet ließ, was auf den Konten der besseren Leute sich angesammelt hatte, als würde ein Mindestlohn für Hausangestellte deren Untergang bedeuten, das Ende einer bewährten und vernünftigen Ordnung. Und wenn jene es so empfinden? Sich bedroht fühlen durch die bloße Anwesenheit solcher Habenichtse, die von Tag zu Tag von der Hand in den Mund leben, sie sichtbar daran erinnernd, wie brüchig die Verhältnisse des eigenen Reichtums sind und auf welchem Fundament sie beruhen, das konnte ich mir vorstellen als psychologische Erklärung des Terrors, nicht aber, warum so viele dabei mitmachten, immer und überall, ohne daß man sie zu überreden braucht, Spitzel zu werden, Folterknecht, regierungsamtlicher Lügner – sich freiwillig meldend, als würden sie einem inneren Trieb gehorchen und der Niedertracht sozusagen biologisch ausgeliefert sein, Denunzianten und Schläger, die auf alles Schwächere lauern wie Geier auf Aas; ebenfalls diejenigen in den Behörden, die kein einziges Papier unter den Tisch fallen lassen, sondern kaltblütig Namenslisten mit Kreuzchen versehen, ungeheißen Telefonbücher durchforsten, oder Fahrpläne schreiben, denen nichts anderes als der Tod innewohnt.

Und hinterher, sollten sie doch einmal zur Rechenschaft gezogen werden, stets das gleiche, alles wird abgestritten, man redet sich auf Notstände heraus, delegiert die Verantwortung in einer perfekt geschlossenen Gliederkette: nicht ich, nein, der war's, ihr müßt mir glauben, ich wußte nicht, was auf mich zukommt, bin sauber geblieben in dem ganzen Dreck da, ich könnte euch Dinge erzählen – schüttelt den Kopf und seufzt –, aber lieber nicht, nur eins, der Mensch als solcher ist zäh, bleibt ihm ein Fünkchen Hoffnung, strampelt er weiter, kreuz und quer durchs Bild, die Gesellschaft, Zivilgesellschaft, Wetterleuchten, längs des einfahrenden Zuges über den Bahnsteig am Kottbusser Tor,

ein weiches, gelblichgraues Licht hängt in der Halle, das kommt durch die mattglasigen, wie beschlagen wirkenden Scheiben, die zwischen den Stahlrippen des Daches und der Seitenwände angebracht sind, Motorenlärm dringt herein, das Rauschen des Kreisverkehrs, der die wuchtigen Stützpfeiler der Konstruktion, die auf einer Straßeninsel stehen, umrundet, vermischt sich mit dem hallenden Ton einer Lautsprecherstimme und den Schritten, dem Trappeln der Menge, die sich vor den Rolltreppen klumpt, eine Menschentraube, in der ich mich befinde, vorangeschoben auf die lange, röhrenartige Schräge zu, die zwei Stockwerke tief ins Kellergeschoß führt, ich frage mich, welches Ziel diejenigen haben, deren Gesichter und Oberkörper in Gegenrichtung an mir vorbei nach oben schweben, wohin sie wollen, zum Einkaufen bei Wertheim oder um sechs in eine der verbilligten Kinovorstellungen am Zoo, ins Marmorhaus oder in den Royal-Palast, dort habe ich mal Krieg der Sterne gesehen, die Rückkehr der Jedi-Ritter, wie immer ganz vorn in dem riesigen Saal sitzend, so daß die haushohe, leicht gekrümmte Leinwand sich außen um einen schließt und man zu einem Teil der Projektion wird, in dieser Nähe ein grobkörniges Flimmern überdimensionaler Gestalten mit unscharf werdenden Rändern, eingehüllt ins Trommelfeuer aus farbigen Blitzen und Klangwirkungen, als wäre man selbst mitten im Geschehen, säße im Cockpit des Raumgleiters neben Harrison Ford, der Kampf auf Kampf zu bestehen hatte gegen die Truppen des Imperiums, dessen Anführer einem SS-Mann nachempfunden war und Darth Vader hieß, mit schwarzem Umhang und schwarz lackiertem Wehrmachtshelm, eine bizarre Phantasie des Bösen aus Beverly Hills, damals in jedem Spielwarengeschäft auch als Plastikpuppe zu kaufen, gefühllos die Pulverisierung feindlicher Planeten befehlend, was in der ersten Reihe besonders gut ankam, tief ins Polster des Sessels gesunken und die Beine weit ausgestreckt, am besten allein während des Nachmittags, beinahe allein, wenn sich nur wenige Besucher auf den tausend Plätzen verlieren. Ich durchquere das Untergeschoß und steige die Treppe zur Adalbertstraße hoch, vorbei an Blumenladen und Fahrscheinautomaten, an einem fliegenden Händler mit Silberschmuck vor dem Bauch und einem offensichtlich zugeschossenen, wie in Zeitlupe sich bewegenden Suchtkranken, oben vor der Sparkasse haben sie ihren Treffpunkt, unter den Bäumen des kleinen Platzes, der hinter dem Ausgang liegt, in meinem Rücken, wenn ich ins Freie getreten bin, vom Tageslicht geblendet, bleibe ich einen Moment lang stehen, Geräuschfetzen um mich herum, Splitter eines zerfahrenen Bildes, das nach und nach ruhiger wird, sich meinem Blick wieder fügt, in der auseinandertreibenden, fast schattenlosen, gleichförmig warmen Helligkeit einer mit Dunst überzogenen Julihimmelsfläche.

Es wäre Urlaubszeit, würde man sich Urlaub nehmen und hätte nur jetzt die Gelegenheit dazu, zu einer Reise, weil schulpflichtige Kinder da sind, oder geschäftlich weniger läuft, in den Sommermonaten, der Markt wird träge, wenn das Thermometer ansteigt, und auch seine Erforschung macht dann wenig Sinn, neue Artikel auszuprobieren, testen zu lassen, wie das Kaufverhalten der Leute ist und wovon es abhängt, ein System mit ganz eigenen Gesetzen, jahreszeitlichem Stillstand und ebensolcher Beschleunigung, einschlafendem und wiedererwachendem Umsatz, ein Schwanken zwischen klinisch fast tot und vollkommen überdreht. Man muß darauf achten, den Zeitpunkt nicht zu verpassen, an dem sich eins ins andere verkehrt, weder zu früh noch zu spät bereitstehen mit seinen Produkten, Werbung schalten, Gratisproben verteilen, Gewinnspiele veranstalten, um den Namen einer Ware ins Bewußtsein zu kratzen, worin sie sich unterscheidet, Mega-Perls zum Waschen statt gewöhnlichem weißen Pulver, eine dauerhafte Spur, so wie Riefen in einer Muschelschale, hervorbringend. Lahmer Markt, verunsicherter Markt, expandierender, feinfühliger, gesunder Markt, Wochenmarkt, Markthalle, Marktbeobachter, Finanzmarkt, Konsumgut, das also, was man braucht und ohne das nichts geht, Zahnpasta, Cracker, Filterkaffee, ein aus Angebot und Nachfrage bestehender Stoffwechsel, Tausch von Dingen an jedem Ort, mein Geld gegen dein Erzeugnis, im Sommer Sonnenöl und im Winter Schneeketten, falls man ein Auto besitzt, doch dafür arbeitet man schließlich auch, Arbeitsmarkt, Wohnungsmarkt, marktgerechtes Verhalten, Marktfrau, Marktschreier, Massenprotest, Budenzauber, Supermarkt, zu warm heute, um sich etwas zu kaufen, außer vielleicht eine kalte Cola oder ein Langnese-Eis, sehr appetitlich verpackt, wie appetitlich genau, das wird ausgeforscht von solchen Instituten, wie Evelin und Jutta eines betreiben, in einer weitläufigen Etage am Alexanderplatz, nachdem ihr altes Büro sich als zu klein erwiesen hatte, die Wohnung, in die sie mit ihrem neu gegründeten Unternehmen vor ein paar Jahren gezogen waren, das Startkapital zusammengeborgt, kaum erwartend damals, auf welche Weise sich ihr Geschäft entwickeln würde.

Ist ja eigentlich nur ein besseres Hobby, hatte Evelin zu mir gesagt und: Hauptsache, wir kommen über die Runden, ein normales Gehalt für Jutta und sie selbst, mehr sei wahrscheinlich nicht drin, wollten sie auch gar nicht, Rundbriefe an die Marketingabteilungen von Unilever, Philip Morris und Nestlé verschickend, an Werbeagenturen und Research-Spezialisten, worin sie sich und ihre Möglichkeiten vorstellten, das Inventar ihrer Räume, eine oben an der Wand montierte Videokamera für die Aufzeichnung von Gruppengesprächen, drei durch stoffbespannte Paravents abgetrennte Testplätze mit Fernsehern und Rekordern, eine zu jener Zeit noch nicht vorhandene Kartei mit Befragungswilligen, aufgeschlüsselt nach Alter, Geschlecht, Beruf und Schulbildung, dazu angeblich Erfahrung bei Interviews und Erhebungen übers Telefon – was man glaubte zu können so gut wie die Konkurrenz. Jutta hatte während ihres Studiums der Soziologie ein entsprechendes Praktikum gemacht, sie kannte die Adressen, die Honorarsätze und die verschiedenen Verfahrensweisen, deren es bedarf in diesem Gewerbe, im Prinzip war nicht mehr nötig als ein seriöses Auftreten und sichere Umgangsformen, die Fähigkeit, in den Augen des sich rasch vergrößernden Kundenstamms als vertrauenswürdig zu gelten, die Quoten nicht zu manipulieren und auf Termin jede verlangte Stichprobe abzuliefern, dreißig Senioren aus Lichtenberg, die Rotkäppchen-Sekt trinken und Busreisen unternehmen, zwölf rauchende Raver, eine Handvoll Fluggäste mit Miles & More-Guthaben,

zuverlässig und pünktlich, wie es Evelins Art entsprach, das heißt entspricht, Verabredungen einzuhalten und einmal Begonnenes zu Ende zu führen, selbst wenn es länger als geplant dauert oder sie die Lust daran schon verloren hat, an der Romanistik, zu studieren bis zum Examen, die gematrische Beschaffenheit der Divina Commedia, als sie tagelang Buchstaben und Worte auszählte, um hinter das Geheimnis der Verse zu kommen. Es gibt da Regeln, wann zum Beispiel die geliebte Beatrice wieder im Text auftaucht, bezifferbare Abstände von einem Gesang zum nächsten, die kabbalistischen Ursprungs sind, ganz klar, legt man seiner Rechnung das italienische Original zugrunde. Natürlich ist der praktische Wert solchen Wissens gleich null, nicht umzusetzen in eine Tarifgruppe, in einen steuerpflichtigen Zusammenhang; aber darf das keine Rolle spielen, denke ich, während man es tut, sonst täte man es nämlich nicht oder würde es später bereuen, diese Frage nach dem Zweck einer Geschichte, die doch nur eine nach ihrer Wirtschaftlichkeit ist, ob sich's finanziell lohnt, bezahlbar gemacht werden kann, und sei es in einem Bewerbungsschreiben als nützliche Aktivität, sich anbietend mit einer Biographie, die weder leere Stellen noch Schlenker hat, nichts, aus dem sich ablesen ließe, es habe jemals etwas anderes gegeben als die Zeitmuster eines abstrakten Plans, den man wie eine Kurve durchläuft.

Aber worauf kommt überhaupt etwas an? So, daß es unmöglich wird, sich wie gewohnt zu verhalten, man sich dagegen sträubt, bestimmte Worte weiter zu gebrauchen; als seien es die Gegenstände selbst, die sie von sich abstießen, sich ihren alten Bezeichnungen verweigernd, dem, was sie die längste Zeit einmal bedeutet haben. Man kann es nicht mehr sagen in dieser Form, was man sagen will, entfernt sich von einem. Falsch, denkt man, das ist nicht richtig so, ohne zu wissen, warum, wo sich in der Sprache der Fehler verbirgt, ein Gefühl, als würde man in einem fremden Körper stecken, man hört sich reden, wie man einem Tonband mit der eigenen Stimme zuhört, ein leer im Raum hängender Klang. Hohl, meine ich, nur noch das Äußere der Sätze, eine fast zufällige Aneinanderreihung von aufgespeichertem Material, man stockt, räuspert sich und beginnt nach einer Ausdrucksweise zu suchen, die genauer erscheint in diesem Augenblick, wie jetzt etwas ist, das man für die Wirklichkeit hält. Nervenimpulse, chemische Reaktionen zwischen irgendwelchen Membranen, auf dem kurzen Weg von der Ohrmuschel, vom Sehorgan, von der Haut zu den Buchstaben, die sich zu Silben verketten, aus denen nach und nach der Stoff einer neuen Erzählung entsteht, anders als zuvor, mit unbekannten Elementen, auch wenn für einen Beobachter anscheinend alles gleich geblieben ist, wie immer, das Licht, die Häuser, Tag, Stunde und Monat, woher man gerade kommt, von der Arbeit, und wohin man geht, in das Zimmer, das man für eine gewisse Zeitdauer bewohnt.

Adalbert hoch, dann rechtsrum in die Oranien, vor dem Bierhimmel die Straßenseite wechseln und durch das gitterbewehrte Tor den Hof betreten, dafür werde ich ungefähr acht Minuten brauchen, sollte ich inzwischen nicht stehengeblieben oder irgendwo hineingegangen sein; mit Einkaufen bin ich heute nicht dran, ich glaube, Felix war eingetragen, oder Dagmar. Über dem Geräusch losfahrender, in den Kreisverkehr hinter mir einbiegender Wagen erhebt sich schleifend der Ton eines bremsenden Zuges, der sich von der Warschauer Straße her nähert – nachdem man die gesperrte Brücke am Schlesischen Tor wieder geöffnet und ihre Fundamente im Wasser verstärkt hatte, als eine breite Achse über die Spree in den Ostteil der Stadt.

Längs einer Reihe von Tischen mit Obst und Gemüse, deren Preise die Händler deutsch und türkisch ausrufen, manche schreien regelrecht, eine Stimme schon ganz heiser, führt mich mein Weg auf ein riegelartig den Blick verstellendes Gebäude zu, das die Fahrbahn überspannt, zehn oder zwölf Stockwerke hoch, gleich einer Befestigungsanlage zwischen die alten Häuser gezwängt, ihre Fassaden verschattend, links ist ein flacher Betonvorbau, in dem sich Geschäfte und Kim's Karateschule befinden, getunnelt von schmalen, zugigen Gängen, durch die man zur Dresdener Straße kommt, die hinter dem Komplex als Sackgasse endet, mit Babylon-Kino, Gorgonzola-Club und einer plüschigen Bar namens Würgeengel, wo Rainer und ich manchmal etwas trinken. Kurdistan Kizil Olacak: steht auf einem roten Transparent, das über einer dicken Schicht verklebter Plakate an der Empore des Hochhauses hängt, einige Männer lehnen oben gegen die Brüstung und schauen rauchend auf die Passanten herab, die unter ihnen ins Viertel streben, unter dem massiven Brückengebäude hindurch, in dessen Sockelgeschossen links und rechts zwei Imbisse sind, die sich zur Zeit Pizza King und Lezzet Grill nennen, mit blauer beziehungsweise gelber Neonreklame, deren Schein die Dunkelheit nachts von beiden Seiten aus erleuchtet, wie ein Paar Lichtschranken, die sich in den Scheiben und auf dem Blech der parkenden Autos spiegeln, im Kampf um den Hunger von Schlaflosen und Angetrunkenen, jetzt nur ganz matt, blasse Farben in der staubigen Dämmerung, die während des Tages hier vorherrscht, wenige Meter, und man tritt aus der Unterführung wieder hinaus, nun frei vor sich die steile, weit hinten zusammenlaufende Straßenflucht.

Wie beim Lesenlernen als Kind, denke ich – nach

einem Vergleich für die Empfindung suchend, die mich auch heute, so wie jedesmal in der vergangenen Woche, an dieser Stelle umfängt –, als man mit seinem Finger unter der Zeile entlangfuhr und zugleich halblaut dabei sprach, neugierig zu hören, teils verwundert auch, was die Striche und Bögen auf dem Papier einem zu sagen hatten, in ihren Zwischenräumen Luft holend, dann den ganzen Satz von vorn, flüssiger jetzt und sich plötzlich sicher, daß es stimmt, daß der Anfang zum Ende paßt und die verschiedenen einzelnen Stücke zusammen einen Sinn ergeben, Hans und Lotte spielen im Garten Ball, genau, wie man die beiden auf einem farbigen Bild im Deutschbuch auch sieht, kein Zweifel, das eine ruft das andere hervor, als sei es immer schon darin vorhanden gewesen, und umgekehrt, sich gegenseitig bestätigend, lautmalerisch zuerst, bis man es ohne die Hilfe von Zunge und Kehlkopf kann, mit jenem seltsam aufregenden Gefühl, wie man es sonst zu Beginn einer Ferienreise hat, ich als Kind hatte, beglückt, daß es losgeht, aus dem Autofenster in die langsam heller werdende Landschaft eines Sommermorgens schauend.

Bald braucht man die Bilder nicht mehr, sie verschwinden von den Seiten der Schulbücher und überlassen das Feld alleine der Schrift, die sich den Gedanken nun selbsttätig anschmiegt, wie es diesen gelingt, sich in sie zurückzuverwandeln, Graffiti an den Hauswänden, oft politische Parolen, verschmiert Hammer und Sichel, TKP, Veranstaltungsplakate, Zettel von Wohnungssuchenden mit ausgeschnittenen Fransen unten, auf denen eine Telefonnummer steht, und überall solche verschlungenen Krakel aus Spraydosen, deren tiefere Bedeutung

Erwachsenen verborgen bleibt. Trigger Copy Shop, Restaurant Hasir, ein Reisebüro mit einem Flugzeugmodell im Fenster, dann zwei sich schräg gegenüberliegende Bankfilialen, Emlak Bankasi und, goldene Schrift auf einem länglichen weißen Plastikschild, Ziraat Bankasi, was Landwirtschaftsbank heißt, Ziraat, und Grundbesitzbank, Emlak, wie mir Rainer, der ein bißchen Türkisch kann, eines Nachts übersetzt hat, als wir von irgendwoher auf dem Heimweg waren. Rainer ist Anfang dreißig, sechs Jahre jünger als ich, Programmierer im Rechenzentrum des Virchow-Klinikums, weshalb auch er in einer Krankenhauskantine zu Mittag ißt, das war die erste Gemeinsamkeit, die wir nach meinem Einzug in der Etage zwischen uns feststellten, während eines abendlichen Gesprächs am Küchentisch, wenn man, um sich kennenzulernen, von seiner Arbeit erzählt, was man so macht tagsüber und wo man bisher gelebt hat, in welchen Städten und mit wem. Manchmal überschneidet sich etwas, in einem bestimmten zeitlichen Abstand, Wunschträume oder Politisches, je nach Herkunft und Situation, falls man grundsätzlich auf einer Wellenlänge liegt, die Musik, die man hört, und die Bücher, die einem wichtig sind oder waren, mehr als nur reine Zerstreuung, die trug man bei sich wie eine Notration, Rainer lachte, als bräuchte man sie zu seiner Ernährung. Als ehemaliger Aufbauhelfer in Nicaragua wußte er noch, wie man organisiert, kannte noch die erschöpfenden Diskussionen in kleinen Gruppen und ebenso die Lustlosigkeit, sich daran weiter zu beteiligen, alles andere als nebensächlich ausblendend, Filme, für die man sich begeisterte, oder einfach nur rumzureisen, sich treiben zu lassen, bis man einen Platz fand, an dem es einem gefiel; Dijon zum Beispiel, wo er Nerea kennengelernt hatte, die Mutter Daniels, die gerade wieder dorthin gefahren war, um sich nach einem Job zu erkundigen, so daß Rainer das Kind jetzt alleine versorgen muß, morgens in die Kita bringt und abends sich mit ihm vor dem Zubettgehen beschäftigt, manchmal gemeinsam mit Felix und dessen Sohn, etwas spielend oder Bildergeschichten anschauend, vom Regenbogenfisch, der lernt, seine schillernden Schuppen mit andern zu teilen. Wenn Nerea im September noch nicht zurück ist, nehmen wir Daniel mit, nach Frankreich oder Italien, auf eine Reise, die wir zusammen machen wollen, verabredeten wir an jenem Abend, als wir später vor der Ziraat Bankasi standen und er mir das Wort übersetzte, kopfschüttelnd, weil es ausgerechnet hier, mitten in der Stadt Berlin, merkwürdig klang, Landwirtschaftsbank, wahrscheinlich eine Art Raiffeisen-Kasse, darauf einigten wir uns, die ihren Gewinn nicht mehr mit Krediten für Saatgut, sondern den heute üblichen Geldgeschäften macht.

Rot auf Weiß, Tunç Export, das Schild an dem Laden neben der Lottoannahmestelle, geht man auf der linken Straßenseite über die Kreuzung, Elektro-, Haushalts- und Geschenkartikel, Textilien, die Sachen im Schaufenster kunstvoll zu Türmen und Pyramiden gestapelt, silbrig glänzende Kochtöpfe und Messingtischlampen, noch in ihren Kartons verpackte Ministereoanlagen, Radiowecker, längliche Stoffballen und vorne eine Auswahl an Radkappen, dann fällt mein Blick, als ich mich schon abwende, auf ein paar handtuchgroße, farbig bestickte Wandteppiche, die über einer Etagere mit Mobiltelefonen hängen, von oben nach unten sind da in karamelisierter Buntheit zu sehen: eine dickbäuchige Buddhafigur, die Kaaba in Mekka, Christus, betend zwischen zwei verklärt zu ihm hochsehenden Frauen, in einer paradiesischen Landschaft schwebende kindliche Engel sowie ein von verschnörkelten Goldfäden umrahmter arabischer Schriftzug, der die erste Sure sein wird, denke ich, jedenfalls sicher etwas Religiöses, was sonst an dieser Stelle, himmlischen Beistand und Trost in allen Lebenslagen versprechend, wenn man sich an die Gebote hält, darin besteht der Trick, ein uraltes Tauschgeschäft, das mit der Schwäche der einen Seite rechnet, Vorzeichen Glauben schenkend und wiederholten Bekreuzigungen, heilige Mutter Gottes, bitte für uns Sünder, jetzt und in der Stunde unseres Todes, anders wäre manches fast gar nicht zu ertragen, man erträgt es nicht, ohne stumm zu beten dabei, obwohl man weiß, daß es nichts hilft, es ist, als drückte jemand einem die Kehle zu, während man neben seinem Bett sitzt und auf den schleimig rasselnden Atem hört, den Leerraum zwischen diesen grauenhaften Geräuschen abzählend, ich habe schulfrei bekommen, lausche und zähle in mich hinein, um in der Gegenwart eines Atheisten nicht schon wieder mit einem Gebet anzufangen, daß es keine Welt außer dieser Welt gibt, rufe ich mir einen seiner Sätze ins Gedächtnis, schrecke hoch, weil der nächste Atemzug lange ausbleibt, dann einsetzt, ein bewußtloses, schleimverklebtes Schnappen nach Luft, indessen ein medizinisches Gerät Dampfwolken in Richtung seines hageren Gesichts ausstößt, man will nicht mehr hinsehen müssen, ohne doch die Augen schließen oder den Blick abwenden zu können, das Bild zusammengeschnürt auf einen kleinen Fleck, ein kleines helles Flackern in der Mitte eines ringsum erlöschenden Schirms, gleich der Fahrt durch einen Tunnel, die kein Ende zu nehmen scheint, bis man plötzlich wieder nach draußen kommt, fast ohne Übergang, vom Tageslicht schlagartig geblendet, blinzelnd,

ein Stück hinter dem Heinrichplatz das Gestänge der Hochbahn, ein gelber Zug gleitet zwischen den Häusern durch, als schwebte er über der Straße, Betriebsamkeit auf den Gehwegen, die hier oft schmaler sind als in anderen Bezirken, die Gebäude um die Höfe enger zusammengerückt, ohne zuviel Freiraum entworfen, man kauft ein, guckt, schlendert, hastet, lädt einen Mietlieferwagen aus, der in zweiter Reihe parkt, Objekte in eine Galerie tragend, die im Hochparterre liegt, auf weißlackierten Spanplatten befestigte Objekte, die sich zum Teil drehen, verfolgt außer mir ein Mann, der mit verschränkten Armen in der Tür des Tätowierstudios steht, mit einem ärmellosen T-Shirt bekleidet, das die Zeichnungen auf seinen Muskeln sehen läßt, sich flammend verzweigende Bänder, einen schnaubenden Stier, ein scharf gestochenes Pentagramm als magischer Zauber, dessen genaue Bedeutung mir schleierhaft ist, fast jeder und jede zweite im Viertel läuft inzwischen mit so etwas herum, dazu Nasenringe und welche durch die Brustwarzen, öffentlich naturgemäß nur bei Männern sichtbar, oder Härteres, als Beweis sozusagen, alles zu verschmerzen, die Buchstaben des Wortes Tattoo leuchten als gebogene Neonröhren im Schaufenster, in dem unten vergrößerte Detailaufnahmen von kunstvoll bearbeiteter Haut ausgestellt sind, eine vielarmige indische Göttin, ein Dolch, das Abbild Che Guevaras, der, als Ikone reanimiert, wieder populärer zu werden scheint, nehme ich im Vorbeigehen wahr, zur Seite tretend für drei junge Frauen, die Arm in Arm daherkommen, zwei von ihnen mit langen, schwarzglänzenden Korkenzieherlocken, gezupften Augenbrauen, auffällig geschminkten, am Rand durch eine feine dunkle Linie nachgezogenen Lippen, selbstbewußt wissend, welchen Eindruck sie machen in ihren engen, glockenförmig ausschwingenden Samtcord- und Chintzhosen, die Blicke auf sich lenkend, nabelfreie Pullis und ein über den Hüften verknotetes Hemd. Schreiten, das fällt mir ein, um ihre Bewegung zu beschreiben, dabei zugleich ausstrahlend, daß sie nicht leicht oder gar nicht zu haben sind, in dieser Schönheit, ich laufe weiter, nicht die Grabbelkisten vor dem Antiquariat durchstöbernd, bin fast schon da, das sandfarbene Haus der städtischen Blindenanstalt, Neue Gesellschaft für bildende Kunst, der schicke Friseur in luftigen, renovierten Räumen, wo man sich nicht nur Tage vorher anmelden muß, sondern der auch doppelt so teuer ist wie der türkische Salon im nächsten Block: Star Coiffeur: bay ve bayan, einundvierzig statt zwanzig Mark für den gleichen schnellen Haarschnitt, ich biege durch das hohe Tor in den Hof ein, schattige Kühle in der gekachelten Durchfahrt, ich kann meine Schritte hören, dann wieder diese dumpf sich aufstauende Hitze, hinter den gekippten Fenstern von Küche und Bad in unserem Stockwerk sind die weißen Leinenvorhänge zugezogen.

Anfang Punkt Ende Punkt darin öffnet es sich springt auf die Möglichkeiten könnten genutzt werden Schlag auf den Schädel mit der flachen Hand daß man zu lernen habe wozu aufgeregtes Kratzen des Griffels über eine Schiefertafel einer kehligen Stimme lauschend ängstlich ein i neben dem anderen Versprechungen dieser Ton eines glanzlosen schwarzen Untergrunds

Ich könnte noch einmal rausgehen jetzt, entweder allein, oder mit Felix und Dagmar, die in ein Lokal auf der Wiener Straße wollen, um zu kickern, wie sie beim Abendessen ankündigten, es gebe im Doppel eine alte Rechnung zu begleichen, sie vorne und er in der Verteidigung; Rainer beaufsichtigt heute abend die Kinder, die nun schon schlafen müßten, sie haben ein gemeinsames Zimmer, das zwischen den Räumen ihrer Väter liegt, erschlossen durch einen kurzen Flur, der hinter der Stahltüre des Eingangs in die Etage abzweigt, mit Fenstern zum zweiten Hof, wo es nachts ruhiger ist. Aus der Küche dringt das Geräusch aneinanderstoßenden Geschirrs zu mir, ein helles Klappern, in dem etwas Metallisches klingt, jemand läßt Besteck ins leere Spülbecken fallen. Eleni hatte eine große Schüssel Salat gemacht, mit Feta, Kapern und schwarzen Oliven, zum Nachtisch gab es Pudding, ein Schokodessert von Danone für jeden, das Christof, Felix' dreijähriger Sohn, sich seltsamerweise zu essen weigerte, ohne Begründung, nur mit Geschrei. Gesprochen wurde über einen Brief des Vermieters, in dem er, also sie, die gemeinnützige Siedlungs-Gesellschaft Berlin, Umbaumaßnahmen fürs Frühjahr in Aussicht stellte, eine Komplettsanierung des Seitenflügels, neue Steigleitungen, neue Fußböden und ISDN, durch was sich die Nutzungsqualität der Flächen erheblich verbessern würde, wie es in einer Zeile fettgedruckt stand, zur Vermessung erschienen bald zwei Architekten, man bitte um einen Terminvorschlag, und selbstverständlich sei, daß man die erhöhten Unkosten des Betriebes Graphic Service Futura GbR infolge einer zeitweiligen Auslagerung von vier bis sechs Monaten tragen werde. Rainer sagte, man müsse, bevor man antworte, einen Rechtsanwalt konsultieren, denn de facto bedeute das Schreiben einen wie auch immer gearteten Umzug im nächsten Jahr und zweitens eine Mieterhöhung bei Rückkehr, außerdem habe man den Boden zum Teil ja schon in Eigenleistung gefliest, weshalb die Möglichkeit einer Entschädigungszahlung, sollte es wirklich zu einer Renovation kommen, abzuleuchten wäre. Dagmar holte den Vertrag und las die entsprechenden Passagen vor. Im Prinzip sah es nicht gut aus, kaum etwas dagegen zu machen, da es sich hier um keine Wohnung, sondern um Gewerberäumlichkeiten handelte, kündbar auf Termin und ohne Fristen, lediglich eine Option im letzten Paragraphen hätte als Faustpfand taugen können. Man entschied sich dafür, die Sache erst einmal zu verzögern, sowohl mit einem Rechtsanwalt wie den anderen Mietern des Hofes zu sprechen, dem Planungsbüro ein Stockwerk tiefer, der Spenglerei oben, und dieser freelance agency: news and stories, im Parterre hinter vergitterten Scheiben.

Nach und nach war es dunkler geworden, flammte gegenüber Licht auf, zog ein Streifen Geruch, Knoblauch in Öl angebraten, aus einer anderen Küche durch die offenen Fenster herein. Während Rainer und Felix die Jungen zu Bett brachten, Eleni und Karin in einer Ecke des großen Raumes Fernseh guckten, hatte Dagmar mir, auf meine Frage hin, weil ich nicht wußte, was man da genau macht, beim Kaffee ein wenig von ihrer Arbeit erzählt, als gelernte Gärtnerin hatte sie später noch Landschaftsarchitektur studiert, und das heiße in Westeuropa meistens, sagte sie, die Wiederherstellung von Landschaft, zu erforschen, wie es früher einmal irgendwo aussah, und sich dann zu fragen, ob man es sinnvoll rekonstruieren könne, zum Beispiel diese Unmenge flurbereinigter, inzwischen aber brachliegender Äcker, was fange man mit denen an? Erneut versumpfen lassen? In Wiesen umwandeln? Oder die ganzen versiegelten Wirtschaftswege, die Abwasserkanäle und kleineren Brücken, das sei schließlich nicht billig, die aus dem Bild zu entfernen, so daß man lernen müsse, Kosten und Nutzen gegeneinander aufzurechnen. Seit ein paar Monaten war sie selbständig, ihr mit zwei Kollegen gegründetes Büro bekam Geld vom Landschaftsverband Brandenburg, um die ökologischen Folgen des Braunkohletagebaus in der Lausitz zu untersuchen, ein Konzept für die zukünftige Nutzung der riesigen Löcher zu entwickeln, sich kilometerweit erstreckende Abbrüche, wo nichts mehr wachse, wie von rechteckigen Meteoriten in den Boden gerissene Krater, in denen man sich outer space fühle, das ideale Gelände für niemanden sonst als Motocrossfahrer und Wehrsportgruppen, auf solche Faschotypen, die in Tarnanzügen ihren Hokuspokus da veranstalten, treffe man hin und wieder tatsächlich, ziemlich gruselige Angelegenheit, vor allem, wenn man allein in dieser Wüstenei herumstiefele, mit einem Anorak auch bei wärmerem Wetter bekleidet, weil Fallwinde von oben über die Böschung ins Leere stürzen. Um nicht immer fahren zu müssen, hatten sich Dagmar und die anderen eine kleine Wohnung in der Nähe von Cottbus gemietet, mit einem Garten dabei, sagte sie, wo man mal eine Party machen könne, an einem Augustwochenende, Platz genug zum Schlafen wäre draußen ja vorhanden.

Nachher bin ich in Christines Zimmer gegangen und habe einen der beiden Kartons ausgepackt, darin, was ich vermutet hatte, Zeugnisse und die Policen der Hausrats- und Autoversicherung, ein Exemplar meiner Diplomarbeit, einzelne Zeitschriftenhefte mit Aufsätzen von mir, auch Buchbesprechungen, ein Stapel privater Briefe, Kontoauszüge, eine nicht angebrochene Flasche Osborne, mit einem Gummi verschnürte, bunt etikettierte Disketten, ein Locher, eine Schreibtischlampe, Druckerpatronen, Svevos Roman und dieses Foto meines Vaters, im Smoking zwischen seinen Brüdern, 1931 bei einer Hochzeitsfeier aufgenommen, als er 20 Jahre alt war, mehr als ein Vierteljahrhundert vor meiner Geburt, mit einer unangezündeten Zigarette im Mundwinkel und einem zu weit herausgezupften Spitzentuch in der Brusttasche, aus den Lichtreflexen im Gesträuch des Hintergrunds zu schließen und der länglichen glänzenden Spur auf ihren Zylindern, wird es ein sonniger Tag gewesen sein, wahrscheinlich im Hochsommer, irgendwo im Rheinland, habe ich gedacht, während ich einen Platz für das Bild suchte und keinen fand, ich meine, es kam mir plötzlich unmöglich vor, es hier an eine Wand zu heften, oder überhaupt noch an eine

Wand, als gehörte es allein in jenes Album, aus dem ich es herausgeholt hatte, ich nahm mir vor, es wieder dort einzukleben, und steckte es in meine Ausweismappe.

Kurz vor zehn, um zehn wollten die beiden los. Nichts hält mich, ich habe für morgen nichts vorzubereiten, niemand ist da, dem ich Bescheid sagen müßte, oder der darauf wartet, wann ich zurückkomme. Im Kickern bin ich nicht schlecht, nach drei, vier Spielen läuft es rund, gelingen mir auch wieder schwierigere Schüsse und Kombinationen, den Ball außen stoppen und zum Mittelstürmer rüberziehen, oder daß ich unbewußt die zwei vorderen Reihen hochgedreht halte, um für Befreiungsschläge aus der Abwehr die Bahn zu öffnen. Wo Dagmar und Felix hingehen, sind meist gute Leute am Tisch, gegen die mein Ehrgeiz erwacht, sie zu besiegen, obwohl sie fast jeden Abend in dem Hinterzimmer spielen, umsonst, weil der Herausforderer bezahlt, Gestalten, die außer zu kickern nicht viel anderes machen, mit Jeans und abgewetzter Lederjacke, schwarzen Krauser rauchend seit Ewigkeiten.

Eigentlich aber habe ich Lust, nur herumzulaufen, zu schauen, wer auf den Terrassen der Cafés am Ufer sitzt, längs des Landwehrkanals, in dem sich das Licht aus den Häusern spiegelt, in unregelmäßigen, milchig verschwimmenden Flecken, dazwischen der bunte Widerschein einer Reihe von farbigen Glühbirnen, die als Girlande über dem Wasserbalkon der Ankerklause hängen, nach Linden riecht es, ein schwerer süßlicher Geruch, der mich auf meinem Weg begleitet, zurück zur Oranienstraße, Menschentrauben vor den Bars versperren den Durchgang, leere Flaschen und Gläser auf den Autodächern, auf dem zertretenen Rasen vor dem Bethanien lagern Familien um Holzkohlegrills, die letzten Koteletts und Würste für heute bratend, während dünne, mattweiße Qualmfahnen an den beiden Türmchen und dem Glockengiebel der Fassade, die sich als bräunlich dunkler Schattenriß vor dem Nachthimmel abzeichnet, hochziehen, ein summender Ton weht leise durch die Luft, um elf öffnet der Club im Keller der alten Markthalle, ich hätte ein Ziel, noch ein, zwei Stunden gute Musik zu hören.

Belobigungen meßbar zum Beispiel in Geld ausgedrückt zählt man alles zusammen und teilt durch die Anzahl im Fleißig-sein nächstes Fach

2

Im nachhinein glaube ich, daß sie mir schon in Schönefeld aufgefallen ist, vor einem der Gepäckschalter, als ich mit Rühle und dem Rest der deutschen Delegation, aus Köln, Braunschweig und Essen, ein wenig abseits stand, wir hatten uns gerade persönlich bekannt gemacht und warteten auf die Durchsage zum Abflug, in Deutsch und Englisch statt wie früher in Deutsch und Russisch, oder irgendeiner anderen slawischen Sprache, selbst wenn es in die entgegengesetzte Richtung ging – nach Barcelona über Prag mit CSA, die Tickets zu unschlagbaren Dumpingpreisen bei einem Reisebüro auf der Uhlandstraße gekauft, das der sozialistischen Einheitspartei West-Berlins gehörte, billiger als eine vierundzwanzig Stunden dauernde Zugfahrt, neben mir in der Maschine ein Vietnamese, der eine rot-goldene Plakette mit dem Relief des Kopfes von Ho Chi Minh am breiten Revers seines Anzugs trug, stoisch den panierten Fisch aus der Alufolie löffelnd: zweihundertsechzig Mark hin und zurück, oder zum fast gleichen Preis mit Interflug nach Rom: sofern man aus dem Devisenterritorium kam beziehungsweise den richtigen Ausweis besaß, wurde man für so gut wie nichts von den staatseigenen Linien transportiert, nun vorbei, untergegangen, von der Konkurrenz geschluckt, auch hat man den Flughafen hier inzwischen umgebaut und westlichen Maßstäben angepaßt, mit automatischen Förderbändern und Champagnerbars in der Haupthalle, und keine unnötigen Filzereien bei der Personenkontrolle mehr, das aufmerksame Lesen von Zetteln, die halb vergessen in einer Hosentasche steckten, ich glaube mich zu erinnern, sie schon da gesehen zu haben, vor den neuen Gepäckschaltern, nachdem mich Rühle in den Kreis der Kollegen als seinen Mitarbeiter eingeführt hatte,

auf Zehenspitzen, ihre Arme um den Hals eines Mannes gelegt, dessen Äußeres mir entfallen ist, nur, daß er ein bißchen größer war als sie, augenfällig sich ihrer Beziehung versichernd, daß man zusammenbleiben wird für länger, sie trug, wenn es stimmt, ihre schwarze Regenjacke und ausgewaschene Jeans, hatte, aber das weiß ich, halblange, knapp über den Schultern endende, rötlichbraune Haare, ein voneinander Abschied nehmendes, den Abschied noch hinauszögerndes Paar, wie man es immer sehen kann auf Flughäfen, Bahnhöfen, vor der geöffneten Heckklappe einer Fähre. Dann habe ich auf die beiden nicht mehr geachtet, der Aufruf kam, und unsere Gruppe setzte sich mit dem Handgepäck, Aktenkoffern und Duty free-Tüten, in Bewegung.

Von internationalen Organisationen, der Unesco und der EU, mit Geldern unterstützt, sollte der Kongreß in Bukarest, neben seinem üblichen Programm, auch dazu dienen, rumänischen Parlamentariern und Ministerialbeamten einen Einblick in die Praxis der westeuropäischen Forensik zu verschaffen, man hatte besondere Panels eingerichtet, auf denen Wissenschaftler und Juristen zu Diskussionen über die Verfahrensweisen ihrer Länder bereitstanden, im Strafprozeß mit der Schuldfähigkeit eines Angeklagten umzugehen. Im Flugzeug saß ich neben einem jungen Psychiater, der sich gerade am Essener Institut habilitierte und schon einmal etwas von mir gelesen hatte, einen Artikel über Skalierungsprobleme, auf den er mich ansprach, interessiert an meiner Arbeit, er hingegen durchforstete Gerichtsgutachten aus den fünfziger Jahren, die, sagte er stirnrunzelnd und gallig lächelnd zugleich, theoretisch wie terminologisch oft pures Nazizeugs seien, es werde da von seelischer Minderwertigkeit geredet und asozialen Erbanlagen, von familiärem Schwachsinn und psychopathischer Böswilligkeit, man glaube es fast nicht, würde man es nicht schwarz auf weiß lesen müssen, und auch personell ziemlich finster, wer alles seinen Lehrstuhl ins Nachkriegsdeutschland hinübergerettet und noch mehrere Studentengenerationen ausgebildet habe, nicht viel anders, sagte ich, als bei den Psychologen, die entweder zu hartleibigen Behavioristen wurden oder ihre Rassekunde im Busch fortsetzten, dunkelhäutige Naturvölker abfotografierend. Sein Chef und Rühle unterhielten sich eine Reihe vor uns, man sah ihre Hinterköpfe, manchmal ein Halbprofil, beugte sich einer von ihnen zur Seite über ein Papier, das der Nachbar in seinen Händen hatte. Zum Essen servierte man rumänischen Wein, der erstaunlich gut schmeckte, gut, sagten wir, als bedürfte es einer Bestätigung und wäre nicht selbstverständlich, eher das Gegenteil, das man erwartete, obwohl nichts Genaues, eine diffuse, aus Fernsehbildern, Pressemeldungen und halbvergessenem Schulwissen zusammengestückelte Einstellung, die die Wahrnehmung tönt, den Geschmack, wie man es von Versuchspersonen kennt, denen nur bestimmte Daten gegeben wurden, in negativer oder positiver Hinsicht, daß jemand nicht ungezwungen, sondern verrückt ist, oder eine Farbe nicht schön, sondern zu grell; was war einem schon über Rumänien bekannt, der gestrichelte Umriß auf einer politischen Karte, zum Schluß die groteske Diktatur eines Parteichefs, der, von Gewehrkugeln durchsiebt, mit seiner Frau am Fuß einer Mauer endete, zu sehen in einem verwackelten Videofilm. Straßenkämpfe zwischen Geheimdienstkräften und Aufständischen, ein alter Mann bespuckt unablässig, schon speichellos, ein Foto, das unter einem Scheibenwischer klemmt, Menschenmassen schwenken Fahnen, die ein herausgeschnittenes Loch in der Mitte haben, jubelnde Soldaten auf Panzern, im Donaudelta brütende Pelikane, ich glaube, die einzigen Europas, irgendwelche einen altertümlichen Dialekt sprechende deutsche Siedler, vor dem letzten Krieg die Heimat des Dichters Celan und des Religionsforschers Eliade, teils zum Habsburger-, teils zum Zarenreich einst gehörig, im Süden osmanisch, ganz früher einmal Provinz des Imperiums Romanum, als einziges Ostblockland nicht mitmarschiert gegen den Prager Frühling, spitzkegelige, dichtbewaldete Berge, wo die Untoten in einsamen Schlössern hausen, in Technicolor, das waren englische, ab zwölf freigegebene Produktionen, die wir uns nachmittags verbotenerweise anschauten, um uns zu gruseln vor dem Grafen Dracula, der seine tiefdekolletierten weiblichen Opfer erst in Sicherheit wog und sie dann biß, sie dadurch auch in Vampire verwandelnd, trügerische Schönheiten, die von ihrem Treiben nur erlöst werden konnten, wenn man ihnen einen hölzernen

Keil durch das Herz schlug, sie zerfielen im Zeitraffer zu Staub, Kleidung, Gesicht und Körper, dazu Kulissen aus Pappmaché, schnell heruntergedrehte, billige Filme, die zum Lachen sind, für einen Elfjährigen aber nicht, der sich durch die Einlaßkontrolle des Kinos gemogelt hatte, am strengen Blick des Kartenabreißers vorbei, des Saalhüters, ein sich teilender Lichtfang aus schwerem Filz, die über kaum besetzten Stuhlreihen flackernden Strahlen eines Projektionsapparats,

meine Erinnerung ist kein historisches System oder eine logische Tabelle, vielleicht so eine Art Filter, der sinnliche Einheiten nach mir verborgenen Regeln aussiebt, das Bild der verdutzten Miene des Diktators auf seinem Balkon, als plötzlich Pfiffe und Sprechchöre zu ihm hochschallten, in einer unerwarteten Gegenrede der Bevölkerung, die es leid war, ihm weiter zuhören zu müssen, sich das Recht aufs eigene Wort wieder nehmend, das Bewußtsein davon, selbst eine Stimme zu haben, jeder Zwischenruf kehrt dann die Ansprache um und also die Richtung der Macht, die vermag nur über ein erzwungenes Schweigen zu herrschen, sehr geräuschempfindlich, wie ihr alle ungeplanten Bewegungen ein Greuel sind, das, was nicht marschiert oder stillsteht, heillos festgebunden an solche unnützen Schemen von mechanischer Größe, von Befehl und Gehorsam; letzten Endes auch eine praktische Frage, der Zweckmäßigkeit von Methoden, die ganze Sache am Laufen zu halten.

Der Flughafen von Bukarest war damals ziemlich verrottet, wenn ich ehrlich bin, hatte ich zuvor noch keinen gesehen, der sich in einem ähnlichen Zustand befindet. Mit verrottet meine ich nicht alt, oder im Lauf der Zeit einfach heruntergekommen, sondern eine dauerhafte Form der Auflösung, ein permanentes Zwischenstadium zwischen Richtfest und endgültigem Abbruch, ohne daß sich noch jemand dafür interessiert, wie es einmal aussehen sollte, was der erste Eindruck eines Reisenden ist, der hier landet. Jegliches Glänzende fehlte, der sich in Teilen aus Chrom oder auf polierten Flächen spiegelnde Schein von Neontafeln, hell erleuchtete Schaufenster mit elektronischem Gerät, Parfümeriewaren und Kleidung, oder diese sonst überall zu findenden Pressekioske, in denen sich gedruckte Merkwürdigkeiten aus aller Welt stapeln, Soldiers of Fortune, Gente, The Sun, doch nichts davon hier, knapp vier Jahre nach dem politischen Umsturz, falls ich das richtig sah, auffällig viele Uniformierte in der Halle, deren Anwesenheit unter einer dämmrigen, leicht gelbstichigen Beleuchtung glauben machte, man habe es mit einer Situation kurz vor oder nach einem Putsch zu tun, eine gespannte Atmosphäre, zu der auch das Ritual der Paßkontrolle beitrug, der Beamte in seinem Schalterhäuschen stierte erst mich und dann die Papiere an, als sei ich wie eh und je schon verdächtig durch meine Herkunft aus dem Ausland, wenn nicht Spion, so wenigstens Diversant mit feindlichen Absichten, bestimmt aber nicht von lauteren Motiven beseelt und freiwillig da.

Daß die rumänische Währung keinen Wert mehr besaß, erkannte man an den dicken Bündeln der Geldwechsler, zahllose Scheine, die sie, zu ziegelgroßen Pakken geschnürt, in der Hand hielten, mit dem Daumen von oben die gewünschte Menge abzählend, lappige Noten, deren Aufdruck nicht selten ganz verblaßt war, wie die Farben eines zu heiß und zu oft gewaschenen Stoffes, in einem rasant sich beschleunigenden Umlauf, dem die Realität nachhinkte, das, was an Ort und Stelle produziert und verkauft werden konnte, zuviel von dem einen und zuwenig von dem anderen durch eine grundsätzliche Schieflage der Verhältnisse, stockender Tausch durch fehlende Güter, so versucht man, sich der einheimischen Zahlungsmittel rasch zu entledigen, hundert deutsche Mark gegen ein paar dutzend hundert Lei, der halbe Monatslohn eines Arbeiters zusammengerollt in die Hosentasche gesteckt, wie ein Spielgeld, auf das man nicht achtgibt, weil es jederzeit zu ersetzen ist, Luxus und Mangel in anschaulicher Weise in einem bedeutend, ein Haufen lappiger, klebender Scheine, bald vollends verschlissen,

zum Beispiel die Fenster im ersten Stock des Gebäudes – eine Galerie mit einer Cafébar, in der wir nach unserer Ankunft etwas getrunken haben – waren schlierig verdreckt, Rauch, Schweiß, Dunst und Staub hatten sich innen als eine fast schon gelartige Schicht auf den Scheiben niedergeschlagen, während von außen die Spuren der Witterung, von herabgetropftem Regen und Schnee, ein wirres Muster bildeten, jenseits dessen man undeutlich, wie durch eine Folie, die Betondecke des Erdgeschosses sah und dahinter den Tower. Daß es sich um Abfall handelte, der unten lag, Papier und leere Kartons, ein Monitor mit geborstener Bildröhre, Konservendosen, stellte man nach einer gewissen Eingewöhnungsphase fest, einer Adaptation des Auges, nenne ich es mal, an die durch den Schmier verursachte Lichtbrechung, achtlos weggeschmissenes Zeug, dessen Gegenstück ein Kabelstrang war, der oben in der Luft hing, mit einer Handvoll im Nichts endender, starr auseinandergebogener Drähte. Witze machten die Runde, als jemand den Rest unserer Gruppe darauf hinwies, Rühle sagte lachend, es sei sicher nur ein optisch-halluzinatorischer Effekt, und sein Essener Kollege, man dürfe nicht alles zu verkniffen sehen. Ich ertappte mich bei der Frage, warum eigentlich keiner etwas unternahm, von allein die Fenster zu putzen meinetwegen, ich hätte als Kellner nicht Tag für Tag in einem Lokal arbeiten wollen, das einen solchen An- oder Ausblick bietet, hätte die Scheiben einmal von ihrem gröbsten Schmutz befreit, dachte ich, irgendwie aus Selbstachtung und weil es mir vor den Gästen peinlich gewesen wäre.

Derart ist man ausgerüstet, durch ein soziales Trainingsprogramm, das später körperliche Reflexe hervorruft, Angst, Lust oder eine Irritation, für die es verstandesmäßig keine aus der Umwelt abzuleitenden Erklärungen gibt, keinen einsichtigen Grund, sich so oder anders zu fühlen, man wird automatisch davon überfallen, in einem spontanen Akt gegen das eigene Denken, das erst hinterher wieder einsetzt und die Sache zu begreifen versucht, Aufregung oder Gleichgültigkeit, was interessiert es dich überhaupt, fragte ich mich, ob die Scheiben eines Cafés im Bukarester Flughafen drekkig sind, und woher dieser Impuls, sie zu reinigen, mit der Serviette einmal darüberzuwischen, das schien mir plötzlich sehr distanzlos zu sein, unangemessen dem hiesigen Zustand der Dinge, der mich persönlich nichts anging, sowenig wie ein damit verknüpftes Urteil moralischer Natur; denn man bewertet immer, oft in einer Art Kurzschluß von Attributen, die aus verschiedenen Systemen stammen, das Sicht- und Hörbare, schreibt dabei falsch zu, sich mit seiner Sprache von außen nach innen bewegend, von der Oberfläche zur Intention, als gäbe es zwischen beidem eine direkte Leitung, während es tatsächlich ein labyrinthischer Weg ist, auf dem sich Worte verlieren und Seiten verkehren, häßlich und schön, gut und böse, dachte ich beim Bezahlen, man mischt die Kategorien zu leichtfertig durcheinander, wir wurden dann nach draußen zu einem Kleinbus gebracht, der uns in unser Hotel fuhr. Vorbei an einer Kette anscheinend künstlich angelegter Seen in ein Villenviertel, in dem Bäume die zum Teil breiten Straßen säumten, viele der Häuser mit Gittern und Vorgärten noch aus der Zwischenkriegszeit oder älter, oft prachtvoll gestaltete Bauten, denen der Reichtum ihrer ehemaligen Besitzer abzulesen war, dieser zentraleuropäische Fabrikantenstil, wie man ihn auch in Wien und Paris zu sehen bekommt, halb Historismus und halb Art nouveau, dazwischen einige modernere Fassaden mit Flachdächern und schmalen Fensterbändern, weitgehend unbehelligt von hauptstädtischem Verkehr, in meiner Vorstellung jetzt.

Das Hotel bestand aus drei Gebäudeflügeln, die sich rechtwinklig um einen offenen Innenhof gruppierten, der durchquert werden mußte, wenn man zu seinem Zimmer wollte, mit einer glasverschalten Rezeption, die mich an eine Pförtnerloge erinnerte, es gab eine Tür zum Hineingehen und ein Fensterchen zum Sprechen, so daß man gezwungen war, beim Empfang der Schlüssel eine Reihe zu bilden. Außer, sagte Jens Seibold, der im Flugzeug neben mir gesessen hatte, wir würden einen Vertrauensmann bestimmen, um für uns alle die Anmeldung zu erledigen, den Chef de mission sozusagen, und das sei eindeutig Rühle, dessen Sekretariat die Unterkunft ausgewählt habe. Ich hörte ihm nur mit halbem Ohr zu, abgelenkt von einem auf französisch und rumänisch geführten Gespräch zwischen zwei Männern und einer Frau, die vor dem Eingang des Rezeptionsbüros standen, sie redete französisch, was der eine Mann dem anderen, der wohl ein Angestellter des Hotels war, übersetzte. Da in einem längeren, von ihr in einem verbindlichen Tonfall vorgetragenen Satz die Worte chambre und j'avais retenu fielen, man weiter einen Koffer sah, einen mattgrünen Hartschalenkoffer mit Zahlenschlössern, an dessen Griff eines dieser kleinen Destinationsschilder hing, dazu Gesten des Von-nichts-Wissens: ein Schulterzucken, ein unschuldiges Öffnen der Handflächen bei dem einen Mann, auf die der andere gereizt reagierte, seine Stimme erhebend, schien der Fall klar zu sein, es ging um eine mißglückte Reservierung, ein bestelltes und nun nicht mehr freies Zimmer. Während die Frau und ihr Begleiter leise beratschlagten, trat der Angestellte des Hotels einen Schritt zurück über die Schwelle der Tür und hob einen Telefonhörer ans Ohr, wartend.

Sie sind dran, sagte Seibold, ich bin Nummer 126, im rechten Gebäude, vielleicht treffen wir uns in einer halben Stunde wieder hier, was halten Sie davon?

Ich nickte. Einen Arm in die Hüfte gestützt, beobachtete die Frau, die eine schwarze Regenjacke und ausgewaschene Jeans trug, den Mann, der vorgab, zu telefonieren, so wie er seinen Blick nicht von ihr abwandte. Als ich den Meldezettel ausgefüllt hatte und noch einmal flüchtig zur Seite sah, standen die beiden sich unverändert gegenüber, sie vor und er hinter der Scheibe.

Sie hatte die Füße auf ihren Koffer gelegt, die Beine ausgestreckt, blätterte in einem Buch. Durch die Rückenlehne eines schweren Sessels verdeckt, sah man sie erst, wenn man fast schon auf gleicher Höhe war, die Treppe herunterkommend in die kleine niedrige Halle des linken Hotelflügels, in dem sich mein Zimmer befand. Der flauschige Teppichboden dämpfte die Geräusche des Gehens, weshalb sie, denke ich, mich gar nicht bemerkte, bis ich bei ihr stehenblieb, ohne Absicht und ohne zu wissen, warum eigentlich, denn weder hatte ich in der Zwischenzeit an sie gedacht, noch bin ich jemand, der wie ein Soziopath zwanghaft das Gespräch mit anderen Leuten sucht.

Bevor ich in die Verlegenheit kam, jetzt etwas sagen zu müssen, auf französisch, fragte sie mich auf deutsch, ob ich auch wegen des Kongresses hier sei, sie habe an der Rezeption davon reden gehört. Ja, antwortete ich einsilbig, während es in meinem Kopf plötzlich leer wurde, lächerlicherweise, wie in einer scheiternden Prüfung, eine Fluchtbewegung der Gedanken zum Rand, so daß man nichts Zusammenhängendes mehr herausbringt, selbst nicht einen einfachen, das aufziehende Schweigen überbrückenden Satz, ich deutete in Richtung Hof, als läge draußen die Lösung, sie anschauend, deren Miene freundlich war, keineswegs überrascht oder genervt, mit einer hohen, zum Haaransatz hin gewölbten Stirn und dunklen Augen, das geöffnete Buch im Schoß, ihre strumpflosen Füße in flachen, noch sommerlichen Schuhen links und rechts des Koffergriffs, in einer Haltung, die Beharrlichkeit ausstrahlte, sich nicht so schnell verrückt machen zu lassen, ich spürte, wie sich ein Lächeln über mein Gesicht legte, das sie entgegnete, und fand meine Worte wieder, was man unbefangen äußert in einer solchen Situation, am naheliegendsten war es, mich nach ihrem Zimmer zu erkundigen, dem Vorgang, den ich vorhin beobachtet hatte.

Werde schon, meinte sie, man müsse sich manchmal ein bißchen gedulden in diesem Land, ihr Bekannter kümmere sich darum.

Als gäbe es nun nichts mehr zu sagen, oder als wäre hiermit alles von Interesse gesagt zwischen uns, wünschte ich ihr Erfolg bei ihrer Sache, wofür sie sich bedankte, das Buch aufnehmend, um dann, wenn ich mich umgedreht hätte, weiterzulesen, ich drehte mich um und ging durch die sonst leere Halle zum Ausgang in den Innenhof.

Auf Seibolds Falkplan die Lage des Hotels mit einem Tintenkuli ankreuzend, verabredeten wir, nach einer Kneipe oder einem Büdchen zu suchen, wo man ein paar Getränke kaufen könnte, Bier, Mineralwasser, da die Kühlschränke – keine Minibars, sondern große Haushaltskühlschränke im Vorraum der Zimmer – nicht angeschlossen waren und leer zudem, wie wir uns gegenseitig bestätigten. Im Verlauf der nächsten Stunde erfuhr ich einiges mehr von ihm, seiner Arbeit und seiner Karriere, die schon beachtlich war, gefördert von der Studienstiftung des deutschen Volkes bis hin zur Deutschen Forschungsgemeinschaft, als sei er seit der Schule einfach durchgereicht worden; seinem jungenhaften Gesicht zum Trotz schien er ein Malocher zu sein, eine hart arbeitende Wissenschaftsmaschine, deren Standpunkt ich im großen und ganzen teilte, die Bedingungen von Theoriebildung untersuchend, wie ein diagnostisches Instrumentarium zustande kommt und gesellschaftlich sanktioniert wird. Daß er seine Meinung unumwunden äußerte, bereits im Flugzeug, gefiel mir an ihm, so selten ist das in unserer Branche, und deshalb hatte ich keinen Grund, hinterm Berg zu halten, diese eingebaute Vorsicht, die viele Gespräche unter Fachgenossen schnell langweilig macht. Besonders erfreulich war, gemeinsame Gegner zu entdecken, sich deren Formulierungen und Begriffe einzig zu dem Zweck zu zitieren, um sie zu verhöhnen, zum Beispiel: gefühlsmäßiger Nachklang, womit ausschließlich der Urheber wußte, welchen Effekt er bezeichnen wollte, Nachklang, sagte Seibold gedehnt und verfiel in ein keckerndes, kurzatmiges Gelächter.

In der Gegend, die wir durchstreiften, begegneten uns zweimal kleine Rudel streunender Hunde, zuerst auf der anderen Straßenseite, dann auf einem brachliegenden Gelände längs des Weges, vier oder fünf Stück, die dort um einen Schutthaufen herumschnürten, an den Steinen rochen, nervös scharrten, um sich, nach der Markierung ihres Territoriums mit flüchtig herausgespritztem Urin, zu einer Reihe von Sträuchern zurückzuziehen, in deren Unterholz sie verschwanden. Hatten die Tiere von uns auch keine Notiz genommen, war es mir doch nicht geheuer, sie hier frei laufen zu sehen, offenbar herrenlos, selbst wenn das Viertel keinen schlechten Eindruck machte, oder gerade deswegen, in seiner aufgelockerten, zwischen hohen Bäumen verstreuten Bauweise, was ich meinem Begleiter sagte, nachts würde es mich ängstigen, kämen mir solche Viecher unangeleint entgegen, wie in Austin während des Gastsemesters, Newning Avenue, eine dieser gleichförmig stillen Vorortstraßen mit gerippten Holzhäusern und Loggias, wo die Neighbourhood Watch bei Einbruch der Dämmerung ihre Hunde rausließ, die den Heimkehrenden plötzlich verbellten, starr vor Schreck blieb man stehen, bis einen endlich eine Stimme erlöste, be quiet Toby, who is it?, Indonesien, sagte Seibold, echt schlimm, da seien die aggressiv, und man bräuchte einen Knüppel, um sich zu verteidigen, wäre ihm und seiner Freundin passiert, regelrecht eingekreist von einer Horde verwilderter Hunde, Steine geworfen hätten sie beide und gebrüllt, in irgend so einem Provinzkaff abends auf dem Weg zurück ins Hotel, sich schließlich Schritt für Schritt an den Hauswänden entlang vorwärtsgetastet, von wegen Straßenbeleuchtung, oder daß dann mal die Polizei auftauchte, er lachte, das könnte man wirklich vergessen.

Was mir nicht eingefallen war, als ich darüber nachgedacht hatte, kam mir jetzt zu Bewußtsein, Seibolds merkwürdige Art zu lachen, eine rasche Folge aus dem Zwerchfell gepreßter Laute, ähnelte der von Beavis und Butthead, diesen zwei krakelig gezeichneten Trickfiguren, die ihr Leben auf einem durchgesessenen Sofa verbringen, um Videoclips zu gucken und eine Büchse Bier nach der anderen zu leeren, in ihrer faulen, boshaften Dummheit damals äußerst beliebt bei den Zuschauern von MTV, auch ich sah mir die Show ganz gerne an, wenn ich abends beim Zappen hineingeraten war, die Welt geschmacksicher in die Basiskategorien cool beziehungsweise that sucks einteilend, und ebenso Evelin, die neben mir lag oder saß, und vielleicht Geschäftsbriefe abheftete, Rechnungen, Angebote, mit dem Radiergummiende eines Bleistifts Daten in ihr kleines elektronisches Notizbuch tippend, was bald zu erledigen wäre, am besten morgen, manchmal noch Jutta anrufend, um sich zu beraten, ob der und der zuverlässig sei, zu fragen, ob sie den Bahnexpreß bestellt habe, oder ob es Nachricht von ihrem Steuerbüro gebe, eine grafische Illustration des letzten Quartals, Umsatz und Gewinn im Vergleich zum Vorjahreszeitraum; Erfolg in nackten Zahlen, über die man nicht reden kann, Rechtfertigung ihrer selbst sind, es geht täglich weiter, mit einem Sinn für die wirklichen Gegebenheiten, das Faktische, die Faktizität, eine Mauer aus Worten.

Beavis und Butthead also, dachte ich lächelnd, ihn von der Seite anblickend, aber möglich ist, daß sich Extreme ja an einem Punkt berühren, ein Tick, eine Eigenschaft, die sie auf der psychologischen Ebene gemein haben, der von den einen verkörperte Wunsch der anderen, einmal mit dem Denken aufhören zu können, wie man das Programm wechselt, oder ausschaltet, ein in sich versinkendes Bild, nicht mehr da, traumlos, bis es dann wieder anfängt, als hätte jemand auf eine Taste gedrückt, läuft ab die Geschichte, in der man naturgemäß drin ist und sie in einem selber in einem verwickelten Verhältnis,

wir erreichten eine Schnellstraße, die mehrspurig den Verkehr aus der Stadt hinausführte, an der nächsten Kreuzung stand ein kleiner, anscheinend leerer Pavillon, wo wir aber bekamen, was wir wollten, Bier, Mineralwasser und, die kaufte Jens, eine Literflasche Wodka, alles in zwei rot-weiße Marlborotüten gepackt, mit denen wir uns zurück ins Hotel machten. Die Frau war verschwunden, als ich noch einmal auf mein Zimmer ging, um mir eine Krawatte umzubinden, schade, dachte ich, jetzt hätte ich gewußt, was ich sie hätte fragen können.

Der deutsche Botschafter hielt die Begrüßungsansprache, nach ihm trat Rühle vor und bedankte sich im Namen der Delegation für die Einladung, dann boten Kellner in weißen, hochgeschlossenen Jacken Getränke an, sich mit ihren Tabletts durch die Menge schiebend. Ein Großteil der Gäste kannte sich untereinander, bei jedem Empfang dabei, oder von anderen Gelegenheiten, aus, wie man so sagt, dem gesellschaftlichen Leben, zu zweit, zu dritt, in mehr oder weniger großen Kreisen zusammenstehend und redend, in jener Form von Aufmerksamkeit, wie sie mir fast nie gelingt, ich wirke meistens zerstreut oder zu ernsthaft, was das Schlimmste ist, den Eindruck hervorzurufen, man wollte etwa eine Diskussion vom Zaun brechen, anstatt sich in die Runde einzuschwingen, unbeherrscht, weit entfernt davon ging ich an einem Glas Sekt nippend durch die Räume der Residenz, die in einem großzügig geschnittenen Haus untergebracht war, ich vermute, aus den zwanziger Jahren, dessen Zufahrt private Wachschutzleute sicherten, privat für mich, da die Männer keine Uniformen trugen, sondern gewöhnliche Blousons, wie auch ihre schwer bereiften Geländewagen handelsübliche Modelle gewesen sind und keine Militärjeeps.

An diesem Abend war ich zum ersten Mal in einer Botschaft, mit einer Einladungskarte versehen, auf der man sich die Ehre gab, mich und meine Kollegen am Buffet bewirten zu dürfen, exterritoriales Gebiet, fiel mir ein, zu dem die Polizei des Landes keinen Zutritt hat, Schauplatz von Fluchten und geheimen Verhandlungen, von Intrigen und Geiselnahmen, ein bewaffnetes Kommando stürmt plötzlich herein und erklärt alle für gefangen, um von einer bestimmten Regierung etwas zu erpressen, die Freilassung der Genossen die unter schmählichen Bedingungen inhaftiert seien und gegen den Willen der Geschichte, deren Urteil später anders lauten werde, ein blendendes, überirdisches Ding ist diese Geschichte, auf die man sich zu berufen pflegt, fordernd oder entschuldigend, als könnte sie einen erlösen aus dem Kerker der eigenen Verantwortlichkeit, daß nämlich das, was man tut, viel mehr als nur das Getane selbst bedeute, in die Zukunft weise zugunsten eines höheren Ziels, wodurch sich reale Handlungen vollkommen entwirklichen lassen, in Lehrbuchetappen eines heroischen Weges verwandeln, an dessen Ende der Sieg leuchtet, die perfekte Exkulpation sämtlicher Verbrechen, als wären sie nie begangen worden, oder hätten schon immer die Richtigen in einer Art vorgezogener Strafe getroffen, die Stolpersteine des Fortschritts, die es zwangsläufig gilt beiseite zu räumen, unbewegliche Existenzen ohne Wert für die gegenwärtige oder zu schaffende Gesellschaft,

also ein Trupp Maskierter, der hereinstürmt, dachte ich, das hat es oft schon gegeben, Warnschüsse in die Decke und das Vorzeigen von Handgranaten, Männer nach rechts und Frauen nach links, Feinde in diesen, Neutrale in jenen Raum, mir stellte sich die Frage, zu welcher Gruppe ich gehören würde, man sähe in meinen Paß und entschied, weil alles andere in mir verschlossen ist und nicht beweiskräftig, nur eine Möglichkeit, außer ich erzählte mein ganzes Leben und man glaubte mir, hätte Verständnis und ließe mich ziehen, doch Verständnis wofür, und welchen Maßstab legte man an, ich selber, müßte ich mich beurteilen, erklären, wo ich gelandet bin und wie es dazu kam, mit dem Kleinbus sind wir vom Hotel in die Botschaft gefahren worden zu einem Empfang, der unvermeidlich Teil des Programms war, um sich bekannt zu machen, am Buffet zu bedienen, Sekt, Wein oder Saft zu trinken und die Gäste zu beobachten, deren Kleidung in meinem speziellen Blick, hatte ich sie für mich als Einheimische eingeordnet, unmodisch und elegant zugleich wirkte, ein wenig antiquiert, doch nicht nachlässig, gediegen, könnte man sagen, ohne die sonst verbreitete Konfektionsware zu sein, Boss beziehungsweise Escada, was sicher damit zusammenhing, daß diese Marken für die Verhältnisse hier zu teuer waren, andererseits indes das Erscheinungsbild der Leute den gängigen Koordinaten enthob, von jenen Zeichen befreite, die man im Westen als textilen Ausdruck der Macht und des Reichtums liest, oder lesen soll, davon, daß sich ihr Träger auf der Höhe der Zeit befindet, weiß, was los ist, nicht von gestern – das fehlte bei den meisten, und man hätte das Auge eines Schneiders haben müssen, um die Qualität eines Saums einzuschätzen, oder die Abnäher eines selbstgefertigten Kostüms.

Schuhe von Bally waren der Luxus, den sich mein Vater, als er noch lebte, einmal jährlich leistete, im übrigen bewegten sich die Gespräche meiner Eltern, wenn es sich um das Auftreten einer Person handelte, zwischen den Polen seriös, unseriös, wobei die Art, wie sich jemand benahm, die gleiche Rolle spielte wie seine Garderobe, und so konnte es geschehen, daß entweder eins das andere aufwog, oder beides sich zu einem Doppelminus addierte, ein schlecht angezogener Mensch, der aufdringlich war, sich ungefragt seiner Leistungen rühmte, sei es im Geschäft, sei es in der Politik; bewundert wurde hingegen Eloquenz, die um den heißen Brei nicht herumredete, dabei aber besonnen blieb, Sebastian Haffner oder Jean Améry im Internationalen Frühschoppen, mit Überzeugungen, die man teilte, antiklerikal, obwohl ich dieses Wort damals noch nicht kannte, gegen den Einfluß der Kirche, ihrer Würdenträger und Verbündeten gerichtet, das Einsammeln kirchlicher Gelder von Staats wegen, und zwar durch Beamte, die ihrerseits vom Bürger bezahlt würden, als hätten sie nichts Besseres zu tun, praktisch die staatlich organisierte Finanzierung von parteilichen Kanzelreden, einer Einmischung in Dinge, die die Herrschaften nichts angingen, als sogenannte Predigt getarnte Wahlpropaganda, damit müsse ein für allemal Schluß sein, sonst könne man ja gleich in den Vatikan umziehen, meinte mein Vater, und weiter, daß ich ihn nicht falsch verstehen dürfe, jeder solle glauben, was er wolle, aber nicht auf seine Kosten, also die Kosten der Allgemeinheit, der Staat habe von der Religion die Finger zu lassen und umgekehrt, habe sich überhaupt zurückzuhalten, denn das sei kein Selbstzweck, so ein Staat, etwas Unantastbares, das nach eigenem Gusto tätig werde und man stehe stramm davor, die Zeiten seien um, als schon der Pförtner im Rathaus sich einen Halbgott dünkte, und erst der Rest, die ganzen höheren Chargen, obwohl sie ohne Ausnahme von ihm lebten, folglich seine Angestellten seien und nicht die Zacken in der Krone der Schöpfung; an die letzte Formulierung erinnere ich mich genau, weil ich es als Kind wunderlich fand, jemand als Zacken in einer Krone zu bezeichnen, ich dachte mir das Bild wortwörtlich, wie auch die Aussage, bei den Beamten handele es sich um Angestellte meines Vaters, gleichwohl ahnte ich, daß seine Möglichkeiten nicht so weit reichen konnten und es selbst für ihn Grenzen gab, da am Eßzimmertisch sitzend mit einem V-Pullover unter der Anzugjacke, seiner Geschäftsbekleidung, die er während der abendlichen Buchführung anbehielt, Geld zählend und Karteikarten beschriftend nach einem von ihm erfundenen System, was verkauft war und nun bestellt werden müßte, Damen- oder Herrensachen in einer etwas gehobenen, scharf kalkulierten Güteklasse, sich manchmal in jeder Beziehung verschätzend wie mit den Nyltest-Hemden, die binnen kürzester Zeit als unseriöse Massenware auf dem Wühltisch draußen vor der Tür landeten, auf den ersten Blick zu erkennen, daß das nichts ist, in dem man sich zeigt, weder zu Hause noch in Gesellschaft, wo man sich mit sowas blamiert,

am besten immer gediegen, keine grellen Farben und die einzelnen Stücke aufeinander abgestimmt, plus einen bunten Tupfer vielleicht, ein Halstuch als Kontrast, dachte ich, als eine Frau das Gespräch mit mir suchte, die Hausherrin, die sich nach meinem Befinden erkundigte, meinem Herkommen, um mich dann en passant ein paar Leuten vorzustellen, die ihren kleinen Kreis zuvorkommend für uns öffneten. Gesprochen wurde auch hier, wie schon an der Rezeption, teils Rumänisch und teils Französisch, was selbstverständlich zu sein schien, mir aber einige Schwierigkeiten machte, da ich seit den vier Jahren Französischunterricht völlig ungeübt darin war, inwiefern ich mehr schlecht als recht der Unterhaltung folgte und das, was ich zu sagen hatte, holprig vortrug, meine Arbeit beschreibend, die forensische Psychologie, das neue Handbuch, le manuel des (?) méthodes de (?) psychologie judiciaire (?). Die anderen – ein Chirurg, eine Bibliothekarin, eine Philosophiedozentin und ein junger, schon glatzköpfiger Mann namens Petrescu – beherrschten die Sprache müheloser, als Ausweis einer Bildung, eines Standards der Verkehrsformen, mit denen ich nicht gerechnet hatte, leichtgläubiges, muß man sagen, Opfer einer medialen Inszenierung, in der es außer dem Schurken nur noch die Masse gab, ein undurchsichtiges Etwas, das kein persönliches Gesicht besaß, die typische Strategie, den Einzelnen aus der Wahrnehmung auszublenden, um ihn einem vorgestanzten Bild anpassen zu können, von dem man behauptet, es gelte für alle Mitglieder einer Gruppe, einer Gruppe im besonderen, über die man nichts Genaues weiß und sicher nicht aus eigener Anschauung, sich das Denken vereinfachend, bis die Vorurteile dann glaubwürdig klingen, wie jemand ist, weil die anderen so sind, immer die anderen, denen man unterstellt, was man selbst im Schilde führt, den eigenen miesen Charakter,

man ist beschämt, wenn man bei sich darauf stößt, auf diesen Vorgang, mit einem Glas Sekt in der Hand in mangelhaftem Französisch von Berlin erzählend, den Veränderungen nach dem Fall der Mauer, dem besinnungslosen Wiederaufbau der alten Mitte, als könne man die Leere der Brachflächen, l'espace vide où était le mur, nicht einen Augenblick länger ertragen, ausgedehnte Leere, die, ça c'est un peu paradoxal, eine Verdichtung von Geschichte war, aber vielleicht eben deshalb, sagte ich, ein nicht immer bewußter Prozeß, sagte die Bibliothekarin, wie oft avant et après une révolution, dann sprach man von Bukarest und den Problemen, die es bereitete, ausländische Investoren ins Land zu holen, weil ihnen der Erwerb von Grundbesitz noch immer unmöglich sei, heiligen rumänischen Bodens, wie der junge, glatzköpfige Mann mit Namen Petrescu sardonisch hinzufügte, irgendeinen nationalistischen Parlamentsabgeordneten zitierend. Gegen elf brachte uns der Kleinbus, dessen Fahrer beim Sicherheitsdienst draußen gewartet hatte, ins Hotel zurück, am nächsten Morgen würde der Kongreß von einem Regierungsvertreter offiziell eröffnet werden.

Warum, fragte Seibold und trank einen Schluck Wodka, haben sich die Leute das hier eigentlich die ganze

Zeit gefallen lassen? War doch der reine Irrsinn, registrierte Schreibmaschinen und so weiter.

Auf diese Art können Sie nicht darangehen, antwortete ich, von einem voluntaristischen Standpunkt aus.

Klar, sagte er, trotzdem.

Wir saßen in seinem Zimmer über Eck an einem niedrigen Couchtisch, beide noch nicht müde genug, um jetzt schon zu schlafen, die Zahnputzbecher als Gläser verwendend, nachdem wir sie mit Mineralwasser, aus den Leitungen kam nichts, gespült hatten.

Was ich meine, ist, erklärte er sich, daß in solchen Regimen nie die Begabtesten, oder dazu Fähigsten, sondern offenbar stets die Krudesten die Macht für sich erobern, denken Sie mal an die frühe Sowjetunion, an Stalin und Trotzki.

Und bei uns?

Der Bundeskanzler hat keinen Schnauzbart, Seibold lachte keckernd, Bärte sind in Deutschland nicht mehr mehrheitsfähig. Alles sonst wahrscheinlich ja, aber ich wollte auf etwas anderes hinaus, nämlich das Gefälle meistens zwischen der politischen Führungsschicht und der Intelligenz, wenn ich es richtig sehe, den Intellektuellen im Sozialismus, oder glauben Sie, die von heute abend haben alle mitgemischt?

Ich weiß nicht, kann ich mir nicht vorstellen.

Na also. Und wie wird man damit fertig?

Womit?

Diesem pain in the ass, größenwahnsinnigen Hanswursten, die einen plötzlich regieren, und man darf nicht widersprechen, unter Todesandrohung.

Trinken. Als pandemische Freizeitbeschäftigung, bis

man umkippt, gute Drogen werden Mangelware gewesen sein. Außerdem kann ich mich da nicht reindenken, ich hätte wohl versucht abzuhauen.

Sind Sie sich sicher?

War ich mir sicher? Ich hob langsam die Schultern. Wessen war ich mir damals überhaupt sicher? In einem persönlichen Sinn, nicht daß die Erde um die Sonne kreist, oder zwei mal zwei vier ist. Mir schien, ich hatte etwas verloren, ohne daß mir deutlich gewesen wäre, auf welchem Gebiet und was da genau, als hätte es keinen Abdruck in mir hinterlassen, den man wenigstens wieder füllen könnte wie eine Hohlform, ein Duplikat des ursprünglichen Gegenstands, zumal ich auf der anderen Seite auch nichts vermißte, einen antreibend in eine bestimmte Richtung, dorthin will ich, aber nichts dergleichen, man beschäftigt sich mit diesem und jenem, kriegt Geld, spart Geld, günstigenfalls,

Ihnen auch noch einen Schluck? fragte Seibold.

Einen kleinen, bitte.

günstigenfalls also, dachte ich, bringt man ein paar Mark auf die hohe Kante, das ist nicht von vorneherein schlecht und besser, als gar nichts zu haben, es sediert, macht die Tage und Nächte ruhiger, erleichtert das Einschlafen, wie ich aus eigener Erfahrung wußte, die Dinge stoßen einen nicht mehr so schmerzhaft an, als hätte sich eine Schutzschicht um den Körper gelegt, man wird sicher vor unliebsamen Begegnungen, was schert mich dies, was schert mich das, nur noch die großen Fragen zählen in wohlgesetzten Worten, man entfernt sich, und die Sprache der Erzählung blättert von der Wirklichkeit ab, wie sie in Anekdoten zerfällt, die dann und wann zum Besten gegeben werden, eine schale Veranstaltung, bei der man nicht so gerne zu Gast ist, es vergeht einem das Lachen dabei, aus dem Gefühl gefallen, daß man Bescheid weiß und sich im Prinzip alles klären ließe, zur Not mit einem Therapeuten, was kann man dagegen sagen, man lernt sich wieder zu verständigen, wird neu programmiert, wägt Ist-Zustand mit Soll-Zustand auf und nähert sich dem Stunde um Stunde, das Material durcharbeitend, das man aus der Tiefe schürft, Bruchstücke der Vergangenheit, die in einen analytischen Zusammenhang gestellt werden, den Rahmen einer Theorie, nach der sich eine Reihenfolge der verschiedenen Kapitel ergibt, bis hierhin war die Geschichte in Ordnung, ab dann entwickelt sich alles unvorhergesehen.

Diese Kluft, sagte Seibold, zwischen Anspruch und Wirklichkeit war im Sozialismus ja deshalb so groß, weil die Motive an sich gut waren, ich meine, niemand käme auf die Idee, einen Putschisten in Südamerika an den Menschenrechten zu messen, denn daß er die mißachtet, liegt in seiner Natur, darum putscht er schließlich. Oder Somoza, wissen Sie noch, der will sich bereichern und sonst nichts.

Vielleicht die Macht, sagte ich, die verselbständigt sich sehr schnell, wenn man sie nicht an die Kette legt.

Seibold nickte, später schlug er vor, daß wir uns duzen sollten, Jens und Bernhard. Bevor ich betrunken wurde, bin ich auf mein Zimmer gegangen und habe mich ins Bett gelegt. Mich waschen oder mir die Zähne putzen konnte ich nicht, da die Leitungen immer noch leer waren und das Mineralwasser bei meinem Kollegen stand. Wenn ich morgen rechtzeitig aus dem Bett käme, wollte ich nach dem Frühstück meinen Vortrag noch einmal durchlesen.

Mic dejun – petit déjeuner – breakfast: stand unter einem Pfeil auf einem Zettel, der in der kleinen Halle meines Hotelflügels an einer Säule hing. Das Wasser war wieder gelaufen, so betrat ich geduscht und rasiert mit meiner Ledermappe unterm Arm den angewiesenen Raum, dessen Fenster sich alle zum Atrium des Hofes hin öffneten, so, dachte ich, als sollte niemand von der Straße aus Einblick haben. Um diese Uhrzeit, kurz nach sieben, saßen erst ein paar Gäste verstreut an den Tischen, jeder mit sich und seinem Frühstück beschäftigt, einer Zeitung lesend dabei, ein anderer, eher nervös, in einem Stapel Papiere blätternd, sie hatte ein Adreßbuch und ein Funktelefon neben sich auf dem Tisch, eines dieser klobigen ersten Modelle, wie ich sah, als ich unvermittelt auf dem Stuhl gegenüber Platz nahm. Sie blickte hoch und sagte: Guten Morgen, Gott sei Dank geht das Wasser wieder, ich hatte schon etwas anderes befürchtet.

Daß ich mich nicht auskenne, antwortete ich, es sei mein erster Besuch im Land, und ich würde mich bloß wundern.

Wundern Sie sich, sagte sie lächelnd, man gewöhnt sich daran.

Nachdem wir uns einander vorgestellt hatten, sie hieß Astrid Reinhardt und kam aus Wiesbaden, fragte sie mich nach dem Kongreß und meinem Arbeitsgebiet, ich gab bereitwillig Auskunft, worum es uns am Institut ging, praxisnah und kritisch eine Standardebene, wie Rühle immer sagte, der psychologischen und psychiatrischen Untersuchung von Straftätern auszuformulieren.

Sie – Und Sie, fragte ich, was machen Sie hier? – war beim Fernsehen, als Dokumentaristin tätig für 3sat oder arte, und bereitete einen Film vor über einige Leute, Musiker, Schriftsteller, eine Regisseurin, die sie kurz nach dem Ende der Diktatur schon einmal portraitiert hatte, einen Fim über deren Leben als Künstler unter den neuen Bedingungen, was sich für sie jenseits der Freiheit in persönlicher Hinsicht verändert habe.

Als ein Kellner an unseren Tisch kam, empfahl sie mir, Tee und Rühreier zu nehmen, da könne man kaum etwas falsch machen, die Rühreier seien okeh gewesen. Weil der Mann nicht verstand, was ich auf englisch zu ihm sagte, wiederholte sie meine Bestellung auf rumänisch, das klang merkwürdig, fremd und vertraut zugleich, wie die italienische Aussprache französischer Worte. Ich schätzte, daß sie ungefähr in meinem Alter war, drei, vier Jahre jünger, mit einem T-Shirt und einer modischen Strickjacke bekleidet, deren Ärmelbündchen einmal umgekrempelt waren, die seitlich gescheitelten Haare noch nicht ganz trocken, am Mittelfinger der rechten Hand trug sie einen Siegelring, so ein Erbstück, dachte ich, das in der Familie als Ausweis weitergereicht wird dazuzugehören, falls man es will, in der sichtbaren Tradition eines Namens zu stehen, sie hatte dunkelbraune Augen und einen leicht nach unten gezogenen Mund, der ihrem Gesicht später einen spöttischen oder bitteren Ausdruck verleihen würde, je nachdem, was noch geschieht und welche Haltung die Oberhand gewinnt.

Wie lange bleiben Sie?

Vier Tage, sagte ich, dreieinhalb, aber ich bin heute schon auf dem Programm, ansonsten könnte man Ausflüge machen oder eine Stadtrundfahrt, das übliche, wissen Sie, ins Museum oder ins Theater, wenn man nicht ständig an einer Arbeitsgruppe teilnimmt.

Und was werden Sie tun?

Ich wußte es nicht, ich hatte mich zu keiner Veranstaltung angemeldet, auch hatte Rühle mich nicht gefragt oder aufgefordert, etwas gemeinsam zu unternehmen, und das gefiel mir ganz gut, es käme sicher zu keinen heimatfernen Vertraulichkeiten, als wäre es uns beiden wichtig gewesen, den eingespielten Abstand zu wahren, also sagte ich: Mal sehen, ich habe mich für noch nichts entschieden.

Sie schaute mich eindringlich an, zu ernst, dachte ich, ich muß mich hier nicht rechtfertigen.

Schauen Sie nicht so ernst, sagte sie und lachte, Bukarest ist eigentlich 'ne recht schöne Stadt.

In ihrer Stimme, die aufgerauht klang, schwang noch ein Dialekt mit, diese die Silben verschleppende hessische Art der Betonung, die mich, obwohl ich sie nicht so besonders mag, in diesem Moment für sie einnahm, sie kam mir ehrlich vor, unverstellt; ihre Augen und ihre dichten Augenbrauen hoben sich zusammen mit ihrem ungeschminkten Mund auffällig von der Farbe ihres Gesichts ab, das bleich wirkte, milchig, ohne daß der Sommer schon ganz vergangen gewesen wäre, jede Gelegenheit, in der Sonne zu liegen, wie Evelin früher manchmal im Erker ihres Zimmers, hinter den Bäumen unten die alten Backsteinpavillons des Urban-Krankenhauses.

Der Kellner stellte das Geschirr vor mir ab.

Guten Appetit, sagte sie.

Danke.

Während ich aß, telefonierte sie, soweit ich verstand, ging es um einen Treffpunkt vor dem Pressehaus, wo eine breite Straße sich um den Dingsda-Platz herum auffächere, der Kamera- und der Tonmann stünden praktisch bereit. Ich fragte mich, ob ich mich mit ihr verabreden sollte, und gleichzeitig, wozu denn, sie hätte zu arbeiten und ich wußte nicht, was ich von ihr wollte, keinen Sex, daran dachte ich nicht, hatte ich auch am Tag zuvor schon nicht, wie fast nie, wenn ich zum ersten Mal einer Frau begegne, mein Blick ist nicht mit bestimmten Vorstellungen verbunden, ob ein Busen groß oder klein ist, oder ähnlichen Signalen, die angeblich Lust, eine sekretorische Aktivität, hervorrufen, ist nicht der Fall, trotzdem ließ mich jetzt der Gedanke nicht los, sie am Abend oder am nächsten Morgen wiederzusehen, einfach, um ein bißchen zu reden, nichts Weltbewegendes, was man eben so redet, wenn man sich gerade zwischen Tür und Angel kennengelernt hat.

Sie beendete das Gespräch und klappte ihr Adreßbuch zu. Mir fiel nichts ein, sie sagte, sie müsse nun weg. Nachdem sie aufgestanden war, fragte sie mich, ob ich in diesem Hotelflügel wohne. Ja, sagte ich, hier im ersten Stock. Sie auch, sagte sie, mit ihrem Zimmer, das habe doch noch geklappt. Schön, erwiderte ich und dachte, was für eine idiotische Bemerkung, aber sie nickte nur, als hätte ich keinen treffenderen Kommentar abgeben können. Dann nahm sie ihre Sachen vom Tisch und ging.

Eröffnungsreden, Hauptreferat, Vortrag, Diskussion, Arbeitsgruppe, mein Vortrag, Diskussion, Arbeitsgruppe, mit dem Bus von der Universität zum vorbestellten Abendessen in einem guten Restaurant, verschiedene lose Gespräche, Rückkehr zum Hotel gegen zweiundzwanzig Uhr dreißig. An der Rezeption verabschiedete ich mich von Seibold und den anderen, bis auf Rühle, der mit mir über den Hof ins linke Gebäude kam, wo wir beide als einzige der Delegation untergebracht waren. Als wir die kleine Halle betraten – launig hielt mir Rühle, der Chef, die Türe auf –, sah ich Astrid in einem der Sessel, sie hatte ein Bein unter dem Körper eingeschlagen und rauchte, vor ihr stand eine große Flasche Mineralwasser, daneben lagen Kugelschreiber und Adreßbuch. Denke ich heute über die Situation nach, frage ich mich, warum sie dort alleine saß um diese Zeit und ob sie vielleicht auf mich gewartet haben könnte, gewissermaßen ein Motiv suchend für ihre späte Anwesenheit, auch wenn es mir damals wie Zufall erschien, als eine zwar nicht auszuschließende, aber doch eher glückliche Begegnung in einem Hotel, in dem man einige Nächte logiert, sie wandte ihren Kopf zur Seite und grüßte mit einer unbefangenen Geste in unsere Richtung. Daß ich gemeint sein müsse, sagte Rühle, er kenne die Dame nicht, obschon er meiner mit einer flüchtigen Armbewegung ausgesprochenen Einladung, mich zu ihrem Platz zu begleiten, ohne zu zögern folgte, ich meine, anstatt sich ins Bett zu verabschieden, also machte ich sie bekannt, und wir ließen uns auf Astrids Geheiß nieder, zwei Sessel heranrückend.

War meine Stimmung anfangs unwirsch, weil ich mich von Rühle, wie soll ich sagen, um die Möglichkeit betrogen fühlte, mit ihr allein zu sein, wurde sie nach und nach wieder freundlicher, nicht zuletzt durch Astrids entspanntes Verhalten in dieser Runde, das sich auf mich übertrug, sie schien die Gegenwart eines Dritten nicht zu stören, und wieso auch, beziehungsweise besaß sie das Talent, es sich nicht anmerken zu lassen, ihre ruhige Art vermittelte den Eindruck, man könne mit ihr ohne Beweiszwang über alles reden, was man für wichtig genug hielt, um es zum Besten zu geben, den Verlauf des Tages, unseres, wie es gegangen war bei dem Kongreß und wie die Verhältnisse hier überhaupt sind, durcheinander, sehr verschieden, sagte Astrid, von denen in Polen oder Ungarn, wo der Staatssozialismus doch zivilere Züge gehabt habe, sie glaube, das Land werde sich nicht so schnell berappeln, ökonomisch, eher handele es sich mittelfristig darum, sein Auseinanderbrechen zu verhindern, würde sie mal annehmen, rein spekulativ.

Die Gefahr des Chauvinismus, sagte Rühle einmal, als gesellschaftlicher Kitt, man kennt so was ja.

Ich beobachtete, wie sie ihm zuhörte, zur Bestätigung dessen, was er sagte, ab und zu nickend, ohne zu mir herüberzuschauen, während ich das Gefühl hatte, sie würde mich unausgesetzt ansehen, sie sähe mich an, ohne ihren Blick mir zuwenden zu müssen. Wenn ich etwas sagte, vermied ich es, daß sich unsere Augen zu lange begegneten, als wollte ich jeden Verdacht ausräumen, sie zu bedrängen, es darauf angelegt zu haben, ihr nahezurücken, was den Tatsachen entsprach, ich hatte nicht die Absicht, es war einfach nur eine vorbeugende Maßnahme, nichts komplizierter zu machen, als es eigentlich ist.

Gegen halb zwölf schlug Astrid vor, den Abend zu beenden, sie sei jetzt doch müde geworden. Rühle stimmte ihr zu, ihn erwarte mit Sicherheit ein langer Tag, dann drehte er sich zu mir und sagte, ich hätte es ja gut, ich bräuchte morgen nicht zu kommen, und daß er an meiner Stelle etwas unternehmen würde. Er gab ihr und mir die Hand und ging lautlos zur Treppe, der weiche, dicht geknüpfte Teppichboden verschluckte das Geräusch seiner Schritte, die Stufen hoch, bis er verschwunden war.

Begleitest Du mich? fragte sie in die Stille hinein.

Als ich zögerte zu antworten, ich wußte nicht, was sie meinte, sah auf ihren Mund, ihre Stirn, zur Seite, sagte sie:

Du hast doch morgen frei, wollen wir nicht zusammen durch die Stadt gehen?

Wahrscheinlich hat sie gedacht, ich sei begriffsstutzig, so erklärte sie mir, sie wollte sich noch ein paar Drehorte angucken.

Abgemacht, sagte ich endlich.

Bevor wir uns vor meinem Zimmer trennten, ihres lag weiter im Flur, sagte sie, um neun, an der Rezeption, wenn wir uns beim Frühstück verpassen. Ich sei einverstanden, sagte ich und wünschte ihr eine gute Nacht, wie sie mir, ihre halblangen Haare hinter die

Ohren gesteckt, auf der rechten Wange hatte sie eine kleine Narbe.

dann weiter in Tagträumen auf dem Bett liegend lange Zeit ohne Bewegung Atemzug folgt auf Atemzug fühlt sich kratzig an im ausgetrockneten Hals du mußt etwas trinken hört man den Ratschlag kein mooriges Wasser es ist gut es ist schlecht unter Seinesgleichen zu sein draußen vor der Tür erhebt sich ein Geflüster streicht lockend ums Haus mit offenen Augen träumend

Der Chefarzt selbst führte uns durch die Klinik, weiß der Himmel, warum er sich dafür Zeit genommen hatte, einen ganzen Nachmittag. In einem Raum, dessen Fenster vergittert waren, setzten Patienten Wäscheklammern zusammen, mit verlangsamten, in der Verlangsamung klobig wirkenden Handgriffen, als fehlte ihnen das richtige Gespür für die Abmessungen der Gegenstände, es wurde kaum gesprochen, nur ganz selten hörte man jemanden leise etwas sagen. Zwar wußten wir, daß es sich um die Folge der Medikamente handelte, aber keiner von uns hatte es schon gesehen, wie sich das, was den Wahn im Kopf chemisch blockiert, körperlich niederschlägt, alles schien gedämpft zu sein, als befänden sich die Kranken in einem Aquarium und müßten bei jeder Bewegung erst den Widerstand des Wassers durchdringen, eines neuen, der Realität vorgeschalteten Mediums, wie Tiefseetaucher oder auch Astronauten, die in schwere Schutzanzüge eingepackt sind. Das nennt man Arbeitstherapie, sagte der Chefarzt, den Einzelnen im Rahmen seiner Möglichkeiten wieder zu beschäftigen, nachdem der akute Schub abgeklungen ist, die Verwirrtheitszustände, die anzugehen man jetzt bestimmte Pharmazeutika hat, Neuroleptika, deren wohldosierte Gabe die bedrohlichen inneren Stimmen übertönt, die Angst, diese für eine Psychose so charakteristischen Zerrbilder der Wahrnehmung, falsche Identifizierungen – so erinnerte ich mich an seine Worte, als ich ihr die Geschichte erzählte, und daran, daß mir die an den Tischen Sitzenden, Plastikschüsseln mit Material vor sich, wie ferngesteuert vorkamen bei ihrer stumpfsinnigen Tätigkeit, ich dachte damals, ich hätte sicher genauso langsam gearbeitet, würde man mich dazu zwingen, und als Zwang empfand ich es, aus drei immergleichen Teilen ein Ding wie eine Wäscheklammer zusammenzubasteln, abgespeist mit einem Taschengeld, statt einen Lohn zu erhalten, selbst wenn er nur die Hälfte des Tarifes betrüge, das war mein, das heißt unser Standpunkt, die Ausbeutung in geschlossenen Institutionen wie Irrenanstalt oder Gefängnis nicht noch durch als Therapie getarnte Verhältnisse zu verdoppeln.

Astrid und ich waren am sogenannten Volkspalast aus dem Bus gestiegen und gingen nun eine breite Straße hinunter, die links und rechts hohe, mit Pilastern dekorierte Wohnblöcke säumten, die casa poporului hinter uns zurücklassend, dieses auf einer leichten Erhebung stehende und die Achse hybrid beherrschende Gebäude von wahrhaft cäsarischem Ausmaß, mit vier massiven Ecktürmen, über denen sich ein vielstöckiges, langgestrecktes Mittelschiff erhebt, das durch sein Flachdach noch wuchtiger wirkt, als es von alleine schon ist, wie auch die zahllosen, symmetrisch die Fassade gliedernden

Fenster den Eindruck nicht milderten, sondern verstärkten, man habe es hier mit einer nicht ganz entschiedenen Mischung aus Zwingburg und planetarischer Verwaltungszentrale zu tun, halb Vatikan und halb Hochbunker, über jede mir bekannte architektonische Dimension hinaus und dabei kein Relikt einer im Mittelalter oder sonstwann untergegangenen Fürstenherrschaft, sondern erst in den achtziger Jahren gebaut, von seinem Erscheinungsbild, das fiel mir da auf, auch dem Potala, dem Sitz der tibetanischen Gottkönige am Fuß des Himalaja ähnlich, einem Ort geheimnisvoller Zeremonien und kryptischen Wissens, das allen Nichteingeweihten verborgen werden muß, abstrus, was?, sagte Astrid, als wir uns davon abwandten in Richtung Innenstadt, also jenen Teil des alten Bukarest, der nach Abrißarbeiten für den Komplex, Plätze und Aufmarschwege, stehengeblieben beziehungsweise gerettet worden war, und ich fortfuhr, ihre im Bus gestellte Frage zu beantworten, wie es gekommen sei mit meinem Interesse für die Psychologie, der erste Besuch in einer Landesnervenklinik, wohin unsere Schülergruppe gefahren war – solche Krankenhäuser liegen meistens etwas außerhalb –, um uns, die wir zweimal wöchentlich den Zusammenhang von Irresein und Unterdrückung diskutierten, unter dem Vorwand allgemeiner Information einen Einblick in die Wirklichkeit zu verschaffen,

der Gang zum Aufenthaltsraum hatte einen glänzend polierten Kunststoffboden und hell gestrichene Wände, an denen gerahmte Landschaftsfotos hingen, die von einem der Pfleger stammten, einem rührigen Mann, dem auf der Photokina auch schon ein Preis für seine Aufnahmen verliehen worden wäre, wie der Chefarzt erläuterte, während er eine Tür aus drahtarmiertem Glas aufschloß und uns vorgehen ließ, oben an der Wand ein Fernsehapparat, in dem gerade Tennis gezeigt wurde, das Netz, der rote Aschenplatz, zwei weißgekleidete Spieler, unten auf den Stühlen einige Patienten, die das Spiel verfolgten, eine dichte Wolke von Zigarettenrauch hing in der Luft. Etwas abseits stand ein junger, lächelnder Mann, nur unwesentlich älter als ich, der, als ich freundlich nickend zurücklächelte, mich zu sich heranwinkte, mit einer anhaltenden Bewegung seines einknickenden und sich wieder spannenden Zeigefingers, der ich zögernd, Schritt für Schritt folgte, bis ich dann schließlich bei ihm war. Wie heißt du?, fragte er, Bernhard, sagte ich, und du?, worauf sich das Dauerlächeln seines Gesichts in ein Glucksen verwandelte, als sei die Gegenfrage besonders erheiternd für ihn und gleichzeitig sehr dumm, was mich, diese sprunghafte, wenig alltägliche Reaktion, meiner selbst unsicher machte, also schwieg ich, ich dachte, was ist mit ihm, habe ich jetzt etwas völlig Falsches gesagt? Langsam näherte sich sein Mund meinem Ohr, und ich hörte, weil ich es nicht wagte, mich wegzudrehen, die durch Glucksgeräusche miteinander verbundenen Worte: Weißt-du-wie-ich-heiße? Kopfschüttelnd hob ich meine Schultern, woher sollte ich das wissen, was ihn dazu veranlaßte, in einer Art freudigen Erstaunens, Du weißt ja gar nicht, wie ich heiße, zu sagen und, nach einer kurzen Pause, während deren er sich ganz zu beruhigen schien, Willst du wissen, wie ich heiße? Natürlich, antwortete ich, sag' schon. Als wäre seine Stimmung nun vollkommen umgeschlagen, sah er mich mit ernsthafter Miene an und flüsterte, kaum mehr verständlich, Jochen, ich heiße Jochen. Ich bin Bernhard, sagte ich und reichte ihm meine Hand, in die er aber nicht einschlug, sondern er machte, wie um einer Bedrohung auszuweichen, einen Schritt rückwärts.

Na Jochen, alles in Ordnung, fragte laut hinter meinem Rücken der Arzt, der sich unbemerkt mit unserer Gruppe genähert hatte. Plötzlich lächelte der junge Mann wieder, wobei er seinen Kopf neigte, offenbar unfähig, dem anderen in die Augen zu schauen, der begann jetzt, in keiner Weise gestört durch die Gegenwart seines Patienten, von Hebephrenie zu reden, einer Form der Schizophrenie, die im Jugendalter erstmals auftritt, so um fünfzehn, sechzehn herum, und ausgesprochen schwer zu behandeln ist, eine derartig frühe Störung, mit Stimmenhören verbunden, zum Beispiel, und dissoziiertem Denken, daneben gibt es noch, sagte er, soweit ich mich erinnere, Katatonie, ein dauernder Erstarrungszustand, Paraphrenie und Paranoia, Ihnen sicher unter dem Titel Verfolgungswahn geläufig, und so fort, er schnurrte sein Wissen herunter, als müsse er uns beeindrucken, oder könne nicht anders, selbst nicht vor Laien, die wir noch waren, gemeinsam Bücher wie Schizophrenie und Familie lesend, oder Der Tod der Familie, sich oft genug wiedererkennend in den Fallgeschichten, so daß man, über das Politische hinaus, erschrak, kaum abgeschwächt trafen viele der geschilderten Symptome aufs eigene Ich zu, was nicht wegzuwischen war durch den Hinweis auf ihre gesellschaftliche Bedingtheit, und nicht die geringsten,

ich sah Astrid, die neben mir ging, lächelnd an,

Symptome, etwa das Gefühl von innerer Leere, wie ausgehöhlt zu sein, verbunden mit dem Eindruck, sich nicht verständlich machen zu können, als würde man in einem Raum sitzen, dessen Gummiwände alle Geräusche schlucken, isoliert trotz der Freunde und Genossen um einen herum, und dann die Eltern, zumindest die noch vorhandenen, die schuld waren und wiederum nicht, inwiefern jeder berechtigte Vorwurf, das hast du getan, das hast du unterlassen, sich zugleich an die falsche Adresse richtete, an Stellvertreter oder Agenten, die selbst durch die Mangel gedreht wurden, ein Widerspruch, aus dem man nur schwer bis gar nicht herauskam, ständig in einen Kampf an zwei Fronten verstrickt, gegen die familiaren Introjekte, wie man so sagt, Papi und Mami, und gegen den ganzen Rest draußen, diesen Mechanismus, soziale Verhältnisse zu privatisieren, um diejenigen, die psychisch austicken, dann zwangsweise wegsperren zu können – apropos wegsperren, ich lachte, als nächstes zeigte er uns den Trakt, wo Kriminelle einsaßen, ich denke mal, zur Beobachtung oder zur Begutachtung, und ließ uns als besonderen thrill durch ein Guckloch auch einen Blick in eine der Zellen werfen, in der tatsächlich einer drin war, des Totschlags oder Mordes verdächtig, was, von heute aus betrachtet, eine Schamlosigkeit darstellte, ich meine, wolltest du dich von jedem X-Beliebigen anstarren lassen, während du da auf deiner Pritsche liegst?

Wahrscheinlich nicht, sagte Astrid, aber vielleicht wäre es mir auch gleichgültig.

Ich glaubte ihr das, sie hatte etwas Zurückhaltendes, schwer Erreichbares, nicht im Sinne von Überheblichkeit, sondern jener Art, die sich nicht so ohne weiteres preisgibt, hinter dem, wie sie nach außen hin wirkte, freundlich und aufmerksam, was für mich kein Versteckspiel war, vielmehr gab sie dadurch zu verstehen, Herrin ihrer selbst zu sein, unabhängig von zufälligen Begebenheiten, Situationen, in welche man, meist absichtslos, immer wieder gerät. Diese Eigenschaft fehlte, das heißt fehlt mir, dachte ich bei einem Seitenblick, entweder werde ich irgendwo hineingezogen, oder ich schalte ab, anstatt eine Sache von Anfang an aus einer gewissen Entfernung zu betrachten, ein Mittelmaß, das vernünftige, ich meine durchdachte, Entscheidungen ermöglicht; als scheute ich davor aus mir unbekannten, fast schon als angeboren zu bezeichnenden Gründen zurück. Angeboren ist natürlich Unsinn, man könnte wahrscheinlich die Genese dieser Geschichte aufklären, sie behandeln, würde ich sie als Leiden empfinden, aber ich leide nicht darunter und sicher nicht an dem Tag, von dem hier die Rede ist, Astrid hatte sich ihre Tasche quer umgehängt, der breite Riemen verlief diagonal vor und zwischen ihrer Brust, so war das Gewicht bequemer zu tragen und sie besser geschützt vor Räubern, die es in Bukarest mittlerweile gab wie in Rom oder Barcelona, auch Straßenkinder, die zu zweit oder dritt herumstromerten, die kleineren oft mit verfilzten Haaren, wie im Fernsehen streckten sie einem erbarmungswürdig die Hand beim Betteln entgegen.

Zum Schluß des Rundgangs, beendete ich meinen Bericht, saßen wir im Büro des Arztes und tranken Kaffee, während er uns Tonfiguren zeigte, die seine Patienten modelliert und bemalt hatten, uns hinweisend auf die verblüffende Ähnlichkeit vieler ihrer Gesten, Gesichter und Körperformen mit Skulpturen der Maya und der alten Ägypter, obwohl man seinen Worten nach ausschließen konnte, daß sie vorher bereits einmal Entsprechendes in Büchern oder auf einer Reise gesehen hätten, zum Beispiel die Arbeit eines Schwachsinnigen, er hielt sie hoch, die praktisch in wesentlichen Zügen identisch wäre mit einem zentralamerikanischen Sonnengott. Als Anhänger der Lehren Jungs, erwies sich jetzt, behauptete er einen gemeinsamen Ursprung der Plastiken im kollektiven Unbewußten, in den Untiefen eines archaischen Reservoirs, aus dem beide schöpften, der Maya-Künstler wie der Insasse seiner Klinik, letzterer unbelastet durch eine etwaige Vorbildung, durch kulturell-zivilisatorische Hemmnisse, und noch in direkter Verbindung mit bei uns sonst verschütteten Inhalten und Symbolen, die den Grundbestand der menschlichen Seele bildeten und sich in Träumen, wenn überhaupt, enthüllten, eine Anschauung, die wir nun gar nicht teilten, als irrationalistisch und unpolitisch, infolgedessen es erst zum Widerspruch und dann zum Streit kam, der Arzt schien nicht damit gerechnet zu haben, daß jemand sich weigerte, ihm zu glauben, und zumal eine Gruppe siebzehnjähriger Gymnasiasten es ablehnte, in dieser mythologisierenden Weise vom sogenannten Seelenleben zu reden, mehr noch, das Wort Seelenleben selbst als veraltet zurückwies, gewissermaßen ein outing da in dem Büro bei Kaffee und Keksen, was dazu führte, daß er uns rausschmiß, als einer von uns zu pöbeln begann.

Und, sagte Astrid, hast du ihn nochmal wiedergesehen?

Ach, woher denn, aber meine Vorurteile waren damals bestätigt worden, zu Recht allerdings, und er hat sich seine Gäste in Zukunft wohl genauer ausgesucht, ich weiß es nicht, die Psychiatrie ist damals noch viel unbeweglicher gewesen als heute, und außerdem ging es uns auch um etwas Prinzipielleres, nicht bloß eine Reform bestimmter Zustände, sondern deren Abschaffung, weil wir sie nicht für reformierbar hielten, und unser Konzept von Geisteskrankheit weiter reichte, also theoretisch, sofern man bei uns schon von einer Theorie sprechen durfte, schließlich waren wir nur engagierte Autodidakten, die sich von einem Schlagwort so zum nächsten hangelten, obwohl, das ist natürlich nicht alles falsch gewesen, ein bißchen verkürzt vielleicht, aber nicht alles falsch, dieser Zusammenhang von Kapitalismus und Schizophrenie, doch dazwischen gibt es eine Menge anderer Geschichten und Probleme, die von uns einfach ausgeblendet wurden.

Astrid nickte bestätigend, als wüßte sie, wovon ich sprach, von den ersten Erfahrungen mit einem Apparat, der übermächtig erscheint, abgeschottet und im Vollbesitz seiner Macht, die die unbestrittene Macht zu definieren ist, ein fein verästeltes System lateinischer und griechischer Begriffe, das die Ärzte und Psychologen wie eine Waffe zu gebrauchen verstanden, in die man blindlings hineinlief, wenn man sich nicht richtig gewappnet hatte, auf der Ebene der Wissenschaft und organisatorisch, gemeinsam mit denen, die am eigenen Leib davon betroffen waren, elektrogekrampft und haldolisiert, und mit denen man mitfühlte, da es jedem, auch einem selbst, widerfahren konnte, sagte ich, meine

Begleiterin anschauend, die wortlos nach links wies, vom Boulevard weg in eine kleine Straße, in der man zu beiden Seiten Marktstände sah, auf der schmalen Fahrbahn einen ineinanderlaufenden Strom von Menschen, die die Angebote musterten, handelten, kauften. Wir ließen uns mitziehen, zu Bergen von Jeans, die das Etikett als Product of Turkey auswies, vorbei an einer Pyramide staubiger Auberginen, hin zu einem Tisch, auf dem Musikkassetten und Bücher lagen, unter ihnen eine rumänische Neuausgabe von Mein Kampf, für umgerechnet einen Pfennigbetrag zu erwerben, was ich einen Augenblick lang erwog, als kurioses Souvenir, es aber nicht tat, weil ich das weder in Deutsch noch einer anderen Sprache besitzen wollte, zwischen meinen anderen Büchern, und ich mir dachte, es reichte aus, von dieser Entdeckung einmal zu erzählen; bis heute fällt es mir nämlich schwer zu glauben, irgendwer außerhalb Deutschlands könnte allen Ernstes noch so etwas lesen, als hätten die zwölf Jahre nicht stattgefunden, oder seien nur eine literarische Phantasie gewesen.

Dunst, in meiner Erinnerung heute ist die Stadt dunstverhangen, und ihre Farben sind eingetrübt, wie auf einer im Lauf der Zeit verblaßten Fotografie mit nicht mehr klar umrissenen Konturen, von einer langen Anstrengung erschöpft, kam mir vor, die Pigmente der Häuser und Straßen, in denen bestimmte Zeichen, moderne Reklametafeln, westliche Automarken, luxuriöse Geschäfte noch weitgehend fehlten, wie schon am Flughafen nichts Glänzendes, der gewöhnliche Schimmer fabrikneuer Waren, nur die mürbe Schönheit einer halbvergessenen, halbzerstörten, einst wahrscheinlich blendenden Metropole. Während wir kreuz und quer durch die Altstadt gingen, notierte sich Astrid manchmal einen Straßennamen, eine Hausnummer, skizzierte rasch das Schaufenster eines in einer Passage gelegenen Möbelantiquariats, bis wir, nach dem Besuch einer orthodoxen Kirche, an einem Kiosk haltmachten, um zwei Büchsen Cola zu trinken.

Vor einer Tür in der silberbeschlagenen Wand, die den Altar vom restlichen Raum abtrennte, hatte eine Schlange von Gläubigen jeden Alters darauf gewartet, sich hinknien und den Oberkörper vorbeugen zu können, so daß er für uns Außenstehende in der dunklen Öffnung verschwand. Die Stellung wirkte unbequem, und es wunderte mich, keinen, der sich dort in dieser Weise niederließ, sein Gleichgewicht verlieren zu sehen, selbst nicht eine ältere Frau, die schon auf ihren Knien über den Steinfußboden herangerutscht war. Nähergetreten, erkannten wir undeutlich eine Gestalt, die hinter der Türe saß, in einem langen schwarzen Rock anscheinend ein Geistlicher, in dessen Schoß man seinen Kopf legte, um, sagte ich leise zu Astrid, eine Fürbitte loszuwerden, oder, sagte sie zu mir, zu beichten, sofern es das bei den Orthodoxen gibt. Ich empfand einen leichten Ekel bei der Szene, sie kam mir schmierig vor, obwohl schmierig fast ein zu starkes Wort ist, aber dieses kaum verhüllte Sexuelle in Verbindung mit einer Geste der Unterwerfung, meinte ich, meine Büchse Cola in der Hand, war doch schon sehr eigenartig.

Ich habe nicht gern gebeichtet, sagte Astrid, als Kind, nach dem dritten Mal habe ich mich davor gedrückt, bin einfach nicht mehr hingegangen, sagte sie in einem Ton, der keine Fragen gestattete, sie würde nur das erzählen, was sie erzählen wollte, folglich ließ ich es bleiben, nach der Herkunft der kleinen Narbe auf ihrer Wange zu fragen, eines von der Gesichtshaut sich abhebenden Striches unter dem rechten Jochbein, der für mich zu ihrem Bild gehört, eine Armlänge entfernt von mir am Stehtisch dieses Getränkekiosks, die Haare seitlich gescheitelt, nicht sehr ordentlich, weil sie zu dicht waren und von allein immer wieder in ihre Stirn fielen, aus der Astrid sie zurückstrich oder mit einer gewohnheitsmäßigen Handbewegung hinter ihre Ohren steckte, wobei sie den Kopf leicht neigte, ohne ihren Blick von mir abzuwenden, und auch ich sah nicht mehr weg, wie noch am Abend zuvor, als seien nun die Bedingungen klar, es würde kein Stück aufgeführt werden, in dem es etwas darzustellen gab, die ganze übliche Farce, es wäre so, wie es ist, und nichts anderes, sie da in einer Regenjacke mit ihrer Tasche schräg vor der Brust, Cola trinkend irgendwo im Zentrum Bukarests, über eine Bemerkung, die ich gemacht hatte, lachend, sie schlug vor, zu dem Gebäude zu laufen, von dessen Dach aus der Diktator und seine Frau mit einem Hubschrauber geflohen waren.

Wie wir alle hatte Astrid die Ereignisse am Fernseher verfolgt, die Rede, die Pfiffe, die tagelangen Straßenkämpfe und Schießereien, zum Schluß das Tribunal vor einem improvisierten Militärgericht und die beiden Leichen vor einer Mauer, in dicke Wintermäntel gepackt, seltsam verrenkt. Durch ihre Arbeit lernte sie später den Lyriker Dinescu kennen, den Mann, der während des Umsturzes, nachdem das Gelände gestürmt worden war, im Fernsehstudio den Sieg der Freiheit verkündete, umringt von anderen Revolutionären, mit weit aufgerissenen Augen. Sowenig ich etwas über ihn selber wußte, erinnerte ich mich jetzt an die geschilderte Szene, Astrid berichtete mir, was sie auf dem Bildschirm gesehen hatte, eine Gruppe erregter Leute in Straßenkleidung, ungekämmt und verschwitzt, die hinter und neben dem an einem Tisch sitzenden Schriftsteller standen, sich um Ruhe bemühend, daß seine Worte zu hören sind, während die Kamera bereits lief, das Durcheinander weltweit ausstrahlend, bis einer sinngemäß sagte, liebe Landsleute, es spricht zu euch der Dichter Mircea Dinescu.

Mit seinen kurzgeschorenen Haaren und seinem runden kindlichen Gesicht, in dem sich kaum überwundene Angst und zugleich schon Erleichterung, ein Ausdruck ungläubigen Triumphes spiegelten, hatte er nichts von einem filmtauglichen Helden an sich, der gefaßt das Ende des Schreckens bekanntgibt und den Anfang einer neuen Zeitrechnung, vielmehr sah man und hörte es in seinen unvorbereitet herausgestoßenen Sätzen, welche Energie sie die vergangenen Stunden und Jahre gekostet haben mußten, einer Macht gegenüber, die sich auf keine Spiele einließ, die zum Verstummen brachte und mit dem Tod nicht nur drohte, dem Schweigen, das der Tod ist, ohne Sprache, nicht einmal mehr Gestammel oder linkische Gebärden. Dinescu, erzählte sie mir, hatte seinen Arbeitsplatz als Redakteur verloren, als er, man denke, im sowjetischen Rundfunk die rumänische Regierung kritisierte, und war unter verschärften Hausarrest gestellt worden, nachdem die Zeitung Liberation ein Interview mit ihm abdruckte, in dem er sagte, daß die Wahrheit in seinem Land mit zerbrochenem Schädel herumläuft, was selbst für ein Ziehkind des Regimes Mut erforderte, eines mit schlechten Manieren, zu begabt, um lügen zu können, ohne an seinem Geist Schaden zu nehmen, und zu stolz, das heißt frech, um den Mund zu halten, dabei auf nichts und niemanden bauend als das eigene Nein, es geht nicht weiter, es muß jetzt ein Ende haben, sonst verschwindet das Leben, verschwinden die Worte unwiderruflich in der betäubend blechernen Stille dieser angemaßten Herrschaft.

Angekommen waren wir am früheren Sitz des Zentralkomitees, mit einem Platz davor und seitlich, dessen Ausmaß mich überraschte, viel kleiner, als ich gedacht hatte, erwartet nach der durch die Bilder und Kommentare geschaffenen Vorstellung in meinem Kopf, von einer unüberschaubaren Menschenmenge, die plötzlich in Sprechchören aufbegehrt, Millionen, obwohl es infolge der Größe der Fläche nur ein Bruchteil gewesen sein kann, wohl schon von der Regie des rumänischen Fernsehens durch geschickt gewählte Ausschnitte und Kamerapositionen hochgefahren, je dichter eine Gruppe zusammensteht, desto eher ist man geneigt, sie zu überschätzen, wie auch, sie zur Abordnung eines Ganzen zu machen, sieht man sonst weiter nichts, etwa eine Totale oder ihre zerfasernden Ränder, denn dann wäre der Eindruck zu Hause im Wohnzimmer ein anderer, weniger imposant und näher an der Wirklichkeit des Geschehens, was merkwürdig klingt, näher dran zu sein, wenn das Bild abrückt, seine scheinbare Unmittelbarkeit zugunsten eines entfernteren Blicks aufgibt. Denkt man jedoch an die Wirkung, die das falsche Bild hat, bei einem, der noch zweifelt, ob er auch auf die Straße und sich einreihen soll, nimmt man die Unwahrheit irgendwie hin, die optische Täuschung, als sei sie in diesem Fall eine läßliche Sünde, die kaum wiegt gegenüber der Sache, der großen, um die es geht, moralisch gerecht, behaupte ich mal, in diesem einzigen Fall, als Medikament gegen die Angst, ein Kribbeln im Nacken und zitternde Knie, während man hinter der Gardine hervorschaut, wieviele schon draußen sind, denen man sich anschließen könnte, mit Fahnen, in die sie Löcher geschnitten haben, und benzingefüllten Flaschen gegen Truppen anrennend, die die Regierungsgebäude bewachen.

Bis heute schwirren Gerüchte durch die Luft, sagte Astrid, daß die Revolution zu einem Teil inszeniert war, von wem auch immer, vielleicht der Securitate selber, um sich eines untauglich gewordenen Herrschers zu entledigen, sicher aber ist die Rolle, die das Fernsehen dabei spielte, als eine Art Beschleuniger der Ereignisse, wenn statt amtlicher Verlautbarungen plötzlich Originalton gesendet wird und keine geschönten Bilder von oben mehr, das kommt einem dann äußerst glaubwürdig vor, in einem Umkehrschluß praktisch, der jedoch auf keiner realen Grundlage beruht, denn wieso sollte das eine nicht so manipuliert sein wie das andere, es läßt sich für einen Zuschauer nicht überprüfen, wie in diesem einen Film mit der fingierten Landung auf dem Mars oder Mond, Unternehmen Capricorn, alles nur gestellt und die angeblichen Astronauten bringt man nachher um die Ecke, eine Frage der Sehgewohnheiten, die sich eingeschliffen haben, verwackelte Bilder aus der

Handkamera gelten als hochauthentisch, ein ruhiger Schwenk als irgendwie nicht oder nicht so ganz, weil man eine Absicht dahinter vermutet, einen Autor, während man im entgegengesetzten Fall denkt, es ist live, völlig ungekünstelt, was natürlich nicht stimmt.

Hatte sie, während sie sprach, ein wenig abgewandt von mir gestanden, unser Blick war über den Platz auf das große Gebäude gerichtet, drehte sie sich dann zu mir um und bat mich um eine Zigarette. Sie rauchte, ohne den Rauch zu inhalieren, entließ ihn einfach nur wieder aus ihrem Mund, so daß er als dichte, sich außen verwirbelnde Fahne in die Luft stieg, bis ein Windhauch das Gebilde zerstob. Eine Zeitlang schwiegen wir, wahrscheinlich unschlüssig, was noch kommen sollte oder würde, bis Astrid plötzlich: Eigentlich habe ich mal Jura studiert, sagte, in Frankfurt, Mitte der achtziger Jahre, jedenfalls hatte ich es angefangen und mehrere Semester durchgehalten.

Sie stockte. Als wir uns gemeinsam in Bewegung setzten, auf einen breiten, belebten Bürgersteig einschwenkend, erzählte Astrid weiter, typisch, sagte sie so unvermittelt, wie sie schon begonnen hatte, daß ich damals nach Frankfurt gegangen bin, naja, von Darmstadt aus, End-Darmstadt nannten wir es, vielleicht nicht ganz unlogisch, aber in Wirklichkeit war es mehr wie in dem Goethe-Gedicht, halb zog es sie, halb sank sie hin, mit einem Schubs von zu Hause, Frankfurt und Jura, das war alles bestens. Nicht, daß ich mich nicht dafür interessiert hätte, ich finde Jura, Rechtssysteme und so, auch heute noch spannend, weil unser Leben von der Geburt an ja schließlich von Verträgen und Paragraphen bestimmt wird, wer man ist, was man zu tun und lassen hat. Einerseits. Andererseits, mein Vater und mein Großvater sind schon Anwälte und Notare und Vermögensverwalter, irgendwie lief da bei mir einiges schief. Was machst du hier überhaupt?, habe ich mich eines Tages gefragt, obwohl ich, das kannst du mir glauben, eine gute Studentin war, wie man sich eine vorstellt, die Familie, für die es nur Selbstverständlichkeiten gibt, so und so und so. Ich hatte mich bis dahin immer durchgemogelt, mir eine Oberfläche zugelegt, die die an mich gerichteten Ansprüche erfüllte, oft Geschichten erfunden, um nervigen Fragen, hast du einen Freund?, von vorneherein auszuweichen. Die Tatsache, als junge Frau einen Freund zu haben, nicht bloß Affären, scheint immer noch eine der größten Sorgen zu sein, die man sich allgemein macht, als sei man ohne halbiert, nicht ganz zurechnungsfähig, um nicht zu sagen sonderlich. Mit meinen Geschichten habe ich das unterlaufen, Reisen vorgetäuscht und Trennungen arrangiert, bis sich nach und nach eine Gegenwelt herausbildete, die mit dem Bild verschmolz, das die anderen sich von mir machten, weißt du, das Bild der aufstrebenden Nachwuchsjuristin, mit glänzenden Noten, aus guter Familie, beruflich so durchsetzungsfähig wie im Privaten pflegeleicht. Oder wenigstens der Norm entsprechend, wie man sich kleidet, was man redet, wohin man reist, Skifahren mit der Clique in, sagen wir, Crans-Montana, dabei sollte Geld keine Rolle spielen, Geld existiert nicht, höchstens Zinsen vielleicht als eine Bruchstelle hinter dem Komma, als eine weit entfernte, unsichtbare Grenze, die man nie berührt, hypothetisch, wie das meiste, was einem zustoßen könnte, ausgenommen eine Krankheit, ein nicht behandelbarer Schmerz, der sich langsam in einem drin ausbreitet, nicht stechend, eher dumpf, andauernd, ein taubes Gefühl von der Brust, vom Kopf in die einzelnen Glieder hinein, als hätte man abends zuviel Alkohol getrunken und würde sich am nächsten Tag nicht erholen, den Körper empfindet man wie mit Holzwolle ausgestopft, unsicher, ob er noch einem selbst gehört, zumindest kommt einem dieser Gedanke, das erste Mal beim Aufwachen, dann den ganzen Tag immer wieder. Die eigenen Bewegungen haben etwas mechanisches, man gibt an sich Befehle aus, schon während des Waschens zum Beispiel, daß die Hände die Seife nehmen, schaumig reiben, den Schaum im Gesicht verteilen, wodurch sich alles verdoppelt, als läse man sich das, was man tut, zugleich vor, mit einer kleinen zeitlichen Verzögerung dazwischen, die aber groß genug ist, um in ihr zu verschwinden. Ich meine, du fürchtest dich wirklich davor, dich morgens zu waschen, es dir Wort für Wort einreden zu müssen, dreh' das Wasser auf, nimm die Seife, dusch' dich hinterher ab.

Wir blieben vor einer Ampel stehen. Astrid hatte ihre Arme verschränkt, sah nach vorne, eine gerade aufsteigende Linie ihre Stirn, ihre Nase war kurz und spitz, Kinn und Hals bildeten einen straff gespannten Bogen. Als es unbemerkt von mir grün geworden war, stieß sie mich an und wies vorwärts, eines Tages, sagte sie, nun wieder im Gehen, entdeckte ich am schwarzen Brett der Fakultät diesen Zettel für ein Austauschprogramm, zwei Semester in Paris, worauf ich mich ohne zu zögern beworben habe, nach einem Sprachtest und einem Gespräch hatte ich das Ticket in der Tasche und ein kostenloses Zimmer in der Cité universitaire. Die ersten Wochen habe ich noch gelegentlich Vorlesungen und Seminare besucht, dann nicht mehr, es war vorbei, als hätte es sich um eine flüchtige Bekanntschaft gehandelt, die man schnell aus den Augen verliert, abgelenkt von allem anderen, ich trieb planlos durch die Straßen, bis ich abends ganz erschöpft war, zu müde fast, um mich ins Bett legen und schlafen zu können, ein zwischen Wirklichkeit und Traum schwebender Zustand, halb wach und halb nicht, in dem mir die Dinge durchsichtig vorkamen, wie, ich weiß nicht, ob du das kennst, es klingt jetzt kitschig, an einem frühen Sommermorgen, wenn die Stadt noch leer ist und dir allein zu gehören scheint unter dem hohen blauen Himmel, als sei sie mit ihren Häusern und Parks und Monumenten nur für dich da hingebaut, ein Besitz, den du mit niemandem teilen mußt. Ich habe mich damals oft verlaufen, also nicht im eigentlichen Sinn verlaufen, sondern ich bin nach Stunden irgendwo gelandet, manchmal in den abgewracktesten Vierteln, ohne Angst aber, mir könnte etwas geschehen, keine Spur, ich betrat das nächstbeste Café, holte mir ein Getränk und stellte mich an den Flipper, entweder zu denen, die schon spielten, dazu, oder ich kriegte in kürzester Zeit Gesellschaft, von den unterschiedlichsten Leuten, Männern meistens, die zwar hin und wieder nervig waren, ein Besoffener, den der Wirt zur Raison rief, in Billancourt, glaube ich, in der Mehrzahl jedoch eher angenehm, ich meine, ihre Art, einen anzumachen, nicht so plump und direkt wie normalerweise in Deutschland, sich gegenseitig übertrumpfend, die Entscheidung blieb letzten Endes immer mir vorbehalten, ob ich gehen wollte oder nicht, und mit wem.

Es dauerte bestimmt zwei Monate, während deren ich tagsüber kein Wort gesprochen habe und gar nicht das Bedürfnis hatte, ich bin früh aus meinem Zimmer raus und spät zurückgekehrt, traf mich mit keinem Menschen, vermied es, jemandem meine Adresse auszuhändigen, steckte die Jurabücher in den Müllcontainer des Wohnheims, log meinen Eltern sporadisch am Telefon vor, wie wichtig und interessant für mich das Studium hier sei. Wie du dir denken kannst, waren mir mit der Zeit einige Ecken geläufig geworden, ich erkannte sie beim Gehen wieder, und dieses Wiedererkennen bremste meine Geschwindigkeit ab, mein Blick fing sich an einer Fassade, einem Brunnen, einer Treppe, denen ich erfundene Namen gab, alberne Bezeichnungen, lach' nicht, Wolkenhüpf oder Schafsdusche, die sie auf meiner geheimen Karte der Stadt bis heute haben, dadurch kam ich langsam zur Ruhe, vermochte es, mal an einer Stelle sitzenzubleiben und den Verkehr an mir vorbeirauschen zu lassen, was willst du?, fragte ich mich zaghaft, ohne konkret nach einer Antwort zu suchen, für die ich mich dann entscheiden würde, das ist es, es war mehr so dämmernd, ich sage mal, das dämmernde Bewußtsein, nun plötzlich in alle Richtungen zu können, und ich ahnte, daß man sich nicht häufig im Leben in solch einer Lage befindet, meist nie, unbehelligt von irgendwelchen Notwendigkeiten und frei im Grunde zu tun, wozu man wirklich Lust hat.

Falls man es weiß, ich dagegen stand vor dem Problem, ich nenn' es Problem, meinen Tag auf eine halbwegs sinnvolle Weise zu verbringen, nachdem dieser merkwürdige Bewegungsdrang abgeklungen war, und von außen nach innen auch, in geschlossene Räume, übergewechselt, ich ging durch Kaufhäuser und Supermärkte, Plattenläden und Museen, fuhr mit der Metro zu einer Endstation, stieg aus, sah mich um und machte kehrt, ab und zu kaufte ich mir etwas, eine Kleinigkeit, eine CD mit französischem Pop, furchtbares Zeug, eine neue Aktentasche, eine Illustrierte, die ich in einem Café las, oder auf einer Parkbank, bis es mir zum ersten Mal gelang, wieder zu schlendern, du rennst nicht mehr, dachte ich, als es mir bewußt wurde, du blätterst ohne Druck in einem Buch, das du aus einer Kiste vor dem Schaufenster dieser Buchhandlung herausgenommen hast, gleich gehst du gemessenen Schritts weiter und heute abend ins Kino, in das, an dem du zuletzt vorbeigekommen bist, in exakt den Film, der gerade da läuft, und hinterher schlafen, um elf löschst du einfach das Licht.

Nach einer kurzen Pause, während deren sie sich ihre widerspenstigen Haare aus dem Gesicht strich und die Ärmel ihrer schwarzen Regenjacke zu den Ellbogen hochschob, sagte Astrid, gut, wären wir also bei meiner Hauptbeschäftigung in den folgenden Wochen, Filme sehen, zuerst wahllos in irgendeine Vorstellung hinein, eine nachmittags und eine abends, dann fing ich an, mir mein tägliches Programm in einer Zeitung auszusuchen, etwas Älteres und etwas ganz Neues in der Reihenfolge, wie ich mit Bus und U-Bahn Anschluß hatte quer durch die Stadt, um pünktlich zu sein, selbst nur die Titel zu versäumen war mir unmöglich, ich mußte eine Zeitlang alles sehen, von der Fanfare des Verleihs bis zum Copyright-Zeichen am Schluß, bevor ich in dieser Beziehung lockerer wurde und das Kino verließ, wenn mir eine Geschichte nicht mehr gefiel, zum nächsten Film, am liebsten einer von Antonioni oder Rossellini aus den fünfziger Jahren, weil die beiden meine Favoriten waren und immer noch sind, ich habe zwar das meiste inzwischen auf Video, aber für Viaggio in Italia fahre ich schon eine gewisse Strecke, wenn der heute irgendwo richtig, ich meine, in einem Saal auf einer großen Leinwand, gezeigt werden sollte,

was Spielfilme betrifft, die zwei Regisseure vor allem, daneben kam ich mehr und mehr dazu, in Dokumentationen zu gehen, keine Ahnung, warum, es gab verschiedene Reihen in der Cinématheque, wo ich Dauergast wurde, wahrscheinlich durch ein paar Klassiker, Flaherty oder Ivens, angefixt, gefesselt von ihrer Art, Alltägliches zu beobachten, sich Zeit für die Personen und die Umstände zu nehmen, in denen sie leben, mit nicht selten dramatischen Effekten, dramatischer, als wenn sie es erfunden hätten, verstehst du, durch ihre Beiläufigkeit, man muß gar keinen Aufwand betreiben, wenn es einem gelingt, die Menschen selber zum Sprechen zu bringen, da, wo sie sind, nicht als Komplize, sondern einfach als jemand, der ihnen zuhört und mit ihrem Einverständnis zusehen darf, wie sie sich in bestimmten Situationen verhalten, danach habe ich angefangen zu suchen damals, die Kinoprogramme durchforstet, mir ein TV-Gerät für mein Zimmer besorgt und Bücher ausgeliehen, um über den und den Film und seinen Autor alles zu erfahren, nenn' es, wie du willst, aber es hatte mich gepackt, ich fühlte mich in meiner Begeisterung aufgehoben, und ich lernte bald Leute kennen, was nicht ausbleibt, wenn man sich in einem kleinen Bereich wie der Dokuszene bewegt, ich meine, du triffst immer wieder dieselben, die sich spät nachts, oder zu einer anderen unmöglichen Zeit, vormittags um elf, einen langen Film über einen Metallarbeiterstreik in Argentinien reinziehen, man grüßt sich, beginnt miteinander zu reden und geht am Ende der Vorstellung noch zusammen weg, ich befreundete mich eng mit einer Frau, Nadine Deschamps, die heute als Redakteurin bei arte arbeitet, und ein paar Jungs, die mich einluden, mit ihnen aufs Festival nach San Sebastian zu fahren, schlachtenbummlermäßig zu fünft in einem Winzauto, Fiat Panda oder so, zu einer Werkschau von Jean Rouch, einem der Größten überhaupt, für mich ist es in diesen Monaten in Paris sonnenklar geworden, daß sonst nichts mehr in Frage kommt, als auch Dokumentarfilme zu machen, genau das will ich, dachte ich und, gewissenhafter Mensch, der ich bin, bewarb mich bei sämtlichen Filmhochschulen, die in der Sparte ausbilden,

beim Warten auf Rückantwort, ob ich irgendwo zu einer Aufnahmeprüfung zugelassen werde, hatte ich noch einmal zwei dieser Ausfälle, ich kleide mich morgens traumwandlerisch an und marschiere los, gehe und gehe, als müßte ich mich nun so lange durch die Straßen bewegen, bis ich zusammenklappe, oder es plötzlich vorbei ist, wie es in der ersten Zeit vorbei war, nach Stunden, an deren Inhalt ich mich fast nicht erinnere, kaum ein Bild oder Wort, um das meine Gedanken vielleicht magnetisch gekreist wären, bis sie es zerstäubt hätten, das ist diese beiden letzten Male extrem gewesen, ich bin buchstäblich jenseits der Vorstädte auf freiem Feld gestrandet, weit und breit keine Haltestelle von nichts in Sicht, geschweige denn ein Taxi, und Dunkelheit um mich herum, es war schon Nacht, mit großer Angst jetzt vor mir selber, einer Unbekannten, die außerhalb meines Bewußtseins existiert, glücklicherweise ist sie seitdem nicht wieder aufgetaucht.

Ich spürte, daß etwas anderes hinzutrat, hinzugetreten war zwischen uns, ohne daß ich sein Kommen bemerkt hätte, als könnte man das auch nicht, weil es kein Dazwischen gibt, nur ein Vorher und Nachher, die deutlich getrennt sind, der Übergang geschieht plötzlich, und es bleibt keine Zeit, um ihn abzuwehren, oder ein für allemal zurückzustoßen, nachdem man zum Beispiel die Frage: Willst du? mit Nein beantwortet hat, aus welchen Gründen auch immer, obwohl sich gute Gründe dafür, für das Nein, finden ließen, während das andere, das Ja, grundlos ist, nicht einmal ein Ja, ein einsilbiges Wort, sondern ein körperlicher Zustand ist, ein Raum aus Blicken, Gesten und vorsichtigen Berührungen, in dem man fortschreitet, Astrid hatte ihre Arme aufs neue gekreuzt und schaute vor sich auf den Gehsteig, ihre Schritte manchmal wie in einem Spiel verlängernd, um nicht auf eine der Fugen zu treten, als würde sie hüpfen wollen, ich war einen Atemzug hinter ihr, genau so weit, daß ich vermochte, sie aus den Augenwinkeln zu betrachten, ihr Gesicht seitlich von den kastanienbraunen Haaren verdeckt, die sich im Nacken teilten, entblößt durch den breiten, Jacke und Pullover dort herabziehenden Riemen der Tasche, man sah einen Flaum dunkler Härchen links und rechts ihres Halses, die Fingerspitzen ihrer rechten Hand auf dem Oberarm liegend, mit rundgefeilten Nägeln, bei ihren längeren, den Fugen ausweichenden Schritten den sich wölbenden Spann des einen oder anderen Fußes in einem Paar schmuckloser Mokassins aus Wildleder, das sie zu ihren hellblau verwaschenen Jeans trug.

Ich wußte nicht, wohin wir liefen, was sie vielleicht geplant hatte, ich hatte nichts geplant, war nur ihr Begleiter, wenn man es von diesem Standpunkt aus betrachtet, schließlich hatte sie mich am Vorabend gefragt, als wir uns nach dem Gespräch mit Rühle voneinander verabschiedeten, dachte ich, sie wollte mit mir losgehen einen Tag lang durch Bukarest, sonst nichts, keine andere Überlegung, weder von ihr noch von mir aus, die mich davon hätte abhalten können, bei dem allen handelte es sich um eine Verkettung von Zufällen, denen keine Spur Notwendigkeit innewohnte, nichts muß sein, wie es ist, mit der Betonung auf dem muß, man muß gar nichts außer sterben, sagte mein Vater oft, also Zufall, daß ich einen halben Meter hinter ihr war, um sie sehen zu können, ohne meinen Kopf in ihre Richtung zu wenden, an einem beliebigen Septembertag, umtost von lebhaftem, großstädtischem Verkehr.

Wie man sich vergewissert, ob einer folgt oder noch in der Lage ist, mit der eingeschlagenen Geschwindigkeit Schritt zu halten, warf Astrid mir einen flüchtigen Seitenblick zu, der für mich aber nicht flüchtig war, vielmehr hörte er nicht auf, als sie schon längst wieder nach vorne sah, blieb zwischen uns, als hielte ihn die staubige Luft gefangen und verzögerte die Zeit bis zu seinem Vergehen, wie in einem Gefäß, das mit einer bestimmten Substanz gefüllt ist; mich für einen Moment des Atems beraubend, gleich der Wirkung eines Schlags auf die Brust, nach dem man nach Luft schnappt, mit dem Gefühl, jetzt wehrlos zu sein, ausgeliefert dem Kommenden, daß sie erneut zu mir herüberschaut, in ihrem rauhen, fast heiser klingenden Ton zu sprechen beginnt, meine Hand plötzlich in ihre nähme.

Aber wieso sollte sie, dachte ich, als ich mich etwas beruhigt hatte, sie hat keine Veranlassung dazu, es sind meine Empfindungen, ich wußte doch nichts von ihrem gegenwärtigen Leben, so wenig wie sie von meinem, ob man gerade alleine ist oder mit jemandem zusammen, zusammen wohnt, Möbel kauft, Wände streicht, Versicherungen abschließt, in einem anderen, sich rasch entfernenden Raum, zerfallen schon, als würde es ihn nie gegeben haben, ich kannte von ihr nur das, was sie erzählt hatte, nichts darüber hinaus, einen Teil der Geschichte ohne ihre Fortsetzung vom Imperfekt ins Präsens, nur ein einziges Kapitel, dachte ich, eine Schnittstelle in der Vergangenheit, die für sie alles veränderte, so daß wir uns hier begegnen konnten, durch ihre Worte hervorgerufen ins Leben zurück, keine Rede von dem Mann am Flughafen in Schönefeld, von all jenem anderen, was für uns, für mich oder sie, eine Bedeutung hätte haben können, bis zu diesem Punkt

ich würde sie jetzt gerne im Nacken berühren, dachte ich, meinen Arm ausstrecken und mit meinen Fingerkuppen über den federartigen Flaum dunkler Härchen streichen, der dort für mich sichtbar war, während sie ihren Kopf geneigt hielt, als wollte sie es, stellte ich mir vor, hätte nichts dagegen einzuwenden, weil es auch ihr Wunsch sein könnte, ein Spiel der Vorstellungskraft, bei dem sie mich sacht umarmt, ihr mattweißes Gesicht nah an meinem, so daß sich seine Umrisse auflösten zu Einzelheiten in meinem kurzatmigen Blick, das andere Weiß der kleinen Narbe auf ihrer Wange, die geschwungenen Linien der dichtgewachsenen Augenbrauen, zur Mitte hin gezupft, würde ich erkennen und zwei den Nasenflügeln entspringende, fast kaum wahrzunehmende Falten um ihren Mund, wie ihr Haar riecht, würde ich dann wissen, und wie ihre Haut schmeckt, ließe sie es geschehen, daß ich sie küßte, wonach ein Verlangen in mir hochstieg, von ihr geküßt zu werden als Antwort auf meine unausgesprochene Frage, schläfst du mit mir?, hätte ich nur den Mut dazu gefunden, wie es mich plötzlich nach ihr schmerzte, nach dem Griff ihrer Arme und Beine, ineinanderzufallen, ohne ein weiteres Wort zu wechseln, als gäbe es nichts und niemanden mehr außer uns, kein Vorher und kein Nachher, wünschte ich mir und wünschte, sie würde das gleiche empfinden, so gingen wir schweigend eine ganze Weile nebeneinander her.

Als wir einen großen kreisrunden Platz erreichten, sah man am Ende einer der breiten Straßen, die sich sternförmig aus ihm verzweigten, einen Triumphbogen, arcul de triumf, sagte Astrid, zu Ehren der rumänischen Armee aufgestellt, nach dem ersten Weltkrieg, ganz offenkundig dem französischen Vorbild verpflichtet. Ich nickte. Mörderischer Kitsch, fuhr sie fort zu reden, als fürchtete sie noch eine Pause, man könnte glauben, daß die Völker nie etwas dazulernen, sich gegenseitig mit solchen Bauwerken überbietend. Als hätte sich seit der Antike nichts geändert, bis heute in keinem Land, das macht mich manchmal traurig, verstehst du? Wieder nickte ich, hatte ihr nichts zu entgegnen. Während sie den Weg in die Calea Victoriei einschlug, wie auf dem Schild an einer Hauswand zu lesen stand, sich lose bei mir einhängend, wie man es bei jemandem tut, den man schon lange kennt, sagte sie, ich mag keine Monumente, und mein Widerwille wird stärker, je älter ich werde, gegen Männer auf Pferden, die Schwerter hochhalten, goldlackierte Siegesgöttinnen, kleine bunte Ordensspangen an Uniformen, nimm, was du willst. Begriffe wie Ruhm und Ehre sind mir ziemlich fremd, welcher Ruhm soll es denn sein, eine Armee kommandiert oder einen Landstrich erobert zu haben?

Und ein Land verteidigt?

Es geht mir um die Haltung, die dahintersteckt, das anscheinend unausrottbare Bedürfnis, sich zu vergrößern, anstatt sich mal damit abzufinden, daß wir alle Heinis sind.

Sie lachte, sah mich mit lachenden Augen durch eine Haarsträhne an, die ihr ins Gesicht gefallen war.

Das ist wohl das Schwierigste überhaupt, kommt mir vor, das eigene Heinitum einfach hinzunehmen, ohne irgendwie nach Beifall zu schielen, egal von welcher Seite. Ich meine, sie hob ihre Schultern und streckte ihr Kinn vor, es bleibt von uns doch sowieso nichts am Ende, und das macht die Figuren auf ihren Sockeln für mich noch sonderbarer, als sie es von alleine schon sind. Hast du Angst vor dem Tod?

Nicht ja und nicht nein, dachte ich, von ihrer Frage überrascht, so beiläufig sie gestellt war, zuerst, nach einer ehrlichen Antwort suchend, die ich ihr hätte geben können, mir ins Bewußtsein rufend, wann es zu spüren gewesen wäre, wie das Blut aus dem Kopf weicht und man innerlich von Schwindel erfaßt wird, als drehten sich die Organe umeinander, eingeschnürt Magen und Herz, während kalter Schweiß aus den Poren hervorbricht, selbst bei südlicher Hitze draußen, trotz des auffrischenden Windes sind kaum Wolken am Himmel zu sehen, keine sprühende Gischt auf den Wellen, und doch vermag man schon nicht mehr, das Segel zu halten, treibt immer weiter vom Land ab, das bald nur noch als dünner Streifen in der Ferne zu sehen ist, versinkt bereits im Dunst, hektisch wiederholt man sich Instruktionen, Fetzen dessen, was man gelernt hat für solche Fälle, durchzuatmen, von vorne anzufangen, neue Knoten zu knüpfen mit langsam starr werdenden Fingern, obwohl man am liebsten heulen würde aus Wut und Entsetzen über das eigene Mißgeschick, Verzweiflung kriecht einem in die Beine und macht sie weich, von Minute zu Minute standloser in der plötzlich am Horizont aufziehenden Dämmerung – rasende, dann stokkende, springende, Hindernissen ausweichende und wieder losrasende Pulsschläge ein anderes Mal, so schnell, daß sie nicht länger zu zählen waren, sondern einen flimmernden Strom bildeten, mit schwerem Druck in der Kehle und auf der Brust, Brennen zwischen den Augen, einer um sich greifenden Ertaubung der Nerven, die die Lungen automatisch zum Atmen anregen, entweder eine Überdosis, oder das Zeug ist nicht gut gewesen, war verunreinigt, man kann nichts tun, weiß kein Gegenmittel, als ziellos durchs Zimmer zu gehen und sich Vorwürfe zu machen, mittendrin abreißende Sätze, die ein leeres Zentrum umkreisen, die Übertretung, die man begangen hat, wie den Sturz aufhalten

es ist dieses Gefühl von freiem Fall, das neu ist, neu nicht als Traum, dem man wieder entflieht, bevor es zum Aufschlag kommt, sondern als Zustand, aus dem es keine Rettung durch Wachwerden mehr gibt, der eisige Schmerz, völlig allein zu sein und losgelöst von allem, woran man sich eben noch klammerte in einer trügerischen Sicherheit, es geht abwärts, spürt man und staunt zugleich in einem lichten Moment, wie einfach das funktioniert, wie schnell man da hineingerät in den Schacht, als hätte sich eine unsichtbare Klappe am Boden willkürlich geöffnet, Hilfe, möchte man schreien, wüßte man nur, wer einen hörte, die Nachbarn, die einen Krankenwagen holen, oder wer sieht, wie man erschöpft mit seinen Armen wedelt, der Steuermann eines spanischen Trawlers

Angst?, abstrakte Angst?, der Gedanke, leblos auf einer Bahre zu liegen, nackt, runzlig, mit zusammengebundenem Kiefer, macht der mir Angst?, daß die Zeit überschaubar wird, die einem bleibt, und die Zukunft von Tag zu Tag schrumpft, sich jetzt schon halbiert hat, ist es das, Angst vor dem Wegsein, was sie mit ihrer Frage meinte, verschwinden zu müssen wie alle vorher und alle danach

Manchmal, sagte ich zu Astrid, aber ich weiß nicht, wovon das abhängt, daß mich die Vorstellung erschreckt, zu sterben, wenn ich es mir für mich selber ausmale, weil

Was weil?

Weil es mich genausooft gleichgültig läßt.

Du denkst also öfter daran?

So oft auch nicht, manchmal eben.

Ich auch, sagte sie, manchmal.

Durch ein kniehohes Mäuerchen vom Bürgersteig getrennt, befand sich neben der Straße eine Betonfläche, die wie die Kellerdecke eines nicht fertig gebauten Hauses aussah; ein Café-Restaurant hatte sich dort eingerichtet, mit von Camel-Sonnenschirmen überdachten Tischen, einer rollbaren Kühltheke und schwarzgekleideten Kellnern, die aus einem Seiteneingang das Essen holten, Krautwickel, Kuttelflecksuppe, Schinkenomelett, geräucherten Stör. Später legte ein Disc-Jockey CDs auf, zwischen den Tischen wurde getanzt.

Ich erzählte Astrid von meinem Besuch in Arezzo bei Florenz und was diese Klinik einmal bedeutet hat, sie sprach von Maya Deren und der Faszination, die für sie die wenigen kurzen Filme der Amerikanerin ausstrahlten, nannte noch den Namen eines holländischen Dokumentaristen, van der Keuken, dessen Arbeiten sie schätzte; wir saßen lange, bis in den Abend da, als unter den Sonnenschirmen befestigte Glühbirnen aufflammten. Später sind wir dann mit einem Taxi ins Hotel zurückgefahren.

Als ich erwachte, war sie schon fort, der Platz neben mir leer, ich spürte es, ohne mich umdrehen zu müssen. Kurz nach neun. Das zweite Handtuch lag naß über dem Hocker im Bad, sie hatte geduscht, bevor sie gegangen war. Ich wußte, es würde vergeblich sein, an ihre Zimmertüre zu klopfen, aber ich würde es auch nicht tun, als hätten wir eine Vereinbarung getroffen. Im Frühstücksraum trank ich ein Glas Milchkaffee, rauchte; die anderen Mitglieder der Delegation schienen sich bereits wieder auf dem Kongreß zu befinden, oder sie machten einen Ausflug, unternahmen eine Besichtigung. Vom Portier, der dazu eigens seinen Glaskasten verließ, bekam ich ein unverschlossenes Couvert überreicht, in dem auf einem Blatt Hotelpapier geschrieben stand, daß sie für einige Tage in Sibiu, Hermannstadt, sei. Darunter stand Astrids Telefonnummer in Deutschland, mit der Bitte, ich möge sie nicht vor Dezember anrufen. Das habe ich auch nicht getan.

3

reiht sich eins ans andere das nächste aus dem davor man treibt darin unwiderruflich der Spiegel beschlägt vom eigenen Atem

Blätter von Kopfsalat als Einlage in einer Fischsuppe, darauf muß man erst mal kommen. Daß das geht, schließlich ist Kopfsalat kein Gemüse. Im siedenden Wasser schrumpfen die Blätter ein, so wie Spinat beim Kochen zusammenfällt, und entwickeln ein ganz eigenes, wie mir scheint, asiatisches Aroma. Am besten gelingt die Suppe natürlich, wenn man guten Fisch gekauft hat, Seewolf, Lachs, Brassen und ein paar Garnelenschwänze, die auf Bergen gestoßenen Eises angeboten werden, in den Vitrinen des KadeWe zum Beispiel, oder unten bei Lafayette. Viel mehr ist nicht zu tun, als Wasser mit einem Bouquet garni aufzusetzen, Zwiebeln, Lorbeerblatt, Nelken, später angedünstete Zucchini, Fenchelstreifen und gewürfelte Rüben hinzuzugeben, den Salat, um in diesem Sud dann die entgräteten Fischstücke kurz ziehen zu lassen; drei, vier Safranfäden zum Schluß verfeinern den Geschmack des Ganzen und verleihen der Brühe eine appetitliche, gelbliche Farbe.

Jutta hatte das Rezept aus einer Zeitschrift, sagte sie, als wir ihr vor dem Essen in den Topf sahen, weigerte sich aber lächelnd, den Titel zu nennen, eins der Hefte, die man beim Arzt liest. Unterdessen deckte Frank auf dem kleinen Balkon ihres Dachgeschosses den Tisch, es war noch warm genug, um abends draußen zu sitzen. Das heißt, plötzlich noch einmal sommerlich geworden, obwohl schon Laub durch die Straßen trieb, das von der Berliner Stadtreinigung zu großen Haufen zusammengekehrt wurde. Ein milder Wind raschelte in den Blättern, die im Hof lagen, kaum andere Geräusche, da sich dem Flügel, in dem Jutta und Frank oben wohnen, ein Schulgebäude anschließt, ein wuchtiges U aus rotem Backstein, das um diese Zeit verwaist war, die Fenster eine Abfolge leerer, dunkel spiegelnder Rechtecke. Evelin und ich hatten Wein mitgebracht, Weißen von der fränkischen Kellerei, die der Händler auf der Graefestraße seit neuestem vertrat, zu einem Einführungspreis, den er nicht lange halten könne, wie er mir sagte, als ich nachmittags in seinem Laden stand und überlegte, welche Sorte ich nehmen sollte, passend zum telefonisch angekündigten Fisch, der Suppe, eine leichte Fischsuppe. Zu Braten hätte ich aus Gewohnheit Blauen Zweigelt oder Montalcino gewählt, in der Preisklasse so um fünfzehn bis zwanzig Mark, damit war man hier, trotz der teuer wirkenden Einrichtung des Geschäfts, bestens bedient. Mehr für eine Flasche Wein zu zahlen geht mir irgendwie gegen den Strich, keine Ahnung, warum, aber sicher handelt es sich nicht um Sparsamkeit, ich verschwende manchmal Geld bei dem größten Unsinn, sagen wir, mit dem Taxi zur Arbeit zu fahren, anstatt mich in die S-Bahn zu setzen, was dann fast vierzig Mark kostet, oder wenn ich daran denke, was ich, noch bevor ich Evelin kennenlernte, für Drogen ausgegeben habe, speed vor allem, das mich durch die Nächte brachte, in Papierbriefchen und kleinen Plastiktüten gekauft, um dem Schlaf zu entfliehen, dem Aufwachen am nächsten Morgen, wenn alles wieder von vorne beginnt, sich anziehen, Kaffee kochen, aus dem Küchenfenster in den Hof schauen und die Kinder der jugoslawischen Hauswartsfrau beim Spielen beobachten. Also, zwanzig Mark für eine Flasche Wein sind genug, denke ich, für ein Abendessen, wie es zahllose schon mit Jutta und Frank gegeben hat, abwechselnd mal in dieser, mal in jener Wohnung, vor Jahren bereits, als wir alle noch mehr oder weniger allein lebten und nicht paarweise zusammen. Kommt ihr, heißt es ab einem bestimmten Augenblick, am Wochenende zu uns, wir wollen auf dem Balkon grillen, ja, antwortet man, wir kommen gerne, was sollen wir mitbringen?, in einer Verwechslung von Singular und Plural, die jetzt selbstverständlich erscheint, als würde sie die Grammatik erzwingen, bis vielleicht einer wieder von sich zu erzählen anhebt, ich : sagt, und eine neue Geschichte hervorspinnt,

wovon redet man, was gibt man preis, was behält man für sich, als seien die Worte Spielmarken, die man auf numerierten Feldern plaziert, vorsichtig zu Anfang in geringen Beträgen, dann den gesamten Rest in einem letzten Versuch, das Glück noch einmal umzubiegen, sich guter Gründe versichernd, daß etwas so sein muß, wie es ist, und nicht von außen vorgeschrieben, es daher den eigenen Wünschen entspricht, wie man handelt, es ist schon richtig, sagt man zu sich selber, alle machen es gleich, Essen mit Freunden, Gespräche mit Freunden, die inzwischen festumrissen geworden sind, nach und nach emporgetaucht aus ihren Sätzen und dem Tonfall ihrer Stimmen, inmitten der Dinge, die sie umgeben,

Franks Schreibtisch aus dünnen, selbst zusammengelöteten Kupferrohren, auf denen eine Glasplatte liegt, stand nun auf der Galerie, die in den hinteren Teil ihres Wohnzimmers eingezogen war und als zweite, überkopfhohe Ebene durch den Flur bis in ihr Schlafzimmer führte, so daß man sich zwischen den Räumen entweder oben, hat man eine der beiden Treppen erstiegen, oder unten hin und her bewegen kann, sinnreiche Klappfenster in der Dachschräge versorgen den Gang und die Emporen mit natürlichem Licht. Als Architekt war es Frank bei der Besichtigung leicht gefallen, die Qualität des Ausbaus zu beurteilen, alles schien von konzessionierten Handwerkern gemacht worden zu sein, da sich nirgendwo die üblichen Mängel entdecken ließen, absinkende Fliesen im Bad, nicht geschlossene Fugen, unebenes Parkett. Zwar betrug die Miete zweitausend Mark, warm, dafür aber entschädigten Ausblick und Lage, in Schöneberg nahe dem Winterfeldplatz, auf dem mittwochs und samstags ein Markt abgehalten wird, den man seit jeher, schon seit den Zeiten des Studiums, besucht, um Leute zu treffen und sich in einem der Cafés dort fürs Wochenende zu verabreden.

Nach ihrem Einzug hatten sich Jutta und Frank ein paar neue Möbel gekauft oder anfertigen lassen, ein türkisfarbenes Sofa von Roset und einen länglichen, von Frank entworfenen Eßtisch, dessen Besonderheit ein Band aus dunklerem Holz war, das die Fläche am Rand einfaßte, ungefähr am Rand, eine Handbreit von den abgerundeten Kanten entfernt. Acht Personen könnten bequem daran sitzen, feierte man demnächst Juttas einunddreißigsten Geburtstag, Frank, Evelin und ich wollten für eine abstrakte Graphik zusammenlegen, die ihr gefallen hatte und sich an einer der noch leeren Wände des Wohnzimmers gut ausnehmen würde. Bei Evelin und mir hing eine große Federzeichnung von Ludwig, auf braunem Packpapier, das gerahmte und signierte Plakat einer Ausstellung mit Gouachen von Beuys, die 1974 in Düsseldorf gezeigt worden waren, und das zweigeteilte Bild eines libanesischen, in Berlin im Exil lebenden Malers, das ich, ohne zu zögern, bei einem Galeriebesuch gekauft hatte, für fünfzehnhundert Mark, links war ein blaugraues, teils mit Mörtel oder Sand verklebtes Blech zu sehen, in der rechten Hälfte ein verschlungenes Gewirr dicker schwarzer Pinselstriche über einer rötlichen, an einigen Stellen mattgrün verschwimmenden Grundierung; mein unüberlegter Entschluß, genau diese Arbeit sofort haben zu müssen, erstaunte mich damals am meisten, noch während ich die Euroschecks ausschrieb, doch suchte ich keine Erklärung dafür, ich zahlte, hinterließ meine Adresse und ging, erst als das Bild geliefert wurde und wir einen geeigneten Platz suchten, um es aufzuhängen, kam mir zu Bewußtsein, daß ich zum ersten Mal eine solche Summe für etwas ausgegeben hatte, das der Verschönerung meines privaten Lebens dient, ich meine, keinen direkten Nutzen hat, außer dem, mich durch seine Gegenwart zu erfreuen, oder sonst eine Empfindung hervorzurufen, Stolz, wenn man es einem anderen zeigt, dies gehört mir denkend, es ist meins, nicht zu verwechseln mit jenem, das du vielleicht hast, in seinem Wert steigend, wird der Künstler unter Umständen berühmt, man liest über ihn im Feuilleton und glaubt, auch über sich selber zu lesen, den in der Geste des Kaufs bewiesenen eigenen Geschmack.

Im Lauf der Zeit hatte unsere Wohnung Gestalt angenommen, die Holzböden in den Zimmern waren abgezogen und mit klarem Lack versiegelt, häßliche Zwischendecken aus Nut- und Federbrettern entfernt und durch paßgenau zurechtgeschnittene Rigipsplatten mit darin eingelassenen Leuchtstrahlern ersetzt worden, in der Küche verkleidete nun ein Mosaik schwarzweißer Kacheln die Wand hinter Spüle und Anrichte, so daß man sagen konnte, und man sagte das auch, es sieht gut aus, hier ließe es sich ertragen, alles weitere, man kehrt abends von der Arbeit zurück und hat keinen Grund mehr, sich nicht zu Hause zu fühlen. Indem er das Innere nach außen kehrt, stimmt endlich ein Ort mit der Vorstellung, die man sich von sich macht, überein, denkt man, wie die Blaupause eines mit Lineal und Zirkel entworfenen Plans, dessen Symbole zu entziffern sind, das hat man persönlich erreicht, setz' dich nur hin und schau dich in Ruhe um. Etwas wird scheinbar sichtbar, die Zukunft möglicherweise, aber dann spürt man, schon in die Zukunft eingetreten zu sein, eine einzige Zukunft, in der man sich aufhält, Tage und Nächte, nachdem die Vergangenheit endlich vorbei ist,

ich trug ein Tablett mit Gläsern auf den Balkon, gefolgt von Evelin, die den Wein brachte und Frank zum Kosten einschenkte, Jutta kam mit dem hohen Edelstahltopf und schöpfte Brühe, Gemüse und ein paar Fischstücke auf die Teller, dazu für jeden einen Garnelenschwanz, tut euch keinen Zwang an, sagte sie, es ist noch reichlich da. Während des Essens drehte sich das

Gespräch, erinnere ich mich jetzt, um Berliner Merkwürdigkeiten, die man täglich in der Zeitung las, also das übliche, die Forderung nach einem Wiederaufbau des Hohenzollernschlosses als idealem Abschluß der Blickachse vom Brandenburger Tor aus die Straße Unter den Linden hinunter, oder jene andere nach einer Neueinteilung der Stadtbezirke, die durch die Vereinigung sich zwingend anböte, Mitte-Ost und Tiergarten-West müßten zusammengelegt werden, als handele es sich um das Problem der Probleme, das Initialproblem, dessen Lösung allen anderen den Weg wiese, von den immergleichen Politikern vorgetragen, wie ein bedingter sprachlicher Reflex, und auch wir redeten darüber, wägten die Vor- und Nachteile ab, hatten unsere Meinungen

das ist ein Agent vom Kabeh nord, schrie eine Frau, die in der ersten Reihe saß, kaum hatte ich meinen Einleitungssatz beendet. Da ich niemanden aus dieser Gruppe näher kannte, irritierte mich ihr Vorwurf einen Augenblick lang – wie etwa die Behauptung, ich sei ein Abgesandter der Gewerkschaftsjugend oder käme vom Mars –, auch weil ich noch nie von einer Bühne herunter zu so vielen Zuhörern durch ein Mikrophon gesprochen hatte, das mir meine Stimme fremd machte, sie in einen lauten, den vollbesetzten Saal bis obenhin auskleidenden Ton verwandelte, selbst ein Räuspern von mir, stellte ich fest, überlagerte Geräusche aus dem Publikum, eine dem Zwischenruf folgende Unruhe mit mehreren Schwerpunkten, da, wo ausgewiesene Gegner und Sympathisanten dicht um ihre jeweiligen Wortführer versammelt waren, neben Ruth sah ich Sebastian stehen, dessen Zeigefinger durch die Luft in Richtung der Frau pickte, die mich einen Agenten genannt hatte, irgend etwas rufend, mit einem Knie auf die Rückenlehne des Vordersitzes gestützt. Unsicher, wie es nun weitergehen sollte, trat ich die Flucht nach vorn an, ich fuhr einfach fort, das Manuskript zu verlesen, das wir in Sebastians Ladenwohnung gemeinsam verfaßt hatten, Begriffe wie Westentaschen-Pol-Pot erfindend und internationale Speerspitze der Kettenabschüttler für die Mitglieder einer heute vergessenen Partei. Beim Sprechen schien es mir jetzt so, als seien die Worte den Bewegungen meines Kehlkopfs und meiner Zunge einige Silben voraus, während ich sie in meinem Rachen noch bildete, glaubte ich schon, ihren dröhnenden Hall zu hören, in der Art eines vorgezogenen Echos dessen, was getippt auf dem Pult vor meinen Augen lag, ich hatte mit einem Mal das Gefühl, schneller werden, meine Sprechgeschwindigkeit erhöhen zu müssen, um mich selbst wieder einzuholen. Plötzlich unterbrach Beifall die Rede, da klatschten welche, und gar nicht wenige, so daß ich vom Blatt Papier in den ansteigenden Saal hochsah, kurzatmig vor Aufregung, in meinen Ohren nachklingend der letzte Satz, auf den diese Reaktion zurückzuführen war, offenkundig gefiel einem großen Teil des Publikums mein, das heißt unser Debattenbeitrag, ähnlich, wie wir es uns in den vergangenen Tagen ausgemalt hatten, erst die einen frontal angreifen, dann die anderen, unentschiedenen, ins eigene Lager herüberziehen, mit überraschenden, ihre Erwartungen unterlaufenden und folglich um so wirkungsvolleren Wendungen, ich holte tief Luft und versuchte mich zurechtzufinden, Bänder von

Neonröhren an der getäfelten Decke tauchten die Reihen der Zuhörer in ein helles schattenloses Licht, das mich, als ich auf die Bühne gestiegen war, geblendet hatte, nun erkannte ich alles deutlich,

das Ungleichgewicht zwischen den Leuten im Saal und mir als dem, der leicht erhöht vor ihnen stand und sie im Blick hatte, sie nach und nach gegeneinander abgrenzend, diese von jenen unterscheidend, einzelne Gruppen und dann Gesichter ausmachend mit ihren persönlichen Mienen, Zustimmung spiegelnd oder Ablehnung, was beides allein von mir abhing, von den Sätzen, die ich in das Mikrophon sprach, jetzt nicht mehr mit der Empfindung, mein Text eilte mir voraus, sondern sei eins mit meiner Stimme, den Schwingungen der Membranen in meinem Hals, die sich elektronisch verstärkt bis in den letzten Winkel des Raumes fortpflanzten, hoch auf die Galerie, an deren Brüstung rotgefärbte Laken hingen, in die viereckige Windlöcher geschnitten waren, die Buchstaben der Losungen aus gelbem Isolierband, das B in BRD hinten eckig zusammengeklebt, eckig wie die Bögen der S im Wort Faschismus, an der Wand ein Schriftzug aus Schablonen mit einem eingekreisten A in der Mitte, weiß auf schwarzem Untergrund, mich an das Plattencover von Crass erinnernd.

Daß unsere Feinde in Bonn und Berlin säßen, sagte ich, nicht in Moskau, Peking oder Washington, sie nicht nur Handlanger eines weltumspannenden Apparats seien, sondern auch ihre eigenen Interessen verfolgten, inwiefern es darum gehe, jeden Kampf konkret zu definieren und genauso zu führen, weil wir anders, zum Vergnügen der Herrschenden, bloß unsere Kräfte in ideologischen Sandkastenspielen verzettelten, sagte ich, und beobachtete gleichzeitig den Saal, in dem sich, das konnte ich spüren, die Gewichte verschoben, weg von den Blöcken der verschiedenen Organisationen zu einer neuen, aus dem Rest der Anwesenden bestehenden Mehrheit hin, als würden bislang verborgene Massepartikel sichtbar und schlössen sich zu einem größeren Gebilde zusammen, durch mich und meine Rede hervorgerufen beziehungsweise ermutigt, wie es mich ermutigte, Widerhall zu haben, einen durch häufigen Beifall bekundeten Zuspruch zu meinen Ausfällen und Vorschlägen, daß man sich nicht verstecken dürfe und immer alles strategisch betrachten oder taktisch, was man unternehme, vor lauter Vermittlung käme dann nie ein Ergebnis heraus, dieses Abwarten, ob die deutsche Arbeiterklasse eine Aktion auch verstehen und gutheißen könne, die Steine, die irgendwie mal bei einer Geschichte geflogen sind, nachdem die Bullen einem grundlos den Weg versperrt haben, ewig dieses Schielen nach dem sogenannten Volk, das würde ich als eher unproduktiv erleben, als einen mehr oder weniger falschen Ansatz, behauptete ich voller Überzeugung, ich meine, wirklich überzeugt von meinem Standpunkt und im übrigen ohne Furcht, daß es hier vielleicht Spitzel gäbe, die für den Verfassungsschutz arbeiteten, Material für meine Akte sammelnd, in der ich als keiner der orthodoxen Parteien zugehöriger Ultra beschrieben werden müßte, spontaneistisches Element, dem eine solide marxistische Schulung fehlte, wie ihm die Masse des Volkes, die Volksmassen, das kraftstrotzende, hammerschwingende Proletariat im großen und ganzen suspekt war, Ausgeburt phantastischer Träumereien, die die eigene Machtlosigkeit kaschierten,

einer sich mehr und mehr aufbauenden Welle gleich, stieg die Stimmung im Saal an, so wurden Störmanöver aus der ersten Reihe, rhythmisches Klatschen und der Versuch, eine Parole zu skandieren, niedergebuht und durch eigenes Klatschen übertönt, wobei ich den Eindruck bekam, ich selbst sei es, der da vorne buhte und klatschte, hätte mich mit dem Publikum kurzgeschlossen, das mir nun meine Wünsche von den Lippen abläse und sozusagen für mich handelte, nicht stellvertretend, sondern als bildeten wir eine Einheit, einen gemeinsamen Körper, dessen Reaktionen ich erzeugte durch die Betonung eines bestimmten Worts oder eine Kunstpause, die ich nach einer überflüssigen, den vorherigen Absatz zusammenfassenden Frage einlegte, sich gegenseitig hochschaukelnd und vorwärts treibend, in der Gewißheit, alles richtig zu machen, auszusprechen, was man seit langem dachte, daß es nämlich anders weitergehen müsse als bisher, wollte man nicht das Feld den Dogmatikern überlassen, denjenigen, die fälschlicherweise von sich behaupteten, im Besitz der Wahrheit zu sein, mit ihren Politbüros und Zentralkomitees, ihren Hierarchien und Verklemmtheiten, hier und jetzt, sagte ich, habe man zu beginnen, die Verhältnisse umzustürzen, Gegenstrukturen aufzubauen, und sich nicht damit herauszureden, die historische Situation wäre noch nicht reif, geradewegs, als fiele einem eine neue Gesellschaft irgendwann einmal von alleine in den Schoß, würde man nur genug Geduld aufbringen, niemanden verschrecken und täglich die Rote Fahne studieren.

Jeder meiner letzten Sätze ging in Beifall unter, so daß ich mit beschwichtigenden Gesten mir immer wieder Gehör verschaffen mußte, um ans Ende zu kommen, zu den Schlußfolgerungen, die man unweigerlich aus meiner, das heißt unserer Analyse zu ziehen hätte, denn das schien mir noch das wichtigste zu sein und war ja auch der Grund gewesen, warum wir die Rede ausgetüftelt hatten, nicht wissend, wie sich die Dinge tatsächlich entwickeln würden, wenn ich erst hinter dem Mikrophon stünde, durch Losentscheid dazu bestimmt, ich gestehe, daß mir eine Gänsehaut den Rücken heruntergelaufen ist, als ich, hingerissen von der mir entgegenschlagenden Begeisterung, unser in drei, vier Thesen zusammengefaßtes Resümee in den Saal rief, die Worte erstens, zweitens und drittens auskostend, bevor ich weitersprach, meine Stimme hebend und senkend in dem sicheren Gefühl, gewonnen zu haben, mich durchgesetzt und die große Mehrheit auf meine, also unsere Seite gebracht zu haben, die Fraktion der Nomaden, die keine Macht anerkannte und jede bezweifelte, sich über sie lustig machte, ihre Formen und Vorrechte, über das, was bis weit in die Reihen der Opposition hinein noch immer für selbstverständlich gehalten wurde, diese Begriffe von Arbeit, Ehre und Pflicht, ich sah Ruth nach unten kommen und seitlich von meinem Pult auf die Bühne klettern, wo die Organisatoren der Veranstaltung hinter einem langen, mit roten Tüchern verhüllten Tisch saßen, nach ihr Sebastian und einige andere, die sich, durch Johlen aus dem Publikum ermutigt, der Mikrophone und der Rednerliste bemächtigten, auf einer Schiefertafel stehende Namen und Abkürzungen, die jemand mit seiner zur Faust geballten Hand auswischte, ohne daß der Schriftführer ihn daran gehindert hätte, sowenig die Leute am Tisch sich dagegen wehrten, von ihren Plätzen vertrieben zu werden, sieht man von einer leichten Rangelei zwischen Ruth und dem Leiter der Sitzung ab, einem in Hochschulkreisen bekannten Anhänger der Lehren Mao Tse-Tungs,

welchselbiger seit kurzem sorgfältig einbalsamiert in einem gläsernen Sarg in der Pekinger Halle des Volkes lag, wie Lenin in seinem Mausoleum zu ewigem Dasein verurteilt, zwei ausgehöhlte Tote, auf deren Wachshaut sich helle Flecken von künstlichem Licht spiegeln, während die Massen an ihnen vorbeipromenieren, Neugier und Schrecken in den Gesichtern, manche weinend, wie man aus Entsetzen über ein unbegreifliches Unglück ins Weinen verfallen kann, auch wenn es einen selbst nur am Rand oder gar nicht betrifft, vielleicht befürchtend, möglicherweise hoffend, der eine oder der andere erhöbe sich plötzlich von seinem Lager, würde sich wieder regen wie in einem Schauerroman, ein nicht wirklich totzukriegendes Wesen, vergleichbar dem Teenager-Killer Michael Myers aus der Serie der Halloweenfilme, der darin immer wieder auftaucht, um, mit einer Eishockeytorwartmaske verkleidet, das Werk seiner Rache fortzuführen, mag man vorher auch auf ihn geschossen oder Messer in seine Brust gebohrt haben, das bringt ihn alles nicht um, kaum lehnt man sich erleichtert im Kinosessel zurück, weil man annimmt, jetzt sei er endgültig fertig, erscheint sein Schatten erneut auf der Bildfläche, die Jugendlichen einer amerikanischen Kleinstadt jagend und ins Jenseits befördernd, bis einen der Abspann erlöst und ins Freie entläßt, noch einmal davongekommen, durchgemogelt durch den Alptraum, der seine eigene Logik hat, in sich schlüssig, glaubt man an die falsche Voraussetzung, den Kern der Verschwörung,

zum Beispiel, daß von Geheimdiensten betriebene Geheimsender das Leben hier überwachen und steuern, wie es in den siebziger Jahren als Hauptbotschaft des Sendermannes auf Charlottenburger Brandmauern weithin sichtbar zu lesen war, mit einer Tapezierquaste und weißer Dispersionsfarbe in nächtlichem Eifer geschrieben, dabei hätte ich ihn gern einmal beobachtet, doch wie alle anderen bekam ich ihn nie zu Gesicht, nur seine Aussprüche und Warnungen: Paßt auf, Elektrowellen greifen euch an!, und: Die Regierung ist übergelaufen!, Grolmannstraße/Ecke Savignyplatz vor dem S-Bahn-Bahnhof, oder Knesebeckstraße, näherte man sich vom Kurfürstendamm aus, um in eins der Lokale da zu gehen, oder Bücher bei diesem Kollektiv auf der Carmerstraße zu kaufen, die kleinen Bände des Merve-Verlags mit den noch nicht so bekannten französischen und italienischen Theoretikern, die Mikro-Politik des Wunsches, wie ein Titel lautete, der mir im Gedächtnis geblieben ist, dessen grün-weißer Plastikeinband, das holzhaltige, schlecht zu unterstreichende Papier, die praktisch nach der ersten Lektüre auseinanderfallenden Seiten, segelten abends durch das Café auf der Kantstraße, wo man sich zu Besprechungen traf, eine Zeitlang, dann vorbei, das Viertel selber, es kam aus der Mode, war nicht mehr angesagt, während zugleich andere Leute, mit denen man nichts zu tun hatte oder haben wollte, dort einströmten und sich breitmachten, auf einer seltsamen, sichelförmigen Wanderbewegung durch die Stadt, die vom Südwesten aus sich gegen Norden und Osten hin richtete, Jahr für Jahr ein paar Straßenzüge weiter vorrückend, mit eigenen Geschäften und Restaurants, Baulücken schließend und im Krieg beschädigte Fassaden wieder vervollständigend, Stuckornamente über den Fenstern und das Bossenwerk an den Haussockeln, so, wie man dachte, daß es einmal ausgesehen hatte, wenige Spuren hinterlassend, unter einer länglichen Plexiglasscheibe die alte, fast schon verblichene Beschriftung eines Budikers: Anis, Kümmel, Liqueur, Biere, dessen Ausschank vor Urzeiten in jenem Souterrain gewesen war, als eine Art Anekdote zu lesen, fiel der Blick beim Vorübergehen darauf,

Zeichen, die nach der Grenzöffnung ein letztes Mal in großer Menge auftauchten, die mit dem Putz abblätternde Farbe damaliger Werbung, oder aus Leerstellen sich zusammensetzende Namen und Begriffe an der Hausfront: Hüte Scholz, dort, wo einst die Metallbuchstaben gehangen hatten, von einem verlorenen bürgerlichen Leben erzählend in mir fremden, oft nach Helden der Arbeiterklasse benannten Straßen, die heute wieder so heißen wie früher, als könnte man durch das Auswechseln von Schildern die Vergangenheit löschen, wie man einen Bildschirm freiräumt durch plötzliche Unterbrechung des elektrischen Stroms, das Magnetfeld stürzt in sich zusammen und bringt die Schrift zum Verschwinden, ist weg und man beginnt das Ganze von vorne, scheinbar voraussetzungslos, als sei nie etwas gewesen, habe noch nie ein Wort auf der nun leeren Oberfläche der Maschine gestanden, im Prinzip, sagte Frank, bin ich dagegen, das Schloß wieder aufzubauen und den Palast der Republik abzureißen, andererseits muß man sich fragen, welche Lösung sonst überhaupt denkbar wäre für diesen riesigen Platz, städtebaulich betrachtet, anstatt da im Sommer eine Kirmes und im Winter den Weihnachtsmarkt zu veranstalten; außerdem würde die Asbestsanierung des Gebäudes, das wahrlich kein architektonisches Meisterstück sei, sondern ein aus den Fugen geratener, bräunlich verglaster Schuhkarton, Abermillionen verschlingen, die sich auch besser nutzen ließen.

Ich stimmte ihm zu, ebenfalls im Prinzip, fand es jedoch grotesk, abgesehen von den Kosten, mitten in Berlin, und zwar jahre- und jahrzehntelang, den Klotz dieses Schlosses zu rekonstruieren, das mir auf Bildern immer düster, einschüchternd vorgekommen war in seiner quadratischen Größe, zumal es sich um ein falsches Signal für die Zukunft handele – sagte ich allen Ernstes, falsches Signal, nicht besonders phantasievoll, schließlich gebe es andere, zeitgemäßere Möglichkeiten, mit dem Raum dort etwas anzufangen, meinetwegen solle man erst einmal einen Wettbewerb ausschreiben, demokratischerweise. Frank nickte, das wäre wohl das richtige Vorgehen, er sehe es genauso, vielleicht könnte man durch entsprechende An- oder Umbauten, Fassadenkorrekturen, Lichthöfe den Palast auch retten, als Zeugnis einer Geschichte praktisch, die über ihn in seiner ursprünglichen Form hinweggezogen sei. Mehr ist dazu nicht zu sagen, dachte ich, auf dem Balkon ihres Dachgeschosses die safrangelbe Suppe löffelnd, die Jutta gekocht hatte, demnächst werden wir sie zu uns einladen, wie es der Kreislauf der Einladungen gebietet, unter Freunden, die sich so lange kennen, deren Hintergrund man kennt, die einzelnen Familien, Eltern und Geschwister, ob man sich zu Hause gut oder schlecht verstand, man es früher leicht oder schwer hatte, sich mit seinen Interessen durchzusetzen gegen die Ansprüche der Väter, sofern sie welche stellten, an den Erben der Firma, eines metallverarbeitenden Betriebs in der Nähe von Stuttgart, wie es bei Frank der Fall war, eines Sägewerks im Spessart, wie bei Evelin, aus kleinen Anfängen hochgearbeitet in den Mittelstand hinein, wofür man gelebt hat, die Stufen nehmend bis zum Aufsichtsrat der Raiffeisenkasse, all das, Häuser und Autos und Mobiliar, von einem Innenarchitekten ausgesucht, indirekte Beleuchtung hinter Holzblenden oben an den großen Wohnzimmerfenstern, ein Springbrunnen im Garten, ein eigenes Schwimmbad mit Gegenstromanlage und versenkbarem Dach, ringsum dicht bewaldete Hügelkuppen, die man vom Wasser aus über dem Beckenrand sanft gewellt sich erheben sieht, man hat es schön, wird beim Kaffeetrinken auf der Terrasse gesagt, es ist doch schön hier, was man als Gast, als eine Art Schwiegersohn bestätigt, ja, der Ausblick ist wirklich schön, die Landschaft herrlich, im Winter ideal, um Skilanglauf zu machen.

Und weiter? Vor zwölf Monaten war Bukarest gewesen, in neun Monaten würde ich in Christines Etage gezogen sein, wie ich heute weiß, sechsunddreißigeinhalb, fast siebenunddreißig Jahre alt. Weiter mit was? Mit jenem Abend, einem von vielen, die sich meist ähnlich sind, das heißt waren, aber welche Erwartungen hat man denn, und umgekehrt, gibt es Verpflichtungen? Aus dem Galeriezimmer: das Licht einer Halogenlampe, deren in der Mitte biegsames Chromgestell Juttas Bruder in seiner Werkstatt in Mannheim angefertigt hatte, warf unsere ins Riesenhafte vergrößerten, unscharfen Schatten auf das Schulgebäude im Hof, wo sie grauschwarz über die Rechtecke der Fenster und den in der Dunkelheit bräunlichen Backstein huschten, mal sich zu einer hohen, Stockwerke überspannenden Figur vereinend, dann wieder auseinanderfallend, wenn sich jemand, der außen am Geländer saß, zurücklehnte, Frank mit gekreuzten Armen, als Evelin von ihrem und Juttas Besuch bei einem im Hotel Steigenberger veranstalteten Treffen junger UnternehmerInnen berichtete, aus der rasch expandierenden Medien-, Marketing- und Kommunikationsbranche, wie die Berliner Industrie- und Handelskammer es in ihrem Einladungsschreiben bis auf das große I korrekt formuliert hatte, ein Arbeitskreis Hauptstadt sei in Gründung begriffen, um die innovativen Dienstleister zu vernetzen, man bitte zu einem ungezwungenen warming up, an Stehtischen, die längs der Wände des kleinen Ballsaals verteilt standen, Kanapees und Sekt wurden gereicht, zwei kurze Begrüßungsansprachen gehalten, wer wollte, konnte sich ein bereitliegendes Namensschildchen ans Revers heften, Jutta Specht – selecta research, erzählte Evelin, sie hätten es aber nicht getan, das wäre ihnen beiden affig erschienen, aus reiner Neugierde dahin, wozu bezahle man sonst seine Beiträge? –

uns der Reihe nach anschauend, als müßte sie sich ihrer Handlungsweise versichern, vergewissern, daß alles in Ordnung ist, lächelnd, doch war alles in Ordnung, gab's nicht einen Grund, an dem man etwas hätte festmachen können, zur Klage, weder von dieser noch von jener Seite aus, sich zu Vorwürfen verdichtend, die man lange mit sich herumträgt, stumm, eingekapselt, bis sie dann eines Tages hervorbrechen, unvermittelt für den anderen, der die Zielscheibe ist, die Projektionsfläche, auf der sich ein Reigen verzerrter Bilder abzeichnet, gestaucht oder gestreckt wie in einem komischen Spiegel, in dem man nichts und alles wiedererkennt, in einem Anfall von Wut und Enttäuschung, der ebenso schnell verpufft, wie er da war, ein Kopfschütteln über sich selber bewirkend, als sei es die Aufregung nicht wert, es geht weiter, während der Beginn der Geschichte immer undeutlicher wird, irgendwie ein Stück Linzer Torte, das man bei der ersten Verabredung gemeinsam im Café Berio gegessen hat, worüber redete man?, das Studium vielleicht, oder warum man sonst nach West-Berlin gezogen ist, unterschwellig abschätzend, ob sich hier etwas entwickelt, gemäß einer Liste persönlicher Vorlieben und Antipathien, die man ins Gespräch einfließen läßt, Musik, Bücher, zum Beispiel Gravity's Rainbow, in dem Evelin gerade las, als ich mich zu ihr an den runden Marmortisch setzte: Ein Heulen kommt über den Himmel, es sei wirklich gut, sagte sie auf meine Frage hin, nicht ganz einfach zu verstehen, aber doch toll geschrieben.

Anziehungskraft, Kettenreaktion, Tischtennisbälle auf den gespannten Bügeln zahlloser Mausefallen, so demonstrieren sie das im Fernsehen. Zum Schluß springt da oft noch ein einzelner Ball hoch, als wollte er nicht allein auf seiner Position liegenbleiben; das knallende Geräusch des mit großer Wucht gegen ein Holzbrettchen schlagenden Metallstegs, der sich in Zeitlupe durch die Luft drehende Ball. Initialzündung, die Wärme der einen Explosion als Voraussetzung der nächsten, mittels rasender Spaltungsprozesse freiwerdende Energie, die die Atmosphäre verflüssigt, aus einer kaum wahrzunehmenden, kaum zu bestimmenden Ursache heraus. Später dann Routine, Abläufe, die sich wiederholen, als befände man sich in einem Labor und würde sich selbst durch eine Glasscheibe beobachten. Worin unterscheidet sich der gestrige Tag von dem heute, der heutige von dem morgen? Welches Motiv liegt dieser oder jener Verhaltensänderung zugrunde? Infrarotbilder des Gehirns, dessen tätige Regionen sich farblich abgestuft zeigen, wie die kurvigen Höhen auf einer topographischen Karte, in Blau die nur schwach innervierten Randbezirke, Erinnerungsfetzen, Bruchstücke längst vergangener Empfindungen, am Morgen nach der ersten Nacht, die man zusammen verbrachte, beim Anblick der noch schlafenden oder schon mit geöffneten Augen daliegenden Geliebten, sie hat einen Arm unter dem Kopf verschränkt, so daß man ihre Achselhöhle sehen kann, die dunkelbraunen Stoppeln nachwachsender Härchen, den in weichem Gewebe aufgehenden Strang des Brustmuskels, vom Bettzeug teils zugedeckt die abgeflachte, ein wenig zur Seite gerutschte Wölbung des Busens mit einem unregelmäßig gesäumten Halbrund aus rötlichbraunem Fleisch, das fest wurde, als die Zungenspitze es vorsichtig berührte, während draußen an dem mit einem Laken verhängten Fenster ein S-Bahn-Zug vorbeiklappert, in der Wohnung auf der Herbertstraße, die man zum Frühstück dann verließ, weil die Küche vollkommen herunter war und niemandem, den man erst seit ein paar Stunden kennt, zuzumuten.

Vielleicht steckte darin bereits ein Fehler, ich meine, als eine Art von Denken, das unausgesprochen für den anderen mitdenkt, aus falscher Rücksichtnahme, die man auch Ich-Schwäche nennen könnte, in genau dieser Situation, sich über Äußeres, Äußerlichkeiten bestimmend, obwohl es bloß leblose Dinge sind, ein Berg von schmutzigem Geschirr und Zeitungsstapel, deren Ansicht man zu vermeiden trachtet, als fiele sonst ein Schatten durch die einen Spalt breit geöffnete Türe auf die letzten Stunden wie die noch kommenden, Tage und Monate, ein stummer Dialog aus Fragen und Antworten, bist du etwa so?, ich hatte keine Zeit, soll ich dir beim Aufräumen helfen?, das ist nicht nötig, ein sich später fortsetzendes Muster, das das Verhalten imprägniert, verbale und nonverbale Interaktionen, in denen eine geheime Furcht zu nisten scheint, ein altes trauriges Gespenst, das man nicht los wird, sondern immer weiter mit sich herumschleppt, so nutzlos wie beharrlich, sich einschleichend in jede Regung, in die Zwischenräume der Worte. Theoretisch alles gelernt, praktisch alles vergessen. Man befolgt jetzt die Grundsätze, die hier gelten, hält sich an die Sprache, die die Vorschrift ist. Als ginge es um nichts mehr, nur noch darum, nicht das Gesicht zu verlieren, das man gar nicht hat, ausgeglichen zu sein mit festen, berechenbaren Eigenschaften, wobei berechenbar heißt, keine Ausschläge zu keiner Seite hin, hitzige Reaktionen, übertriebene Moralvorstellungen, wegen einer Fernsehsendung, einer Zeitungsnotiz, auf die man beim Durchblättern morgens gestoßen ist, irgend etwas, das man zu ernst nähme, für bare Münze, schließlich weiß man mittlerweile, wie die Sachen funktionieren

ein Gefühl, als würde einem langsam der Kopf ausgeschabt, an diesem Tag im Hafen von Lekeitio, als ich Florencio nach Jahren wiedersah, seinen Namen las unter einer grob gerasterten, schwarzweißen Fotografie, nebst zwei Jahreszahlen, die ein kurzer Bindestrich miteinander verband. Wir waren aus Frankreich gekommen und hatten eine Schleife durch die Provinz Navarra gemacht, um für wenigstens eine Nacht die Sanfermines zu besuchen, jenes baskische Volksfest, bei dem im Morgengrauen die Stiere durch die Stadt zur Arena getrieben werden.

Dichtgedrängt auf einem der Gatter aus schweren Holzplanken sitzend, die den Weg der Meute einfassen, warteten wir auf den Startschuß, vor uns in der engen Straße Schulter an Schulter jüngere Männer, auch ein paar Frauen, die zusammengerollte Zeitungen in den erhobenen Händen hielten und ein Lied sangen oder vielmehr eine zwischen den hohen dunklen Häusern nachhallende Litanei psalmodierten, deren Takt sie mit den Papierröhren schlugen, sich auf und ab bewegend wie ein einziger, vielgliedriger Organismus. Wieder und wieder, so klang es für meine Ohren, wurde dieselbe Strophe angestimmt, die in beschwörender Monotonie die Zeit zu dehnen schien und die Spannung von Mal zu Mal erhöhte, den entscheidenden Augenblick, das, um was es allen ging, hinauszögernd bis an die Grenze des Stillstands (obwohl es nicht wirklich zu beeinflussen war, sondern von alters her festgelegt auf die Sekunde genau), sich in einen eigentümlichen Rausch versetzend, eine Art gemeinschaftlicher Selbstvergessenheit, da ertönte plötzlich ein dumpfer Knall, als sei weit entfernt ein Böller oder eine Rakete gezündet worden, und anstelle des Gesangs, der sofort abbrach, erhob sich ein Rumoren, ein diffuses, langsam näherkommendes Geräusch, das in dem Maße, wie die Läufer auf der Straße in Bewegung gerieten, sich zu erkennen gab als eine Woge aus Rufen, Schreien, Getrampel und Glokken, dunkel und schwer klingenden Kuhglocken, deren sich überlagernde Schläge inmitten des anderen, des nun heranbrausenden Tosens, eingeschlossen waren. Gingen die ersten noch, fast gemächlich, an unseren Plätzen vorbei, befanden sich die nächsten schon in einem Laufschritt, der sich rasch beschleunigte und Zusammenstöße und Rempeleien unter der Menge verursachte, unter den corredores, wie sie sich nennen, einzelne da und dort strauchelnd, bis jemand hinfiel und Nachfolgende über ihn stolperten, auch fielen, während sich das Geschehen in kürzester Zeit, wie von selbst nun, in eine ungeordnete, zügellose Flucht verwandelte, der die Gestürzten auszuweichen versuchten, indem sie zur Seite rollten oder krochen, im Schutz eines Mauervorsprungs, einer Türschwelle sich hinkauerten, um eine Gasse für die letzten und Wagemutigsten freizuhalten, welche, die mit oft rückwärts gewandtem Kopf liefen, nein, rannten, so schnell sie konnten, so schnell man sich überhaupt auf seinen Beinen, dabei zugleich nach hinten schauend, fortbewegen kann, angefeuert vom Beifall der Zuschauer, ihrem Pfeifen und Schreien, heiser gebrüllten Zurufen, am jetzt dritten Morgen des eine ganze Woche dauernden Festes;

das trommelnde Dröhnen von schweren Huftritten auf dem Straßenpflaster, vorwärtsgetrieben durch das Gebammel der Glocken, die die Ochsen um ihren Hals gebunden hatten, sechs Ochsen, die ebenso viele Stiere aus ihrem nächtlichen Gehege am Stadtrand zur Betonschüssel der Arena geleiteten, in der Nähe des großen, arkadenumsäumten Hauptplatzes, eine rasend galoppierende Herde bildend, die sich blind ihren Weg durch das Getümmel bahnte und jedes Hindernis niedertrampelte, über alles hinweg, was ihr in die Quere kam, wer es nicht rechtzeitig geschafft hatte, Deckung zu finden, ans bauchige Gitter eines Fensters im Hochparterre geklammert, oder mit einem Hechtsprung unter die Planken der Holzgatter, ruckartigen Hornstößen entgehend, die wie Reflexe gegen mögliche Feinde, huschende Bewegungen im eingeengten Blickfeld der Tiere sich richteten. Neben und zwischen den Leitochsen waren es sechs massige schwarze Körper, deren Nacken ein Wulst krönte, ein Kamm aus angeschwollenen Muskeln über ihren gesenkten Köpfen, die Hörner der Stiere erschreckend groß, von ihrer Spannweite zwei gestreckten, leicht angewinkelten Männerarmen gleich, die sich zu einem Paar scharfer Spitzen verjüngten, und es war nicht schwer, sich auszumalen, was passiert, wenn sie einen damit im Lauf treffen, ihr Opfer durch die Luft schleudernd, von furchteinflößender Unschuld, dachte ich später, jener, die auch den Monstern im Kino zu eigen ist, Godzilla oder King Kong, die aus einer Zeit vor der Zeit in die Gegenwart einbrechen. Nach wenigen Sekunden war es vorbei, entfernte sich das Getöse die Straße hoch, verklang, als sei es nur ein Spuk gewesen, hätten da nicht verschiedene Teilnehmer des encierro gelegen, die das Ereignis ohne Regung, sich totstellend, überstanden hatten, alle unverletzt, wie man sehen konnte, als sie sich von der Erde erhoben und den Stieren und Ochsen hinterherliefen, um noch mit in die Arena zu kommen, wo sich Amateurkämpfe abspielten, bevor man die Tiere in ihre Stallungen trieb.

Auch jetzt am Vormittag war die Stadt voller Menschen, die sich mehr oder weniger ziellos durch die Straßen schoben, in Trauben vor Cafés und Restaurants auf freie Plätze warteten, oder eine der Musikkapellen umlagerten, die mit Blasinstrumenten und Trommeln für nicht enden wollenden Lärm sorgten, oft in der Tracht ihres Heimatortes gekleidet. Unablässig wurde getrunken, aus Flaschen, Büchsen, Plastikbechern und Gläsern, zumal jedes Geschäft, mochte es sich nun um eine Polsterei handeln, Alkoholika ausschenkte, gelegentlich wehte einem Marihuanarauch in die Nase, ein süßer Schwaden, der aus dem Nichts, aus keiner lokalisierbaren Quelle aufzusteigen schien. Rundum gegen den bossierten Sockel des Pavillons gelehnt, saßen in der Tradition des Festes ganz in Weiß angezogene junge Leute, von denen manche zum obligatorischen roten Halstuch eine rote, seitlich geknotete Schärpe als Gürtel trugen, einige schliefen, der Kopf eines Jungen war auf die Schulter seines Nebenmannes gerutscht. Als hätten sie ihre Sachen seit Tagen nicht gewechselt, zeichneten sich Schmutzspuren darauf ab, Rotweinflecken, wie man beim Vorbeigehen bemerkte, dunkel umrandet der faserige Riß am Hosenknie eines Mädchens, vorsichtig tupfte sie mit einem mit Spucke angefeuchteten Taschentuch über die sichelförmige Kruste aus getrocknetem Blut.

In diesem Sommer waren wir drei Jahre zusammen, wie man so sagt, ein Paar, von dem die anderen wußten, zu sprechen wußten, Evelin und Bernhard, er ist Psychologe und sie Romanistin, hat eine Arbeit über Dante geschrieben, Zahlenmystik, nach ihrer Rückkehr aus dem Urlaub werden sie anfangen, sich eine gemeinsame Wohnung zu suchen, Nägel mit Köpfen machen, was soll's auch, es gab keine Einwände dagegen, einmal den alten Muff zu beenden, die Vorgeschichte, nächtelange Diskussionen, ob es so herum besser sei oder so, daß man sich nur sieht, wenn beide es wollen, durchgekaut das alles in sämtlichen Variationen, endlich entschließt man sich dann, es zu tun. Drei Jahre sind eine lange Zeit, aber was heißt schon lange in Anbetracht der fünf Jahre, die noch folgten? Nie habe ich ihr Einzelheiten von früher erzählt, als sei der Faden abgeschnitten gewesen, als hätte ich ihn persönlich durchtrennt, weil das, was an ihm hing, seine Bedeutung in meinem Bewußtsein, im Raum seiner Bilder, verloren hatte. Perfekt, nein normal, wie der Rest, als sei das Leben ein breiter, meist ruhiger Strom zwischen Zeugung und Tod. Was denn sonst? Schwer zu beantwortende Frage, fast philosophisch, man müßte sich in Philosophie auskennen. Nicht in der Lage, auf Dauer zu zweit in einem Zimmer zu sein. Die Welt des Glücklichen. Glücklich waren wir schon, inmitten tausend anderer Arm in Arm durch die Straßen zu schlendern und uns von der Stimmung dieses Julitages anstecken zu lassen, warm schien das Braun und Ockergelb der Fassaden von der Sonne wider, die an einem hohen wolkenlosen Himmel stand, mitfeiernd, von dem Sekt trinkend, der uns plötzlich in einer kreisenden Flasche angeboten wurde, als sei es selbstverständlich, wie auf einer Bank unterhalb der Festung ein Joint, den man uns aus dem Fenster eines dort parkenden Combis herausreichte, Leute, die aus Bilbao gekommen waren, um, wie mir Evelin, die einigermaßen Spanisch kann, übersetzte, to party ohne Ende, aus dem Wageninneren hämmerte HipHop, das war Public Enemy.

Kein Wind wehte und gegen Mittag hatte die Hitze so zugenommen, daß die Luft über dem Platz flimmerte, die Umrisse der Giebel und Dächer verziehend, als sähe man sie durch eine Scheibe, auf der ein dünner seifiger Film klebt, leicht zitternd, wie durch eine Schwingung des Bodens in Bewegung versetzt. Winkte man einen der Männer, die zylindrische Kanister auf ihrem Rücken trugen, heran, bekam man schwach parfümiertes Wasser ins Gesicht, in den Kragen des T-Shirts gesprüht, aus der Düse eines Metallstabs, der durch einen Schlauch mit dem Behälter hinten verbunden war. Bekiffte oder Betrunkene hatten sich in das Becken eines Brunnens gelegt. Unter den zahllosen Menschen erkannte ich niemanden wieder, aber ich gab mir auch keine Mühe, suchte nicht nach den Plätzen, wo ich mit Florencio gewesen war. Ähnlich wie Reiner war Florencio von schlaksiger Gestalt, eigentlich zu dünn für seine

Größe, obwohl er nicht zerbrechlich wirkte und eine kaum erlahmende Ausdauer besaß, sich frühmorgens schon am Tauchsieder in seinem Zimmer zu schaffen machend, während ich gerne noch eine Stunde weitergeschlafen hätte. Trotz seiner, ich sage mal, Unermüdlichkeit blieb er aber meistens ruhig bei den Sachen, die er unternahm oder in die Wege leitete, als wisse er genau, was wozu nötig sei, lautstarker Eifer, auf den man oft trifft, gehörte nicht zu seinen Verhaltensweisen. Eher schlichtete Florencio, wenn es zu heftig wurde, vor allem, wenn man spürte, daß sich persönliche Geschichten zwischen zwei Kontrahenten in den Vordergrund drängten. In meiner Erinnerung ist er furchtlos, einem das Gefühl gebend, richtig zu handeln, über bestimmte Dinge nicht mehr reden zu müssen, weil sie einfach klar sind, jenseits möglicher Zweifel. Für diese Art war ich empfänglich, ein weder auftrumpfendes noch bloß zusammengelesenes Selbstbewußtsein, das er für mich verkörperte, allein schon, wie er beim Reden seine Hände bewegte, irgendwie behutsam und entschieden zugleich, nichts darstellend. Er hatte ein längliches unauffälliges Gesicht mit glatten dunkelbraunen Haaren, die ihm bis zum Hemdkragen reichten, und rechts trug er einen Silberring, einen jener damals modischen Ringe, deren Gelenke man spiralförmig auseinanderziehen kann, sonst wüßte ich nicht, was ich heute, so viele Jahre später, noch über sein Aussehen sagen sollte; vielleicht wäre es damals gut gewesen, sein Bild aus der Zeitung zu reißen und mit nach Deutschland zu nehmen.

Nachdem Evelin und ich in einem überfüllten Restaurant zu Mittag gegessen hatten, entschieden wir uns aufzubrechen, nicht mehr die Kämpfe nachmittags zu besuchen, obwohl es auf dem Schwarzmarkt vor der Arena noch Karten gab, sondern weiterzufahren an die Küste hoch, am Meer entlang Richtung Westen, um uns unterwegs einen schönen Ort auszugucken, wo wir bleiben würden. Ich wollte auch die Stadt verlassen, da eine Unruhe, die ich seit unserer Ankunft mit mir herumtrug, sich beständig verstärkt hatte, beim Essen rutschte ich hin und her, als erwartete ich einen dringenden Anruf, oder säße bei meinem Zahnarzt im Vorzimmer, mich beobachtet fühlend wie einer, der auf der Fahndungsliste steht beziehungsweise sein Foto kurz zuvor auf einem Plakat entdeckt hat und nun glaubt, jeder müsse ihn erkennen: das ist doch, wenn mich nicht mein Gedächtnis täuscht, der und der, Mitglied von sounds, sieh' jetzt mal nicht darüber! Völlig irrational, dachte ich, ohne daß dieser Gedanke meine Nervosität gedämpft hätte. Als Evelin mich fragte, was los sei, ich wirke auf sie plötzlich ganz zerstreut, wiegelte ich ab, sagte, die Hitze, der Krach hierdrin und außerdem wenig geschlafen, ich könnte eine Pause gebrauchen. So war sie es, die vorschlug, schließlich hätten wir ja praktisch alles gesehen, uns auf die Socken zu machen, zurück zum Auto, das auf einem bewachten Parkplatz unterhalb des Plateaus abgestellt war. Während wir dorthin gingen, fiel es mir schwer, nicht vorauszulaufen, fast panisch, ich könnte angesprochen und aufgehalten werden, von sich jagenden, zerreißenden Sätzen geplagt, die durch meinen Kopf trudelten, Worte ohne Zusammenhang, nicht mehr fähig, ein Gespräch zu führen, oder an einer Straßenkreuzung die unverfängliche

Frage Evelins zu beantworten, ob wir nun links oder rechts abbiegen müßten, was ist denn, fragte sie, nichts, sagte ich leise, zittrig, ihr dafür dankbar, daß sie sich bei mir einhängte und unsere Führung übernahm, mich scherzhaft, wie ein unwilliges Kind, aufmunternd, es doch bald geschafft zu haben. Im Auto spürte ich, daß meine Kleidung mit Schweiß verklebt war, meine Haare hingen mir naß in die Stirn, und meine Hände waren feucht, mein Kreislauf, dachte ich auf dem Beifahrersitz, wahrscheinlich auch zuviel geraucht, mich aus dem Fenster in die Landschaft lehnend, wo warmer trockener Wind durch mein Gesicht blies.

reiht sich taucht unter und wieder auf man selbst nach Luft schnappend Stimmen die einen beruhigen wollen

Ein Neubauviertel am Hang. Unten die Bucht mit Hafenbecken, alten Häusern und einer seltsam zum Meer hin gewandten Kirche, nur ein paar Schritte von ihrem Portal entfernt beginnt schon der Strand. Wenige Hotels, die alle ausgebucht waren. Wir wohnten oben bei einer Familie, die das Elternschlafzimmer während der Saison an Touristen vermietete, es kostete dreißig Mark die Nacht. Morgens gingen wir mit unserem Badezeug eine steile, sich windende Straße hinab ins Zentrum, um zu frühstücken. Evelin stellte ihre blaue Plastiktasche auf einen Stuhl des Cafés und sagte, sie möchte Hörnchen und Milchkaffee, inzwischen werde sie Zigaretten kaufen. Und eine Zeitung, rief ich ihr nach, für mich Egin, mit täglich seitenlangen, groß bebilderten Berichten von der Fiesta, dem Stierlauf und den Kämpfen später. Träge schwappte das Wasser im Hafen gegen die Kaimauer, die Masten der nebeneinander vertäuten Boote leicht zum Schaukeln bringend, metallisch hell der Anschlag eines Drahtseils am Aluminiumgestänge einer Jacht, La Rochelle stand hinten auf der abgeschrägten Heckpartie. Zwei Männer beluden eine Handkarre mit Styroporkisten, aus denen es gelblich heraustropfte, zwischen körnig gestoßenem Eis steckten Fische und kleine Kraken, manchmal hing ein rosagrauer Fangarm schlaff über den Rand einer Kiste herunter. Als die Karre an meinem Platz draußen vorbeirumpelte, webte sich flüchtig ein Streifen von Fischgeruch in die Luft, Seetang auch, dachte ich, dann war es wieder diese Mischung aus Salz, teils brackigem Wasser und Benzin, durchsichtig blaues Fähnchen am Auspuff eines längsschnurrenden Motorrollers. Ich beugte mich vor und pustete ein Loch in die schaumige Haube auf der Kaffeetasse, die mir der Kellner gebracht hatte, das heißt uns, dazu zwei in Servietten gewickelte Hörnchen und einen dreieckigen Aschenbecher, in dessen Höhlung eine Schachtel Streichhölzer lag. Meine Augen, Augäpfel, Pupillen hochrichtend, sah ich Evelin kommen, sie schien bis ans Ende des Kais gegangen zu sein, um Zigaretten und Zeitung zu besorgen,

trug ein längeres, vorne zu knöpfendes Sommerkleid und ganz flache Sandalen, als sei sie barfuß, von weitem betrachtet, sich aus dem Hintergrund der Häuser, des dort quer zum Hafenbecken fließenden Verkehrs lösend und als einzelner Umriß erkennbar werdend, eine Tüte in der Hand, der Stoff des Kleides schmiegte sich ihren Schritten an, die beiden unteren Knöpfe offen, nach rechts aufs Wasser blickend, die Boote, die kaum mehr sichtbaren, haardünn gebogenen Ruten von zwei, drei Anglern am anderen Ufer, kurz vor der Ausfahrt ins Meer, wo das gedrungene Türmchen eines Leuchtfeuers die Mole beschloß, ein Saum weißer Gischt dahinter, dann wandte sie ihren Kopf zu mir, sich durch die kurzgeschnittenen schwarzen Haare streichend, einmal hüpfend die Füße versetzend, warm ist es schon, teilte mir eine fächelnde Geste mit, bestärkt vom Zupfen am Ausschnitt ihres Kleides, das sie sich noch schnell vor unserer Abreise gekauft hatte und das zu ihr paßte, wie es ihr immer gelang, für jeden Anlaß die richtigen Sachen zu finden, ob wir nun zu einem Geburtstag eingeladen waren oder zur Hochzeit ihrer Schwester in Tübingen, dunkle Farben meistens, nichts besonders Poppiges, ein paar ausgesuchte Schmuckstücke, lässig die Sonnenbrille im Haar, kreuzte sie die Fahrbahn zwischen den Pollern am Ufer und der Häuserzeile mit den markisenbedachten Cafés und Geschäften, eine gut aussehende, intelligente Frau, in die ich verliebt war, hier, sagte sie, gab mir die Tüte und ließ sich in den Korbstuhl gegenüber fallen.

Schnappschüsse von einem erhöhten Standpunkt aus, Balkon oder Fenster im ersten Stock. Galoppierend um eine Ecke biegend, ist einer der Stiere auf dem Kopfsteinpflaster ausgerutscht, und sein zentnerschwerer Leib prallt vor einen Haufen Menschen, die sich flüchtend in den Winkel dort geworfen haben, ineinander verkeilte Arme und Beine, gestaucht durch das Produkt aus Masse und Geschwindigkeit des Tieres; eine lange schmale Straße, wie ein Schlauch, dem man nicht entrinnen kann, darin die zu Schemen verwischte Herde, links und rechts platt an die Mauern gedrückt, weiße Figuren, liegend, stehend, keilförmig der Schwanz der weglaufenden Menge; ein weiteres Bild zeigte einen Augenblick während der corrida nachmittags, der Kopfstoß des Stieres geht ins Leere, über seinen Hörnern das flatternde dunkle Tuch des in einem sehr engen Brokatkostüm steckenden Mannes, dessen Haltung merkwürdig statuarisch erscheint, er hält sich gerade aufrecht mit geschlossenen Füßen, und nur sein Oberkörper ist leicht verdreht, der Bewegung des nah an ihm vorbeistürmenden Tieres folgend. Sand wirbelt staubig vom Boden der Arena auf, über einer Holzbarriere sieht man die Gesichter von zwei anderen Männern, die die Szene angespannt beobachten, beide tragen sie die geflügelten schwarzen Kappen ihrer todbringenden Zunft. In diesem Moment hat der Stier seinen seitlich hochgerissenen Kopf der Kamera zugewandt, verblüfft dreinschauend, das sicher geglaubte Ziel erneut verfehlt zu haben, obwohl es wie angewurzelt noch an derselben Stelle wie vor dem Angriff steht, eine zierliche, in ihrem Schmuckanzug püppchenhaft wirkende Gestalt.

Ich blätterte weiter durch die Zeitung, die teils auf spanisch, teils auf baskisch geschrieben war, in dieser rätselhaften, außereuropäisch anmutenden Sprache mit solchen Folgen von Buchstaben wie etxa, irrintzi, lau gizonak, von weither gekommen, nach dem Sportteil suchend, vielleicht fände man dort auch kleingedruckt die letzten Ergebnisse der Bundesliga, ein, zwei Spieltage vor Schluß, ob es einen neuen Meister gäbe, überflog die Schlagzeilen, reimte mir aus Namen, die ich kannte, und einzelnen spanischen Worten die darunterstehenden Nachrichten zusammen. Kohl und Gonzalez, es mußte sich um einen Staatsbesuch handeln, Bonn y Berlin, ein Wirbelsturm hatte Florida heimgesucht, ciclón terrible, der König und die Königin waren zum jährlichen Urlaub auf Mallorca eingetroffen. Daß O.T.A.N. die Abkürzung für Nato ist, wußte ich noch, fiel mir wieder ein, als ich es las, worum es in der Meldung ging, verstand ich nicht mehr, ohne Evelin zu fragen, oder im Wörterbuch nachzusehen, Begriffe, die mehr als einmal auftauchen, aber dafür interessierte es mich zu wenig, was interessierte mich jetzt die Nato, Organización del Tratado Atlántico Norte, und was sie trieb, ich winkte dem Kellner und bestellte uns noch zwei Tassen Milchkaffee.

Lokales, Regionales. Unentzifferbar, nur manchmal eine Illustration deutete an, welcher Vorfall gemeint sein könnte, ein auf dem Dach liegendes Auto, umringt von Schaulustigen und Verkehrspolizisten. Bleiwüste die nächste Seite, in langen Spalten dahinfließender Text, der sich an einem in die Mitte gerückten Block teilte, zu Rinnsaalen verdünnt links und rechts daran vorbeifiel, wieder zusammenkam unter dem Hindernis als breiter Strom aus Lettern und Satzzeichen. Drei Fotos, durch Trauerbalken abgesetzt, ein sie rechteckig einschließender Kasten. Vergrößerte Paßbilder, dachte ich, die Gesichter der drei Männer mit seltsam weich gewordenen Zügen, infolge der mehrfachen Vergrößerung, auf dem einen sah man im Hintergrund noch den gewellten Vorhang des Automaten. Foto-Fix heißen diese Geräte in Deutschland, mit einem Drehstuhl, den man hochschraubt, bis der Scheitel jene Linie erreicht, die neben der spiegelnden Scheibe anzeigt, daß der Kopf jetzt ganz drauf ist. Kannte ich irgendwoher, einen der drei, leicht unscharf durch die Bearbeitung der Vorlage, als begegnete man in einer Menschenmenge jemandem, für den keine Zeit verstrichen zu sein scheint, der sich erstaunlicherweise gleich geblieben ist über die Jahre, noch identisch mit dem Bild, das in seinem ersten Ausweis klebte, als frischgebackener Student zu sehen, die Haare lang bis zum Hemdkragen, wie es damals gerade in Mode war, vielleicht 1976 aufgenommen, kaum später. Offenkundig gab es kein neueres Foto von ihm, das sie hätten verwenden können, abgetaucht, ohne weitere Spuren zu hinterlassen, Lebenszeichen, Beweise, als würde ihn der Erdboden tatsächlich verschluckt haben, es war Florencio, Florencio Larrazabal.

Zuerst hält man es nicht für möglich zu glauben, was der Anblick bedeutet, oder als läge eine Verwechslung vor. Aber wieso denn, denkt man, wie lange ist das her, es könnte sich eventuell um den Bericht von einem tragischen Unglück handeln, das ihm zugestoßen ist, zusammen mit den beiden anderen. Ausgeschlossen, die Todesjahre der drei sind verschieden in der Bildunterschrift, Namen und Zahlen, Sternchen und Kreuze. Meine Irritation wich dem Gefühl einer sich ausdehnenden Leere, wie soll ich sagen, in meinem Kopf, in der die Geräusche der Außenwelt um so deutlicher zu vernehmen waren, hallend verstärkt, das beständige Pling des gegen Mast und Saling aus Leichtmetall schlagenden Drahtseils, der Jacht aus La Rochelle, ein tukkernder Motor, Stimmen am Nebentisch, das knisternde

Rascheln der von einem schwachen Windstoß erfaßten Zeitungsseiten. So also. Zugleich wurde mir flau im Magen, als hätte ich schon lange nichts mehr gegessen, nicht das Hörnchen vorhin, und ich spürte ein leichtes Zittern meiner Hände. Evelins Frage, was sei, beantwortete ich tonlos mit nichts, daß nichts sei, ohne sie anzusehen. Nach einiger Zeit, in der ich wie ein Idiot gedankenlos einen der Poller am Ufer angestarrt hatte, hob ich die Zeitung wieder aus meinem Schoß und betrachtete Florencios Gesicht auf dem alten Paßbild, so, wie es mir einmal vertraut gewesen ist. Er war schon vor drei Jahren gestorben, sagte die bekreuzte Zahl, rechnete ich nach, nicht älter als dreißig geworden, aus meiner Welt damals von einem Tag auf den anderen herausgefallen, durch einen Riß in ihrem Inneren, eine Erkenntnis, eine Entscheidung. Oder ein Dahintreiben, das trifft die Sache genauer, nachts, zwischen den Wrackteilen einer zerbrochenen Sprache, keinen festen Boden mehr unter den Füßen, oben und unten verkehrt, was man für falsch hielt und was für wahr, schlagt zu und verschwindet, Schweine mit Flügeln, schafft Zentren des Widerstands. Vorbei mit einemmal, zu einem untauglichen Wissen geworden, stumpf, plötzlich stand man den eigenen Überzeugungen als Fremder gegenüber, nicht ein Ort, an dem man sich hätte heimisch fühlen können, kein gültiger Satz.

Als ich jetzt den ganzen Artikel las, das heißt die exotischen Worte eins nach dem anderen still vor mich hin sprach, wurde mir klar, was die Gemeinsamkeit der drei Toten, nur einer war im Jahr der Reise ums Leben gekommen, ausmachte, ich kannte die Bedeutung einer

Vermutung, eines bestimmten Kürzels, hinter dem antiseparatistische Kräfte stecken sollten, von irgendwem, dem Staat vielleicht, losgeschickte Kommandos, die Mitglieder des Untergrunds aufspürten, um sie an Ort und Stelle zu liquidieren, selbst auf neutralem Territorium in Frankreich. Mehr konnte ich nicht entschlüsseln, aber das war auch genug für mich, als bräuchte man immer einen Grund, der das Sterben eines Menschen begreiflich erscheinen läßt, eine Ursache wie eine Krankheit, die mit keinen Mitteln zu heilen ist. Sonst gäbe es daran nichts zu verstehen, einfach nur absurd, der Unterschied zwischen dem Empfang einer elektronischen Kurve und dem einer Geraden, in Gesellschaft eines höllisch monotonen Geräuschs. Als Evelin vorschlug, zum Strand zu gehen, sagte ich, daß ich noch einen Augenblick bleiben wolle, nein, es sei nichts, wir träfen uns am Platz von gestern, ja, wo dieser eine komische Baum aus dem Hang wachse.

Je länger ich das nicht sehr große, schwarzweiße Foto ansah, desto weiter entfernte es sich von mir, die abgebildete Person, als träte sie wieder zurück durch die Zeit in jenes Jahr, in dem die Aufnahme entstanden war. Zwischen uns verlassener Raum, Erzählung im Konjunktiv, was hätte sein können, wenn, nichts Reales. Nur unsere Erinnerung, dachte ich, in der sie noch Leben hatte, er hat, Florencio, mit seinem schönen Namen, seiner Entschiedenheit und seiner Umsicht, damals, als die Dinge sich für uns beide einen Moment lang gleich darstellten und in unseren Sprachen die gleichen Bezeichnungen trugen. Austauschbar die Worte, die man gebrauchte, in verschiedenen Ländern, für ein und dasselbe, man glaubte fest daran, daß es so wäre. Ich trank meinen Milchkaffee aus und faltete die Zeitung zusammen. Auf dem Wasser des Hafenbeckens glitzerte ein Ölfilm in der Sonne, wurde er von der Strömung, kleinen Wellen erfaßt, so daß sich das Licht auf seiner Oberfläche in Richtung der Häuser, zu mir hin, brach. Ich ging langsam über den Kai, an den Booten vorbei, setzte mich dann am Ende des Weges in ein anderes Café, als wollte ich die Zeit verzögern, ausdehnen, bis ich zu der verabredeten Stelle käme. Saß stumm im Schatten einer Markise, die Zeitung auf meinen Knien, darin das Paßbild eines Toten, mit dem ich vor Jahren in Bologna Freundschaft geschlossen hatte.

Es war nun doch kühl geworden auf dem Balkon, wirklich Herbst, und so entschied man einhellig, zum Nachtisch ins Wohnzimmer zu gehen. Während wir beide das Geschirr von draußen in die Küche trugen, Teller und Töpfe unter fließendem Wasser kurz abspülten, bevor wir sie in die Maschine räumten, sagte Frank, er habe uns etwas Besonderes anzubieten, zur Feier des Tages, beim Einkaufen im KadeWe günstig entdeckt. Auf einem Herdblech stand ein Napfkuchen, den er gebakken hatte, mit Gewürzen, erklärte er mir, Zimt, Nelken und Muskatnuß, wozu am besten eine bestimmte Sorte Wein passe, müßte ich wissen, wir hätten darüber letztens schon mal gesprochen. Frank konnte gut backen, Torten, Plätzchen, Weißbrot fürs Frühstück sonntags, alles mögliche, er hatte sich das selber beigebracht, an langen Wochenenden entsprechende Kochbücher gelesen und immer wieder Rezepte ausprobiert, bis hin zu einer gewissen Meisterschaft, Frankfurter Kranz oder Ciabatte, diese flachen, mehlbestäubten italienischen Brötchen. Eher fremd ist mir so was, solch eine Beschäftigung in meiner Freizeit, als gäbe es keine Geschäfte mehr, in denen die meisten Produkte fertig zu kaufen sind, oder als fehlte einem das Geld dafür, vielleicht bin ich auch nur zu bequem, oder phantasielos, um es zu versuchen, ein Bücherregal nach meinen eigenen Vorstellungen zu bauen, eine halbverfallene Datsche im Osten in monatelanger Arbeit neu herzurichten; außer ich müßte, ich muß aber nicht, ein Mangel, den schon mein Vater beklagte, wenn er sah, daß ich mein Fahrrad lieber stehenließ, als endlich den kaputten Schlauch zu flicken, komm, sagte er, ich helf' dir, deine Gleichgültigkeit macht mich noch mal verrückt. Seine Sache.

Eine Flasche Chateau d'Yquem, die Frank aus dem metallenen Rautengeflecht des Weinständers zog und mir zeigte, dazu auf einem runden schwarzen Tablett Riedel-Gläser, die ihnen Juttas Eltern bei ihrem letzten Besuch geschenkt hatten, erzählte er, heute würden sie eingeweiht, man habe einen Anlaß, ob ich den Kuchen und die Dessertteller nehmen könne. Beidhändig beladen ging ich ins Zimmer, wo Evelin und Jutta an dem langen, von einem umlaufenden Band aus dunklerem Holz eingefaßten Eßtisch saßen, stellte alles ab, während Frank in der Küche, hörte man, den Wein entkorkte und mir nachkam, einschenkte und jedem ein Glas reichte, er schwenkte seines leicht im Kreis, hielt die Nase über den Rand, roch, hob lächelnd die Schultern und forderte uns auf, mit ihm anzustoßen. Und, fragte ich, was ist, mir schien, ich sei der einzige, der von nichts wußte, so, wie die drei anderen, Jutta und Evelin, guckten, halb verlegen, komplizenhaft schmunzelnd. Ich bin schwanger, sagte Jutta, das ist eigentlich auch schon alles, nicht der Rede wert im Prinzip. Herzlichen Glückwunsch, sagte ich nach einer kurzen Pause, mehr fiel mir in meiner Überraschung nicht ein, was man halt wünscht in einem derartigen Fall, Gesundheit für Mutter und Kind. Junge oder Mädchen, fragte ich noch, und Jutta antwortete, es sei noch zu früh, um das Geschlecht zu bestimmen, und außerdem doch unwichtig, vielleicht warte man damit sogar bis zur Geburt.

Bis zur Geburt sogar, dachte ich, ihre Worte wiederholend, wendend, drehend, als könnten sie mir einen geheimen Sinn enthüllen, etwas für mich Unbegreifliches, obwohl es die natürlichste Sache überhaupt ist zu gebären, sonst ginge nichts weiter, es wäre aus, die Menschheit stürbe aus, jede Familie, jedes Land, jeder Staat, ich, nachkommenlos, setzte mich nicht fort in irgendwem, der mir zur Hälfte gliche, aber der Gedanke an ein eigenes Kind war mir immer komisch erschienen, nicht zu mir gehörig, und hatte auch bei uns nie eine Rolle gespielt, als berührte er eine verborgene Grenze, Linie grundsätzlichen Zweifels, nicht, was die Beziehung taugt, sondern darüber hinaus, was man in der Welt macht, da zu schaffen hat, wie es die anderen tun, ganz selbstverständlich, in einer Folge von Generationen, Filiationen, Erbschaften und Konkursen, wohingegen mir das meiste nicht selbstverständlich vorkam, das heißt vorkommt, und ich dazu neige, für alles einen Grund zu suchen, wie ein Kind, das nicht aufhören kann zu fragen, warum, bis derjenige, der die Antworten gibt, irgendwann entnervt behauptet, das sei nun mal so,

so ist das nun mal, dachte ich, als Jutta sagte, daß der Arzt einen Termin im April ausgerechnet habe, und weiter, daß die neue Freundin von Jürgen als Hebamme im Geburtshaus auf der Danckelmannstraße arbeite, sie wolle zur Vorbereitung mit Frank zusammen dahingehen, Gymnastik und Atemtraining, die üblichen Geschichten. Als wir die Flasche getrunken hatten, in aufgeräumter Stimmung, hinterher noch jeder einen Obstler, bis auf Jutta, hat Evelin ein Taxi gerufen, mit dem wir nach Hause gefahren sind, das Auto habe ich dann am nächsten Tag geholt.

eine Vorahnung die man bekommt im Schlaf Tagtraum in einen groben Leinensack eingenäht ins Meer geschmissen sich Nacht für Nacht wiederholend kleine glimmende Hoffnung während des Tages

Eine der Straßen hier heißt Im Dol, seit ich das Schild zum ersten Mal gelesen habe, frage ich mich, was das ist, ein Dol, ohne h geschrieben, mit h sähe das Wort vertrauter aus, Schneise zwischen den nach Podbielski und Clay benannten Alleen, ein amerikanischer General und ein preußischer Minister. Große, hinter Zäunen, Hecken und Vorgärten liegende Villen, alte Bäume mit hochgewachsenen, dicht belaubten Kronen, die die Auffahrten verschatten, überall Büsche und Ziersträucher in den abgestuften Tönen eines sommerlichen, täglich besprengten Grüns, moosig schimmernd manche Blätter, andere hell wie die Schoten von jungen Erbsen. Noch ist niemand außer mir unterwegs in dieser Gegend, nur einmal bin ich an einem Mann vorbeigekommen, der seinen Hund ausführte, früh um sieben, still bis auf das Gezwitscher der Vögel, die Rufe eines Kuckucks, plötzlich einsetzend und wieder abbrechend. Und wieder. Gelegentlich hört man schwach aus der Ferne das Geräusch einzelner, stadteinwärts fahrender Autos, von Süden nach Norden, Richtung Fehrbelliner Platz. Mehr los war in der U-Bahn, obwohl die morgendlichen Stoßzeiten schon vorbei gewesen sind, das Gedränge in den Waggons vor Schichtbeginn, das man sonst nie zu sehen kriegt, normalerweise, es sei denn, man hat so eine Arbeit, früher vom Studentenwerk vermittelt, bei Reemtsma an den Zigarettenstopfmaschinen, oder kehrt erst spät nach Hause zurück, vollgedröhnt mit Musik.

Als ich heute wach wurde, fiel mildes, weißlich gelbes Licht durch die Vorhänge ins Zimmer, Christines Zimmer, ausgedünnt eine letzte Spur des nächtlichen Himmels vor dem endgültigen Anbruch des Tages, einer wolkenlosen, klarblauen Fläche, die sich nun über mir aufspannt; um liegenzubleiben und zwei, drei Stunden weiterzuschlafen, wäre Zeit genug gewesen, doch war ich nicht mehr müde, wollte nicht mehr im Bett sein, ich schaltete den Wecker aus und ging zum Kaffeekochen in den weitläufigen Küchenraum der Etage, auf dem Tisch noch der Entwurf eines Briefes, den man der gemeinnützigen Siedlungs-Gesellschaft Berlin zu schicken beabsichtigte, sehr geehrte Damen und Herren, daneben eine ausgetrunkene Flasche Sekt und grünliche Gläser mit einem Kelch in Tulpenform, die Karin gehörten, die durften nicht in die Spülmaschine, schon zwei hatten das nicht überlebt. Ich stellte sie vorsichtig ins Waschbecken, die Flasche zu den anderen in eine Ecke zwischen Kühlschrank eins und Mülleimer, ein leichtes Klirren verursachend, das sich in der Leere des großen Raums zu vervielfachen schien, auf keinen Laut sonst stoßend, wie bei einer Heimlichkeit ertappt, verharrte ich in meiner gebückten Haltung, bis der Ton verebbt war.

Allein hier zu sitzen, dachte ich, während ich eine Scheibe Toast in den Milchkaffee tunkte, gefällt mir, das heißt, ich dachte es nicht, sondern es ist eine Empfindung gewesen in diesem Augenblick, etwas, das vor den Worten liegt in nicht bemeßbarem Abstand, praktisch nicht mehr vorhanden und doch unüberwindlich, diese Entfernung, wie bei dem Versuch, eine irrationale Zahl zu bestimmen, die, als Bruch fest umrissen, numerisch zerfällt, zu einer endlosen Reihe von Stellen hinter dem Komma wird, in sich verpuppt, immer nur ein Näherungswert, so viele Ziffern man der ersten Größe auch anhängen mag, ein gutes Gefühl, daß es weitergeht, Bilder durch meinen Kopf ziehen, Sätze einer Geschichte, ich sah nach draußen, wo über dem Viereck der Hofgebäude wie durch ein fadenscheiniges Laken Helligkeit einbrach, als löste sie den Stoff auf, verzehrte ihn mit einem Blitzen, das in den Augen stach einen Moment lang, und mich zwinkern machte, Streifen von Staub auf der gekippten Fensterscheibe entflammend, während im Innern des Raums die Farben der Dinge aus dem Zwielicht des frühen Morgens greifbar hervortraten, das Rot der Wachstuchdecke, die bunten Kugeln an Daniels Kinderstuhl neben mir, der gelbe Strahlenkranz auf einer Packung Mehl, die man abends zum Kochen gebraucht und nicht wieder in den Schrank zurückgestellt hatte. Wie man lebt. Man sich das aussucht oder auch nicht, irgendwo reinschliddert. Was wäre vernünftig? Unwichtig. Die Zukunft? Das jetzt ist die Zukunft, dachte ich, es gibt keine andere, ferne Möglichkeiten, die man ins Visier nähme, um auf sie zuzusteuern, als hätte die Gegenwart sonst wenig Sinn, sei nur vorläufig, Unterpunkt auf einem Plan, der an der Wand hängt, abzuhaken. Erst das, dann dies, danach jenes, einmal aussetzen, rücke drei Felder vor, geh' ins Gefängnis, zurück an den Start: Spielverderber, du spielst nächstes Mal nicht mehr mit, mit dir macht's überhaupt keinen Spaß. Mit euch auch nicht. Bloß, weil du nicht gewinnst. Gar nicht. Doch, so sind die Regeln.

Plötzlich erklang Musik, in ein laufendes Stück hineingeschaltet, als sei die Verbindung unterbrochen gewesen und nun auf einmal wieder da, nach einer atmosphärischen Schwankung, die nächtliche Ruhe im Hof beendend, gefolgt von einer weiblichen Stimme, die über die letzten Takte des Liedes sprach, das nächste ankündigend, nicht sehr laut, aber um diese Zeit ungestört von anderen Geräuschen, so daß man alles deutlich verstand, Cher mit Walking in Memphis, noch jemand war aufgestanden und hatte begonnen, sein tägliches Programm abzuspulen, schlaftrunken der Druck auf eine Taste des ersten Radios in Reichweite. Ich spürte den Drang, mich zu bewegen, meine Beine wippten, mein Oberkörper, und ich summte den Refrain mit, walking thru the pouring rain, dachte zugleich, wieso Delta-Blues, welches Delta besingt sie, leise mitsingend nun, Memphis ist doch eine ganze Ecke vom Meer entfernt, dem Delta des Mississippi, New Orleans, wohin ich während des Gastsemesters eine Fahrt gemacht hatte, mit Bill und Shirley von Austin aus, Umsteigen in Houston, weiter über Baton Rouge in einem vollbesetzten Greyhoundbus durch die Nacht, der Zug war uns zu teuer gewesen, unbezahlbare dreihundert Dollar oder so was sollte die Karte kosten, es gab nur Schlafwagen, pouring rain, das Lied wurde ausgeblendet, und man hörte erneut die Stimme der Sprecherin, ich erhob mich vom Tisch, um meine Sachen aus Christines Zimmer zu holen, ich wollte raus, nicht mehr drinnen sein, rumlaufen, ganz für mich, und in Dahlem wäre ich allein, ohne Verkehr, auf den man achten müßte, ich könnte gehen, bis das Institut gegen halb acht öffnet, wenn Paul Weichsel eintrifft, oder schon früher, die Gleitzeit im Sommer nutzend.

Als ich die Küche auf meinem Weg zur Stahltüre des Eingangs durchquerte, die Ledermappe unterm Arm, trat Eleni aus dem Flur, der in die hinteren, um den zweiten Hof gelegenen Räume führte, mit einem Bademantel bekleidet, Plastikschlappen an den Füßen und verstrubbelten Haaren, eine nicht entzündete Zigarette zwischen den Fingern, Morgen, sagte ich, sie schloß kurz die Augen, kopfnickend, dem Anschein nach noch unfähig zu einer etwas komplexeren Antwort, doch dann lächelte sie und hielt die Zigarette hoch, ob ich ihr Feuer geben könne. Eleni war Erzieherin, arbeitete in einer Krippe, hatte Frühdienst heute, wie ich aus ihrem überraschenden Auftauchen folgerte, ohne sie zu fragen, gewöhnlich fing ihre Schicht um sieben an, eine Uhrzeit, zu der Karin, die auch hinten wohnte, oft erst heimkehrte von ihrem Kellnerjob in einer Cocktailbar, so daß die beiden Frauen manchmal zusammen frühstückten, jede in einen anderen Teil der Zeitung vertieft, die die eine aus dem Briefkasten mit nach oben gebracht hatte. Letzte Seite, Naturkatastrophen aus aller Welt, Unglücksfälle, Fürstenhochzeiten. Im Ressort Wirtschaft Datenkolonnen und merkwürdige Abkürzungen hinter den Firmennamen, g und G, Statistik. Wie man über die Runden kommt. Etwas mehr braucht man, als man zum Leben braucht, eine Variable, die keiner genau zu bestimmen weiß, was fehlt, was ist im Überfluß vorhanden, nicht allein in Geld auszudrücken, tauschbar. Münze oder Papier. Warum nimmst du keinen Scheck, fragte ich als Kind einmal meinen Vater, als der behauptete, mir ein Spielzeug nicht kaufen zu können, weil er keinen Pfennig bei sich habe und überhaupt abgebrannt sei, ein leeres Portemonnaie vor meinen Augen öffnend. Der Vater war das Geld, das Maß, das heilt oder krank macht, straft oder belohnt, es war in seinem Besitz, er herrschte darüber, gab oder gab nicht, von Hand zu Hand aus seinem Vermögen, das unerschöpflich schien, immer da war, wie er es vorenthalten konnte, mochte man auch flehen und betteln, sich bei ihm anklammern, schreien vor Wut, bis man an den Schultern gepackt, und ins Bett geschickt wurde. Er besaß eine längliche Brieftasche, die in seiner Anzugjacke steckte, mit losen Scheinen darin, glatt, als seien sie gebügelt worden, und einem Zettel, auf dem er den Bestand notierte in seiner kleinen, fast winzigen Schrift, alle Zahlen durchgekreuzt bis auf die letzte, sein Haben, seine Macht. Gestern soviel und heute soviel, Schwund, den man ersetzen mußte, ein Gleichgewicht herstellend zwischen Eingang und Ausgang, Verpflichtungen, die man hatte, Vergnügungen, die man sich leistete, dem Gewinn des Geschäfts, wenig, wie sich später zeigte, in einer gedengelten grünen Kassette unterm Ladentisch, einer glasabgedeckten Vitrine, die täglichen Einnahmen, die er abends mit nach Hause brachte, um sie zu zählen, einen Karteikasten vor sich, am anderen Ende des Tisches saß meine Mutter und preiste Ware aus. Wieviel braucht man, was fehlt, wo kriegt man es günstig her, es wird schon, und wenn nicht, dann wird eben zugemacht, was soll das ganze Elend, mein Leben hängt nicht daran. In der Maschine ist Kaffee, sagte ich zu Eleni, die sich rauchend auf einem Stuhl niedergelassen hatte, zurückgelehnt und die Beine weit ausgestreckt, der ist noch ganz frisch, aber sie winkte ab, sagte, ich koch' mir Tee, danke, so ging ich, die Stahltüre entriegelnd, nach draußen.

wie es ist es ist wenigstens das gute Momente man muß darauf gefaßt sein notfalls immer platt im Dreck man spuckt aus und fährt fort zu sprechen

Hirschsprung, Drosselweg, in einer Art Spirale durch das Viertel laufend, nähere ich mich meinem Ziel, noch ist es Zeit, liegt Zeit vor mir, in die ich mich hineinbewege, unterm Dach der Bäume, die am Straßenrand stehen, bucklig ist die Fahrbahn und mit Katzenköpfen gepflastert, zwischen denen an manchen Stellen Gras sprießt, nur wenige parkende Autos, auf den Frontscheiben oft punktförmige Spuren von aufgesprungenen

Lindenblüten, die sich in zähe, klebrige Schlieren verwandeln, wenn man die Wischer betätigt, Flecken helleren Lichts, das durch die Blätter fällt, tanzen in regelloser Folge über mich hinweg, es ist angenehm warm, an der Schwelle zur Hitze, die sich auch heute wieder, bald schon, ausbreiten und die Luft in ihrer Trägheit zum Flimmern bringen wird, fast so wie in südlichen Ländern, wo entferntere Gegenstände zu schweben scheinen und sich ihre Kanten verziehen, Königin-Luise-Straße, schräg gegenüber der im Stil eines ländlichen Fachwerkhauses errichtete Eingang zur U-Bahn, als sollte man nicht erkennen dürfen, daß es sich um den Teil einer technischen Anlage handelt, unberührt von allem, was an Industrie denken ließe, dahinter die ins Grüne eingebetteten Flügel der Museen, für Völkerkunde und ostasiatische Kunst. Mit den Trobriandern in der Südsee fing es damals an, die Nachricht von Völkern, die anders sind, ohne Eifersucht oder Gewalt, las man über sie, von ihrem Entdecker die Argonauten des Pazifik genannt, dem Reich des König Ödipus entflohen, dem Zepter seiner Herrschaft, das die Schrift ist, das Eigentum, die Arbeit – nichts, was sein muß, keine göttlichen Werte, sondern nur menschliche Erfindungen, die einen Zweck haben und jemandem nutzen, juristisch verkleidet,

das war eine der Theorien, mit denen man sich beschäftigt hat, auf der Suche nach dem Augenblick, in dem sich alles verkehrt, und den Bedingungen dafür, daß man es hinnimmt, die Frage ist gewesen, warum verhalten sich die Menschen so, wie sie es tun, oft gegen sich selbst gerichtet, zu ihrem eigenen Schaden, ziehen sie in den Krieg, bejubeln Dämonen, machen sich umschichtig das Leben zur Hölle, wie ein Wunsch, der wahr wird, sehnsüchtig wünschend, von der Masse der anderen verschlungen zu werden, buchstäblich bis zum Wahnsinn, die Himmelsstrahlen im Arsch des Gerichtspräsidenten Schreber. Die waren nicht bloß seine Privatsache, Metaphern seiner Verrücktheit, vielmehr eine gesellschaftliche Halluzination, die der Nervenkranke sich zu eigen gemacht hatte, von der er in seinem Delirium sprach, unaufhörlich, beängstigend, seinen Körper durchflutend. Die Innenwelt der Außenwelt, für uns zwei miteinander verbundene Stätten der Produktion, die eine nicht weniger real als die andere, und nur im Zusammenhang zu verstehen, nur im Zusammenhang zu kurieren, handelnd, ein Atomkraftwerk, eine Truppenparade, die Texte des Quelle-Katalogs genauso irrsinnig wie die verdrehten Monologe der Schizos in den geschlossenen Abteilungen.

Daneben die eigentliche Wissenschaft, Bücher über Kognition und Emotion, Denken und Fühlen, was man lernt, die sinnliche Erkenntnis von der Amöbe an, das Tier-Mensch-Übergangsfeld in den Savannen Afrikas, vom Schwing-Hangel-Kletterer zum Homo erectus, Überlebensvorteile und Ausbildung des Bewußtseins, Mittelwerte und Streuungen, Abweichungen vom Durchschnitt, Kommunikationsstrukturen, das Reaffenzprinzip, Tests, zu lernen und zu kritisieren, welcher Maßstab wird hier angelegt, was bedeutet Normalität, wer entscheidet darüber, Mathematik und Physiologie, der Mensch ist mehr als ein Bündel von Reflexen, keine Laborratte, die man nach Belieben durch ein Labyrinth jagen kann, rote und grüne Signale schaltend, isoliert von den anderen und ausschließlich auf sich selbst verwiesen, als gäbe es Eigenschaften und Fähigkeiten, die erst unter Streß, den man künstlich erzeugt, zutage träten, in Reinform sozusagen und in Abhängigkeit vom Willen der einzelnen Versuchsperson, sich durchzusetzen, den Rest ausblendend als Störfaktor, ein unbestimmbares Kettenglied am Ende der Gleichung, so intelligent bist du jetzt und so neurotisch, dieses wirst du können und jenes mit Sicherheit nicht,

obwohl es immer nur Näherungswerte sind, deren Voraussetzungen man verabredet hat, nichts Objektives wie die Schwerkraft oder die Photosynthese, Körpergröße und Herzschlag, praktisch wirksam, aber ohne universelle Gültigkeit, das, was man rausfindet, mit großen Unterschieden von Epoche zu Epoche, eine Funktion der Zeit, damit habe ich mich beschäftigt, der Bedeutung dieses Wissens bei der Entwicklung psychometrischer Tests, welche Faktoren man aus welchen Gründen unter den Tisch fallen läßt, weil sie einen statistisch stören, sie die ganze Rechnung durcheinanderbringen, und das heißt, die Glockenkurve verzerren, dieses schön geschwungene, regelmäßige Gebilde, das eine soziale Illusion ist, gebräuchlich und nützlich, doch keine Naturtatsache, bloß ein Produkt, mit dem man arbeiten kann, mangels eines besseren Instruments, sofern man dessen Unschärfe nicht unterschlägt, sich nicht vormacht, die ermittelten Daten bildeten die Wirklichkeit in ihrer Fülle ab und reichten für endgültige Diagnosen aus – bei dem hier ist Hopfen und Malz verloren, dumm geboren und nichts dazugelernt, diese Etiketten, welche man Leuten anzuhängen pflegt, die in keinen Rahmen passen, die nicht alltagstauglich sind, pflegeleicht, und zu viele Fragen stellen – von verquält grüblerischem Charakter, bestimmte Formulierungen ziehen sich wie ein roter Faden durch sämtliche Akten eines Falles und rastern die Wahrnehmung, wie schon in der Familie, wenn es heißt: das ist ein schwieriges Kind, oder, ich geb's euch mit Brief und Siegel, jetzt tickt unsere Tochter echt nicht mehr sauber, ich glaube, die muß mit ihren Ideen mal zum Nervenarzt, das geht meist schneller, als man denkt, der Apparat braucht ständig Nachschub, neuen Rohstoff, den es erst zu fördern und dann zu behandeln gilt, sich von einem Symptom zum nächsten bewegend, Mundtrockenheit?, häufiges Zittern, Zucken oder Beben?, Atemnot und Beklemmungsgefühle?, Herzrasen?, Konzentrationsschwierigkeiten?, Hitzewallungen oder Kälteschauer?, Probleme beim Durchschlafen?, Benommenheit?, Schwindel?, das sieht ja nicht so gut aus, da verschreiben wir am besten ein Beruhigungsmittel, eine halbe Tablette morgens, mittags und abends,

die Angst verschwindet, am zweiten Tag der Einnahme ist sie nicht mehr zu spüren, das Medikament schlägt an, und der Radius des Patienten vergrößert sich wieder, er oder sie gewinnt Handlungsspielraum zurück, der durch die Erkrankung verlorengegangen war, da war das bedrückende Gefühl, mit dem eigenen Leben überfordert zu sein, es nicht zu schaffen, mit wieviel Fleiß man sich täglich auch bemüht, als zerfielen einem die Stunden unter der Hand, irgend etwas blieb immer übrig, häufte sich an und konnte dann gar nicht mehr abgetragen werden, ein stetig wachsender Berg aus Verpflichtungen, was den anderen scheinbar problemlos gelingt, wird plötzlich schwierig, vertrackt, die einfachsten Dinge wachsen einem über den Kopf, bis allein schon der Gedanke an sie Panik erzeugt, an einer Kasse im Supermarkt die Waren zu scannen, das Wechselgeld richtig herauszugeben, mit einem Blick zu sehen, ob die Einkaufswagen der Kunden wirklich leer sind, die Furcht zu versagen schnürt einem die Kehle zu, während man schlaflos im Bett liegt, keiner, dem man davon erzählen könnte, ohne sich lächerlich zu machen, abgeschnitten vom Rest, ich werde wahnsinnig, denkend, ich bin schon wahnsinnig, daß das noch niemand bemerkt hat, oder doch, wie sie mich anstarren, die Leute im Geschäft, und sich mittels Gesten über mich und meinen Zustand verständigen, kleine Zeichen, die sie fortwährend untereinander austauschen, Signale über meinen Kopf hinweg, durch ihn hindurch, ich höre sie, ein sirrendes Geräusch wie von einem Tonband, das zu schnell abgespult wird, dann wie Fingernägel, die an einer Schiefertafel entlangkratzen, ein sich in mich bohrender Ton, das sind Gesten der Verachtung, unverhüllte Gebärden jetzt, ich sei plemplem, so schrill, daß ich glaube, mein Schädel platzte gleich, würde zerbersten und in tausend Stücken auseinanderfliegen, nutzloses Wesen, das ich bin, nicht einmal zum Kassieren zu gebrauchen, nun wissen es alle,

das ist die Praxis, keine Theorie, profan, wie jede Praxis ist, in die man sich begibt, verzehrend auch, weil sich die Geschichten wiederholen, das Leiden sich wiederholt hinter kaum verschiedenen Masken, aus den

Verhältnissen herausgefallen, zwei nicht mehr zusammenpassende Geschwindigkeiten, in der Notaufnahme die ratlosen Gesichter von Familienangehörigen oder Freunden, wenn man sie nach Einzelheiten befragt, schulterzuckend, die schlichte Empirie des ganz gewöhnlichen Wahnsinns, keine Südsee, kein Mythos. Wie das Unbewußte nicht eine Theaterbühne ist, auf der sich antike Heroen und Götter tummeln, stellte die Beschäftigung mit fernen, friedvollen Völkern einen schönen Eskapismus dar, der an der Gegenwart zerschellte. Selbst ein Trobriander werden zu wollen war lachhaft, die Gesellschaft wieder quasi dörflich zu gliedern eine irrige Ansicht, die zu allem möglichen führen würde, sicher aber zu keiner besseren, weil leichter überschaubaren Welt. Als könnte man sich aus der Wirklichkeit durch ökologischen Landbau herauskatapultieren, als ginge es nur darum, daß alle Menschen guten Willens sind, einverständig und ohne Schuld.

Lebensgroße balinesische Stabpuppen in den Vitrinen, geschnitzte Totempfähle, in der Haupthalle der Museen lange schmale Boote mit Auslegern, die oft Plattformen aus geflochtenen Palmenfasern tragen, zum Draufsitzen und Schlafen während ihrer Fahrten zwischen den Inseln des pazifischen Archipels. Hätte ich gerne mal an einer teilgenommen, denke ich, muß ich mir mal wieder ansehen irgendwann, ins Träumen geratend, pfeilschnell über die türkise Fläche des Ozeans dahinschießend, hier die Takustraße, ich werde noch einen letzten Bogen schlagen und dann ins Institut gehen. Vorher den Discman laden, der in meiner Ledermappe steckt, eigentlich Christines Gerät, das ihr damals beinahe geklaut worden wäre, wenn nicht Ludwig im Halbdunkel des Lokals die Hand, die sich in ihre Tasche tastende Hand gesehen hätte und zur Überraschung aller anderen Gäste plötzlich aufgesprungen wäre, den Dieb rausjagend, ich stecke mir die Stöpsel in die Ohren und drücke die Starttaste, Portishead, laut die zirpende Stimme von Beth Gibbons.

Grund zum Lachen Grund

An einem Tisch im Saal kann man außer CDs und Broschüren auch Schaumgummipfropfen für die Ohren kaufen, das Paar kostet zwei Mark. Gegenüber, auf halbem Weg zwischen der Bühne und dem Getränketresen, steht ein längliches, aus Stahlträgern und schwarzen Holzplatten zusammengebautes Podest mit verschieden hohen Ebenen, auf einer ist das Mischpult installiert, die anderen Flächen werden von Konzertbesuchern besetzt, manche tragen tief in die Stirn gezogene Wollmützen. Langsam füllt sich der Raum, im Hintergrund hört man, noch nicht sehr laut, schnelle elektronische Musik, Reiner, mit dem ich gekommen bin, ist Bier holen gegangen. Er hatte, wie er es oft macht, in der Mittagspause bei einem Radiosender angerufen, der Eintrittskarten verloste beziehungsweise verschenkte, war erfolgreich gewesen, als seien es, sagte er während des Abendessens zu mir, immer nur wenige Hörer, die sich das trauten, nämlich wirklich anzurufen, oder gerade in diesem Augenblick darauf warteten, er jedenfalls lasse eine solche Gelegenheit nie verstreichen; wenn man sowieso hin will, was soll's auch.

Obwohl ich mich nicht bewege und meine Jacke um die Hüften gebunden habe, klebt der dünne Stoff meines T-Shirts schon an meiner Haut an, als kondensierte die schwüle Luft auf meinem Körper und triebe mir zugleich Schweiß aus den Poren, ein meine Arme und mein Gesicht bedeckender klebriger Film, der sich an einigen Stellen, am Haaransatz, zu herunterperlenden Tropfen verdichtet. Jetzt spielen sie ein altes Stück von Siouxsie and the Banshees, neu gemischt, Spellbound, mein Kopf beginnt im Rhythmus zu nicken, und neben mir tanzen welche, eine sehr junge Frau mit grellrot gefärbten Haaren und viel zu weiten, sich über dem Parkett aufstülpenden Armyhosen, ihre Freundin, die sie zärtlich beobachtet, hat einen bunten chinesischen Drachen auf der Schulter, feuerspeiend, orangerot züngeln die Flammen unter dem Träger ihres Oberteils hindurch. Ich blicke mich nach Reiner um, aber er ist im Pulk der Wartenden vor der Theke nicht zu entdecken, ich bin durstig, es wäre ein guter Abend, um zu trinken, zumal wir vor dem Essen schon damit angefangen haben, eiskalte Büchsen Tuborg aus dem Imbiß am Heinrichplatz. Da die Auskünfte des Rechtsanwalts, in dessen Kanzlei Dagmar und Karin nachmittags wegen der Renovierung gewesen sind, nicht besonders ermutigend klangen, hätte man auch prinzipiell Grund genug gehabt, im Alkohol Vergessenheit zu suchen, wie Reiner grinsend sagte, als wir in der einbrechenden Dunkelheit über die Oranienstraße zum Esso gingen.

Die Stimmung ist entspannt, niemand scheint aggressiv zu sein, trotz der drückend feuchten Hitze, die im Raum steht, als könnte man sie berühren, mit den Händen teilen wie einen Vorhang, ein lauwarmes Gefühl im Mund, wenn man den Rauch der Zigarette inhaliert, wo man sie hält, zeichnen sich dunkle Flecken auf dem Papier ab. Für dich, sagt Reiner und reicht mir einen durchsichtigen Becher, wir stoßen an und trinken, dann kühle ich mit dem halbgeleerten Plastikgefäß meine Stirn. Daß er auch hier wieder Leute kennt, den oder die gegrüßt hat, schon als wir vor dem Kassenhäuschen standen, um die Freikarten in Empfang zu nehmen, wundert mich nicht, sondern bestätigt nur den Eindruck, den ich seit unserer ersten Begegnung vor ein paar Monaten, noch bevor ich tatsächlich in die Etage gezogen bin, von ihm habe, es ist sein Talent, mit anderen ins Gespräch zu kommen, ihnen das Gefühl zu vermitteln, bei ihm seien ihre Geschichten gut aufgehoben und fänden jenes Gehör, das ihnen natürlicherweise gebührt, als gäbe es nichts, was ihn nicht interessieren könnte, selbst wenn er nach einigen Sätzen sagt, er müsse nun weiter, ohne Verstellung, vielleicht, weil Reiner sich aus bestimmten Dingen nichts macht, er sie nicht sieht, wie ich zum Beispiel, oder sie für ihn keine Bedeutung haben und nichts sonst daranhängt, für ihn dahinterliegt, dieser abschätzende, wie ein Lesegerät über Oberflächen tastende Blick, der stets befürchtet, ihm könne etwas, das wichtig wäre, entgehen, und noch geringste Unterschiede, Abweichungen verzeichnet, anstatt sich dem Sichtbaren auszuliefern, dem, was zu hören ist, wie es sich in einem zufälligen Moment darbietet, absichtslos,

vor der Bühne geht das Licht aus, und um uns herum drängt man ins Dunkel, Reiner und ich stellen uns neben dem Mischpult auf eine der Holzebenen des Podestes. Geräusche von einer Schallplatte, die unter der Nadel hin und her gedreht wird, quietschend wie kreisende Fingerkuppen auf einem Resopaltisch, in rascher, sich fast überschlagender Folge synthetische Trommelschläge, entfernt klingend, undeutlich Stimmen, die durcheinanderzureden scheinen, ein sich verstärkendes Rumoren, ähnlich dem Motor einer schweren, nach und nach näherkommenden Maschine, auf Beton mahlende Panzerketten, Strahler tauchen die Bühne in grelle Helligkeit, zwei Männer außen und eine Frau in der Mitte hinter Mikrophonständern, als das ansteigende Dröhnen plötzlich abreißt, für eine Sekunde, um dann wiederzukehren, nicht mehr ansteigend, sondern jetzt wie ein Wall, eine durch den Saal brechende Lawine, die die Bauchdecke, das Zwerchfell in unwillkürliche Schwingungen versetzt, die Holzplatten, auf denen man steht, sich des ganzen Körpers bemächtigend. Es ist unversehens so laut, wie ich es schon lange nicht gehört habe, als schlüge eine Brandung nur aus Lärm über mir zusammen, die den Impuls hervorruft zurückzuweichen, man muß sich dagegen anstemmen, Halt suchen, die drei vorne tanzen, die Männer schnell, mit abgehackten Bewegungen, auf der Stelle springend, die Frau, die ein kalkweiß geschminktes Gesicht hat, etwas ruhiger, die Menge von oben musternd, eine Spur Verachtung in ihrem Blick, in der Haltung ihres nach hinten, in den Nacken gelegten Kopfes, Abstand ausdrückend oder herstellend zu den bezahlten Erwartungen des Publikums, das noch wie paralysiert erscheint vom Aufprall dessen, was aus den Boxentürmen kommt, strukturloser Krach, denkt man, ich empfinde es so, bis sich nach einer gewissen Zeit, jetzt, einzelne Linien darin erkennen lassen, maschinell erzeugte Klangfarben, ein zerrissener Takt, ohne daß es leiser geworden wäre, zu laut, würde Ludwig, der auf einem Ohr taub ist, sagen, für mich, ich fürchte um den Rest meines Gehörs, wie er es sagte, als wir einmal zusammen bei Glenn Branca waren, und aus der Halle ging, in den achtziger Jahren noch, vor seinem Rückzug aufs Land,

Berlin sei zuviel für ihn geworden, behauptete er damals, doch in Wahrheit handelte es sich auch und wesentlich um eine Beschäftigungstherapeutin namens Britta, die in der Nähe von Kiel lebte, da konnte er uns in seinem Atelier erzählen, was er wollte, Gründe nennen, das Appartmenthaus, das man ihm auf der Pestalozzistraße vor die Fenster gesetzt hatte, oder daß ihn das Nachtleben mittlerweile erschöpfe, was zweifellos richtig war, aber eben nicht alles, so packte er seine wenigen Sachen ein, Farbtöpfe, Bilder und Leinwände, die Schneekugelsammlung, und machte sich auf, nur wenige Monate bevor die Mauer fiel, Gott sei Dank, sagte er zu mir am Telefon, bin ich jetzt nicht mehr in der Stadt, mir reicht schon, was ich vor dem Fernseher mitkriege. Zwei- bis dreimal im Jahr besuchte er, der hier groß geworden war, mich seither, die alten Freunde, neue Plätze im Osten, pendelnd mit der violetten Linie acht zwischen Kottbusser Tor und Rosenthaler Platz oder der roten zwei über die Volksbühne am Rosa Luxemburg-Platz zur Eberswalder Straßer, früher Dimitroff, in den Kneipen des L-S-D-Viertels dort versackend beziehungsweise, in Ludwigs Worten, einen kleinen Drink nehmen, eines Abends, allerdings im Westen, in der Morena Bar neben dem Hallenbad auf der Wiener, daran erinnere ich mich sehr gut, es war letzten Sommer,

Achtung, rief Ludwig, der neben mir saß, und machte mit ausgestrecktem Arm einen Satz nach vorne, während zugleich ein anderer Mann, gegen den sich seine Bewegung richtete, durch die geöffnete Tür das Weite suchte, eine Frau halb vom Barhocker reißend, ihre Tasche fiel zu Boden, ein Discman heraus; nachdem Ludwig die erschrockene Frau beruhigt und ihr zurück auf ihren Platz geholfen hatte, bückte er sich und las die Sachen auf. Ich trat zu den beiden, sie war allein unterwegs, sprach gerade mit dem Barmann, als sich der Vorfall ereignete, Ludwig schilderte, wie er eine Hand sah, die sich behutsam in ihre unverschlossene Tasche schob, eine Hand, die sie nicht bemerkte und die ganz klar nicht zu ihr gehörte, einer üblen Absicht Folge leistend, heutzutage, sagte er, kann man gar nicht vorsichtig genug sein, und zwinkerte, zu Olims, also seinen Zeiten hätte es derartiges nicht gegeben, dazu mitten in Kreuzberg, wo wir denn gelandet seien. Mitten in Kreuzberg, antwortete die Frau, weder Regel noch Ausnahme, ich bin nur oft zu leichtsinnig, anstatt meinen Krempel überall und jederzeit im Auge zu behalten. Dann lud sie uns ein, auf ihre Kosten etwas zu trinken, auch mich, als eigentlich Unbeteiligten, und bestellte drei Mojitos.

Ludwigs Alter, mein Alter, ihr Alter, sie hieß Christine, waren ungefähr gleich weit voneinander entfernt, kam während des Gesprächs heraus, als sie von ihm etwas über seine, Olims Zeiten wissen wollte und Ludwig, weil sie nicht lockerließ, schließlich erzählte, von der Kifferwohngemeinschaft in Rudow, ausgerechnet Rudow, angemietetes Einfamilienhaus, den Nächten im Treibhaus neben dem Mendelsohnbau auf dem Kudamm, in den später die Schaubühne rein ist, deren erste Aufführungen am Halleschen Ufer sie mit der Schule besuchten, Oberprima, fünf oder acht Stunden Peer Gynt auf Trip, das sollten wir uns mal zu Gemüte führen, was man sich alles angetan habe, Frank Zappa bis zum Abwinken, ihm selbst nicht mehr verständlich heute, fremd geworden, man könnte fast sagen, wie von einem anderen erlebt, aber er wolle uns nicht langweilen, wen interessiere das denn noch, mich, sagte Christine, ich kenne sonst wenig Leute, die damals jung waren, mich interessieren diese Geschichten.

Aus historischen Gründen? fragte Ludwig.

Sie sah ihn in gespielter Mitleidigkeit an.

Aus archäologischen, um nicht zu sagen, sie lächelte, paläontologischen Gründen.

Dachte ich mir, sagte Ludwig, ich bin Kummer gewöhnt, kennst du das Märchen vom alten Großvater und seinem Enkel?

Es war einmal ein steinalter Mann, sagte Christine, dem waren die Augen trüb geworden, die Ohren taub, und die Knie zitterten ihm.

Ecco, sagte Ludwig, bringt mich jetzt nach Hause.

Du mußt erst noch den Mojito trinken.

Gut, überredet.

Auf Ludwigs Frage, womit sie den Tag so rumbringe, antwortete sie, daß sie schreibe, bezeichnete sich, auf meine Nachfrage: Schriftstellerin? hin, als Autorin, was für Christine anscheinend ein bedeutsamer Unterschied war, sie produziere Texte, sagte sie, in verschiedenen Medien, inwiefern der altmodische Begriff der Schriftstellerin hinter ihrem Verständnis von Literatur zurückbleibe, ihm nicht mehr gerecht werde, und auch von dem damit verbundenen Berufsbild, dem Mythos des einsam vor sich hinwerkelnden Genies, sie lachte, potentiellen Genies, halte sie eher wenig bis gar nichts. Ihre glatten hennaroten Haare, im Nacken kurz geschnitten, liefen in zwei Spitzen links und rechts ihres Mundes aus, über der Stirn waren sie mit einer schmucklosen Friseurklammer zurückgesteckt, bis auf ein paar Fransen, die sie manchmal mit schiefgezogenen Lippen zur Seite wegpustete. Sie trug eine grüne halblange Lederjacke mit rundem Kragen, die entweder vom Flohmarkt oder aus einem Kleiderlager stammte, ein dünnes Synthetikhemd darunter und schwarze enge Hosen, die ihre Größe betonten, durch die klobigen Absätze ihrer Schuhe noch erhöht, überragte sie uns, Ludwig und mich, stehend um einen halben Kopf. Sie sprach schnell, als würde sie zugleich denken und sprechen, müsse es auch, weil ihr sonst die Gedanken enteilten, sich manchmal verhaspelnd und dann den Anschluß wieder suchend, wie beim Sprung vom Bahnsteig auf einen bereits fahrenden, nicht mehr zu bremsenden Zug. Noch gebe es kein Buch von ihr, erfuhren wir, aber sie veröffentliche schon länger, in Literaturzeitschriften und Tageszeitungen, mit einer Freundin arbeite sie zudem an einem Computerprojekt, das jedoch erst in den Kinderschuhen stecke, man könne nicht sagen, ob hinterher wirklich was daraus werde. Wie eine Geschichte zu sein oder abzulaufen habe, schien Christine nicht weiter zu kümmern, die richtige Reihenfolge, gängige Muster, sie stellte Fragen und bohrte neugierig nach, wenn ihr eine Antwort ungenügend vorkam, ungenau, selbst bei jemandem, den sie eben erst kennengelernt hatte, an diesem Abend mich, wie das sei mit der Begutachtung von Straftätern, wie objektiv, und wem es mehr nutze, der Gesellschaft oder dem Einzelnen vor Gericht, später forderte sie mich auf, Ludwig fuhr am nächsten Tag nach Kiel zurück, sie doch einmal zu besuchen, wir könnten bei ihr einen Kaffee trinken, sie möchte mehr über meinen Beruf wissen, auch könne sie mir dann einen Text von sich zu lesen geben, sie holte Kuli und Zettel aus ihrer Tasche und schrieb mir, in ihrer hektischen linkshändigen Schrift, eine Adresse auf, Oranienstraße. Vielleicht übermorgen um fünf, sagte sie, und damit war unsere Verabredung besiegelt.

Gesang, eine Stimme, deren Singen sich an der Grenze zum Schreien bewegt, es ist die Frau in der Mitte der Bühne, die man hört, man sieht, wie sich der Mund ihres kalkig weiß geschminkten Gesichts öffnet und schließt, während die Männer seitlich weitertanzen, hochspringen, als stünde der Boden unter Strom, dagegen sind ihre Gesten sparsam, nur angedeutet, ohne aber zögerlich zu wirken, ausdrucksstark, wenn sie mit weit aufgerissenen, schwarz umrandeten Augen abrupt den Kopf schüttelt, die Worte don't believe glaube ich zu verstehen, als eine Art Refrain, in den die Männer einfallen, für einen Moment an den Mikrophonen verharrend, bevor sie erneut wie entfesselt tanzen, aus dem Computer rasendes Wummern, ein treibendes, immer beherrschender werdendes Geräusch, das die zu einem Block im Hintergrund gestapelte Anlage erzeugt, von einer zweiten, im Halbdunkel dort schwer zu erkennenden Frau bedient, deren Aufgabe es ist, die gespeicherten Programme abzurufen, Platten zu wechseln; weder Gitarren noch andere, landläufige Instrumente, mechanisch hervorgebrachte Musik.

Als komme es langsam wieder zu sich, beginnt das Publikum zu reagieren, die Menge gerät an verschiedenen Stellen in Bewegung, kann ich von meinem erhöhten Platz aus beobachten, versucht, mit einzelnen, gebrüllten Zurufen die massive Wucht des über sie hinwegrollenden Klangteppichs zu durchdringen, Sturzwellen elektronisch innervierter Partikel, ich spüre, daß ein Sog entsteht, in den ich eintauche, der mich mit sich fortzieht, mein Körper schwingt wie von alleine vor und zurück, ebenso neben mir Reiners Körper, während er selbst gebannt auf die Bühne schaut. Die Sängerin, die einen einfachen, langen braunen Cordrock und einen dunklen Pullover trägt, hat einen Fuß auf den Lautsprechermonitor am Bühnenrand gestellt, in einer herausfordernden Pose, die sie durch ihr Mienenspiel ableugnet, starr in den Saal blickend, sich unter keinen Umständen mit den Anwesenden gemein machend, dann überläßt sie sich dem Geschehen, fängt an zu zappeln, indes nun der junge Mann links außen singt, das heißt schreit, ich fange Bruchstücke auf, delete yourself, jetzt singt unvermittelt der rechts, als springe der Ton zwischen den beiden hin und her. Punk, denke ich, im Prinzip ist das Punk, was sie machen, nur noch schneller durch die Maschinen, lauter, dabei jede Form einer lachhaften Zurschaustellung von Muskelkraft und ehrlichem Exzeß vermeidend, vor allem die Frau gefällt mir, wie sie in der Bühnenmitte die Blicke auf sich zieht und zurückweist, in ihrer betont unauffälligen Kleidung, als sei sie gerade von der Straße hereingekommen, Augen wie Kohle in dem von einem biederen Pagenhaarschnitt eingefaßten Gesicht, gesampelte Worte, Satzteile heben sich über die Stimmen der Männer hinweg, Bässe vibrieren in meinem Brustraum, als sollte mein Herz seinen Takt verlieren, Reiner stößt mich in die Seite und deutet an, daß er sich weiter vordrängen wird, in die Menge hinein, ich bleibe, schwitzend, ich spüre, wie mir Schweiß warm in den Kragen des T-Shirts rinnt, der Stoff klebt überall naß auf meiner Haut.

Atari Teenage Riot, sagte er am späten Nachmittag, in der Tür meines Zimmers stehend, da gehen wir heute abend hin, ich habe zwei Karten vom Radio, und: Keine Widerrede, als er mich abwinken sah, die sind gut, paß mal auf. Ich saß über einem Buch, das ich besprechen sollte, mir fiel nichts ein, schon seit ein paar Tagen, Attributionsforschung, von welchem Standpunkt ich es auch anfaßte, das Wetter, dachte ich, einen ersten Satz nach dem anderen tippend und dann nicht weiter wissend, selbst zwei Gläser Wein, die ich gestern sturzgetrunken hatte, hatten zu keinem Ergebnis geführt, außer dem, daß ich am Bildschirm Solitär spielte, so lange (ziemlich lange), bis die Farben des Blattes wenigstens einmal in der richtigen Reihenfolge aufeinanderlagen. Immer nur arbeiten, sagte Reiner, eine Büchse Bier in der Hand, kommt nichts bei rum, du bist viel zu verbissen, ich habe dich von der Küche aus durchs Fenster beobachtet. Trinkst du? Ich fange eben an, und du, er zog eine zweite Büchse aus der Tasche seiner Jeansjacke und schmiß sie mir zu, könntest mir dabei Gesellschaft leisten. Felix würde die Kinder ins Bett bringen, Eleni auf sie aufpassen, das Konzert sei umsonst, und überhaupt, wir müßten unbedingt nach draußen gehen. Am Ende der Woche war Redaktionsschluß, und ich hatte den Artikel versprochen, ich fühlte mich verpflichtet, ihn auch abzuliefern, nicht etwas Beliebiges, einfach so runtergeschrieben, was haben die Forscher untersucht, mit welchen Methoden, auf wen berufen sie sich, kann man von neuen Erkenntnissen reden, sondern anders, ich stellte mir vor, mit einem literarischen Beispiel zu beginnen, oder einer Filmszene, um die Feinheiten des Gegenstands zu veranschaulichen, hatte in Christines Büchern geblättert und die Titel ihrer kleinen Videosammlung durchgeschaut, doch nichts, wie vernagelt, es war sinnlos, auf diese Weise fortzufahren, aber ich konnte auch nicht aufhören, wirklich verbissen, dachte ich, nachdem Reiner das Wort gebraucht hatte, und ich fragte mich plötzlich, ob es immer schon so gewesen sei, während er durchs Zimmer kam und sich neben mich an den Tisch setzte, daß ich versuche, auf bestimmten Gebieten die an mich herangetragenen Ansprüche zu übererfüllen, als reichte es für mich nicht aus, was etwa die Besprechung jetzt betrifft, mal nur einen meiner vorhergehenden Aufsätze, leicht abgeändert, zu wiederholen. Eine verdrehte Form von Ehrgeiz, die weniger mir selber dient als letzten Endes dazu, meine Furcht zu beschwichtigen, die Furcht, nicht zu genügen, als Person zurückgewiesen zu werden, falls ich eine Sache nicht mehr oder weniger mustergültig erledige, obwohl es niemand erwartet und auch niemand weiß, was ich mir ursprünglich vorgenommen hatte. Und woher kommt das? Seit wann ist das so? Ich fragte Reiner, du bist der Psychologe, antwortete er, ich meine, du willst ja solche Artikel verfassen, es zwingt dich doch keiner. Er mache seine Arbeit, gut im übrigen, aber um sich nebenbei zu profilieren, fehle ihm die Lust und die Zeit, schließlich müsse er sich noch um Daniel kümmern. Und daß er vergangenen Monat auf dieser Tagung in Leipzig, Krankenhaus und Datentechnik, auf die anzuspielen ich mir sparen könne, referiert habe, dazu sei er gekeilt worden, dafür sei einzig und allein sein Chef verantwortlich. Schalt' die alte Beule hier aus, sagte er, wir essen schnell eine Kleinigkeit und gehen dann rüber, d'estate si esce. Nach vorne gebeugt, riß ich die Büchse Bier auf, schlürfte den Schaum weg, und trank einen Schluck. Besser? fragte Reiner. Logisch, sagte ich, er hatte recht, es war Sommer, und man durfte nicht einfach drinnen sitzen bleiben. Ein Sommer, alle Sommer, ein kribbelndes Gefühl, Klingeln in den Ohren, ein tauber Druck auf den Trommelfellen, ähnlich dem in einem startenden oder landenden Flugzeug, aufheulende Düsentriebwerke,

die Lautstärke zeigt Wirkung, als der Mann links eine Ansage macht, kommt mir seine Stimme blechern vor, wie durch einen Trichter gesprochen, ebenso die Stimme der Frau, die seinen letzten Satz wiederholt, violence is a disease, dann schreiend, es müsse Schluß sein mit dem Naziterror, jagt sie selber, der Beifall des Publikums geht unter in einem neuerlichen Angriff aus den Boxen, eine einzige hämmernde Geschwindigkeit, ich steige von dem Podest und bewege mich durch Tanzende zum Getränketresen neben dem Eingang, deute auf einen der Becher, die halbgefüllt unter dem Zapfhahn stehen, trinke das Bier in einem Zug aus. Während der Zugabe sehe ich Reiner, der sich hinter dem Mischpult nach mir umguckt, ich winke ihm und bestelle noch zwei Bier. Es dauert kurz, bis man bemerkt, daß das Konzert vorbei ist, als müßte sich erst auch die stickige Luft des Saales beruhigen, wie aufgewirbeltes Wasser in einem Gefäß, in dem Teilchen langsam zu Boden sinken, mein lieber Herr, sagt Reiner, das war 'ne Dröhnung. Er hört sich entfernt an, obwohl er neben mir steht, es rauscht in meinem Kopf, als habe man mir das Gebläse eines Rechners eingepflanzt, ein höhenlos summender Ton. Was jetzt? Raus an die frische Luft gehen, sage ich, ich bin halb taub, ein bißchen rumlaufen. Reiner nickt und wischt sich Schweiß aus den Augen. Er hat seine Jacke genau wie ich um die Hüften gebunden, trägt über seiner weiten grauen Hose mit Seitentaschen ein kurzärmliges olivgrünes Hemd, das er nun ganz aufknöpft, um den Hals herum und unter den Armen ist das Gewebe tropfnass, wie aus der Waschmaschine gezogen. Und wohin? Zuerst was zu trinken kaufen, dann eine Runde drehen. Genau mein Programm, sagt Reiner, abkühlen, runterkommen.

Der Schein der Leuchtschrift über der Tür des Esso fällt auf den Bürgersteig vor uns, die Leute, die in kleinen Gruppen dort stehen, Stimmengewirr, das ich nur gefiltert wahrnehme durch das nicht nachlassende Geräusch in meinen Ohren, ebenso den Verkehr auf der Straße, ultramarin der Himmel, ich glaube, so heißt diese Farbe, die ein tiefes dunkles Blau ist, noch nicht schwarz, immer dichter zusammenrückend die weißen Flecken der gebogenen Lichtmasten in der Häuserflucht zum Oranienplatz hin, aufragend dahinter das Hochhaus des Springer-Konzerns, gleich rechts die Ampel blinkt gelb, springt nicht mehr um, wohl defekt, dauerhupend versucht ein Wagen, drei nebeneinander fahrende Radler an den Rand zu scheuchen, Idiot, ruft einer aus der Menge, in manchen Fenstern gegenüber das bläuliche Flackern von Bildröhren, synchron das Wechselspiel von Schatten und Blitzen aus jenen Wohnungen, wo sie denselben Sender eingeschaltet haben, los, sagt Reiner, holen wir uns am Heinrichplatz ein paar Bier.

Schlendern die Mariannenstraße hoch, biegen links in die Naunyn ein, die ist dunkel, ohne Geschäfte und strahlende Reklameschilder, jeder mit einer Büchse in der Hand, wie Penner, sagt Reiner und lacht mich an, klar, sage ich, wie zwei Penner. Außer uns geht hier keiner, in einem Hauseingang sitzen auf Campingstühlen einige männliche Gestalten und spielen Karten, Musik und Stimmen ziehen durch weit geöffnete Fenster ins Freie, an der langen Front der Neubauten kleben Satellitenschüsseln, wie kleine bleiche Monde, die nach verschiedenen Sonnen ausgerichtet sind, unsichtbar oben über den Dächern. Klingelt's bei dir auch? fragt Reiner. Von der Musik? Er nickt, sperrt den Mund auf und bewegt seinen Unterkiefer hin und her, vor und zurück. War zu laut, sage ich. Aber gut, leiser wäre das irgendwie nicht richtig gekommen.

Die Naunynstraße endet als Sackgasse in einem viereckigen, in den letzten Jahren neu angelegten Platz, kopfsteingepflastert führt die Fahrbahn um einen großen flachen Sockel herum, auf dem in Reih und Glied junge Platanen stehen mit ein paar glattpolierten Steinbänken dazwischen, wir finden eine, die frei ist, und setzen uns. Hier herrscht noch Betrieb, spielende Kinder lärmen, Freunde und Anwohner unterhalten sich, trinken, essen, da und dort hat man gegrillt, es riecht gut.

Scheiße, sagt Reiner, wenn die wirklich bei uns sanieren wollen.

Man könnte später wieder rein in die Etage.

Und zu welchem Preis? Mindestens doppelt so teuer.

Ihr müßt verkleinern.

Habe ich mir schon überlegt, die Zimmer hinten raus aufgeben. Bloß fehlen dann eben welche, auch finanziell. Miettechnisch betrachtet.

Nach einer kurzen Pause sagt er: Wird sowieso erst im nächsten Frühjahr aktuell.

Was ist mit Nerea?

Reiner hob die Schultern.

Ich geh' nicht mehr nach Dijon, das ist vorbei. Und außerdem, was soll ich da arbeiten, meinst du, ich fange wieder an, Prospekte zu verteilen?

Aus einer dünnen Plastiktüte, die man uns im Imbiß gegeben hat – leuchtende türkise Schrift: Gaziantep Gül über dem Eingang, auf dem Schaufenster in roten Letra-Set-Buchstaben: Hähnchen Keule Döner –, packt Reiner zwei weitere Büchsen aus, die werden bei dem Wetter zu schnell warm, sagt er, muß man sofort trinken, warmes Bier schmeckt einfach grottenhaft.

Ich schwanke leicht, wie Reiner, unfreiwillig stoßen wir manchmal beim Laufen gegeneinander, wir haben uns entschieden, in den Club 39 zu gehen, es ist nach zwölf, vorhin hat es gedonnert, ohne daß inzwischen ein Tropfen gefallen wäre, auch die Hauptstraßen sind jetzt ein wenig leerer geworden, aber noch begegnet man etlichen Passanten, so wie uns, allein, als Paar, zu mehreren von Lokal zu Lokal ziehend, vor dem Café Marmara lungert eine Traube junger Männer herum, die sich plötzlich lachend, für Außenstehende grundlos, mit über den Kopf gehobenen Händen abklatschen, im Piccola Romantica essen wir jeder eine runde Minipizza, dann weiter, ein Blick in die wie fast immer in der letzten Zeit kaum besuchte Schnabelbar, Tunç Export, die Rolläden heruntergelassen, gleißend blau und gelb illuminiert das lange Lichtband des Holiday Sonnenstudios die Kreuzung, spiegelt sich in fliegenden blauen und gelben Streifen auf den Scheiben vorbeirauschender Wagen, rechts der die Adalbertstraße überbrückende Hausriegel, wir wenden uns in die andere Richtung, zur Spree hin, wieder ins Dunkle tauchend, schweigend nebeneinander für ein ganzes Stück, bis Reiner unvermittelt: He ruft, er meint jemanden drüben, vor dem Seitenflügel des Bethanien, eine einzelne Person, die stehenbleibt, genau wie wir, und herüberkommt, als sie uns erkennt.

Es ist Karins Ehemann, der Bruder einer ihrer Kolleginnen aus der Cocktailbar, zur Hochzeitsfeier war die Etage vollzählig in das Containerdorf hinter der Deutschlandhalle gefahren, wo er wohnte, es gab äthiopisches Essen, das man sich mit pfannkuchenähnlichen

Teigfladen aus den Schüsseln nahm, Fleisch, Gemüse, Salat, und wozu einige Geschicklichkeit gehörte, daß einem nicht Sauce in den Ärmel läuft oder der Bissen auf dem Weg zum Mund in der Hand zerfällt, man dann alles wie ein Pferd aus der gewölbten Handfläche essen muß, eine ältere Frau demonstrierte uns mit feingliedriger Eleganz, wie man es macht, sehr viel schwieriger, als es scheint, sie war Karins neue Schwiegermutter und könnte jetzt vielleicht auch bleiben, wenn die zwei Kinder, die eine Aufenthaltsgenehmigung haben, erklären, in Zukunft voll und ganz für sie sorgen zu wollen, plus Karin als Ehefrau in den Akten der Ausländerbehörde, später wurde aufgelegt, und andere Migranten stießen dazu, die gehört hatten, daß abends in den beiden Containern der Äthiopier Party sei,

er will nicht mehr mitkommen, ist auf dem Nachhauseweg, wir sollen Karin grüßen, sagt er auf englisch beim Abschied, er werde sie demnächst wieder anrufen, weißt du noch, wie er heißt? fragt mich Reiner, ist ja peinlich, ich hab' seinen Namen schon vergessen, ich glaube Jeremy, sage ich, oder so ähnlich, Jeremiah.

Bist du verheiratet?

Ich?

Wer sonst.

Seh' ich so aus?

Vielleicht.

Mit wem sollte ich verheiratet sein?

Weiß ich nicht. Geschieden denn?

Weder noch. Und du?

Reiner schüttelt den Kopf. Er steckt sich eine Zigarette in den Mund und dreht sich mir zu, ich gebe ihm

Feuer. Mir kommt es vor, daß er betrunkener ist als ich, aber wovon, denke ich, er hakt sich bei mir ein, und untergehakt gehen wir den Weg bis zur Manteuffelstraße.

Ich habe immer noch dieses Geräusch in den Ohren, ein taubes, schwach klopfendes Gefühl, das zwischen mir und den anderen hängt, was sie sagen, Andrea und Rühle bei einer Besprechung heute mittag in seinem Büro, dazu Kopfschmerzen, die nach dem dritten Aspirin aber langsam verschwinden, eine gewisse Mattigkeit breitet sich aus, jetzt ein Bier trinken und sich ins Bett legen, denke ich, fernsehgucken, bis man einschläft. Wie es Reiner geschafft hat, Daniel anzuziehen und um acht in die Kita zu bringen, weiß ich nicht, will ich mir erst gar nicht vorstellen, als mein Wecker um neun fiepte, schien gerade eine Art Dampfwalze über mich hinweggerollt zu sein, ich schleppte mich ins Bad und dann ohne Frühstück zur Arbeit. Das Geräusch ist nervig, ein regelrechter Hörschaden, es wäre vernünftig gewesen, sich ein Paar von den Pfropfen zu kaufen, doch damit konnte man nicht rechnen, mit der Lautstärke, das nächste Mal.

Christine ruft mich abends an und fragt, wann ich käme, es sei doch ganz schön da, am Wochenende würden die anderen Stipendiaten wegfahren und man hätte das Haus für sich allein, sie werde mich in Glückstadt vom Bahnhof abholen.

Prozeßtermin. Geißler trägt sein Gutachten vor, ich habe ihn nach Moabit begleitet und sitze hinten im Zuschauerraum. Fragen von Staatsanwalt und Verteidigung. Man einigt sich überraschend schnell, es läuft auf eine Bewährungsstrafe hinaus. Der Angeklagte soll eine Therapie machen. Wir essen in der Gerichtskantine. Eine Farce, sagt Geißler, wo, bitte, findet der Mann denn einen Therapieplatz?

Es regnet, Wolkenbruch, in dicken Schrägstrichen prasselt der Regen in den Hof, spritzt durch das gekippte Fenster auf Christines Tisch, an dem ich meinen Artikel zu beenden versuche, ich schließe es, lausche.

leichte Zunge schwere Zunge was kann man sagen

Ihre Stimme verzagt am Telefon, daß es erneut schlimmer geworden sei, vor allem auf dem rechten Auge, weder habe das Lasern etwas geholfen noch die neuen Medikamente, außerdem weigere sie sich, die weiter zu schlucken, der Arzt meine, man könne vielleicht noch einmal operieren, sie frage sich, ob sie sich darauf einlassen soll, getrübte Substanz aus dem Glaskörper zu entfernen und durch eine Spezialflüssigkeit zu ersetzen, während ich zuhöre, überlege ich, wie ihr zu helfen wäre, sage schließlich, ich würde kommen, nein, das stellt kein Problem für mich dar, wir werden gemeinsam mit dem Arzt reden. Ich beruhige sie, denke, was kann man tun, mir fällt nichts ein, man muß lernen, damit zu leben, zu leben ist besser als nicht zu leben, ganz allgemein gesprochen, sage ich, und sie entgegnet, sie verstehe mich, aber trotzdem.

Schon auf der Otto-Suhr-Allee sind Polizeisperren, man dringt nicht durch zum Schloß, vor dem die Vereidigung der Rekruten stattfindet, was machen wir? fragt Reiner, einen Augenblick noch warten, antworte ich, gucken, was passiert.

Kleiderordnung. Ich lege das Album auf den Eßzimmertisch, setze mich und suche blätternd die Stelle, wo das Foto geklebt hat. Nebeneinander drei junge Männer, die zu ihren Smokings gestärkte Hemdbrüste und weiße Fliegen tragen, mit Zylindern auf dem Kopf und flachen, nicht entzündeten Zigaretten im Mund, ihre Augenhöhlen sind verschattet durch die hochstehende Sonne, das unpassende Ziertuch des mittleren ist zu weit aus der Brusttasche seiner Jacke gezogen, die Spitze umgeknickt. Ich nehme die Uhu-Tube und mache vier Kleckser auf die Rückseite des Bildes, dann drücke ich es am schwarzen Karton fest, über die akkurat in weißen Druckbuchstaben geschriebene Legende. Meine Mutter sieht fern, das könne sie noch einigermaßen gut, sagte sie mir, während ihre Nahsicht fast verschwunden sei, hinter einem Schleier, wenn sie esse oder sich zu schminken versuche, ein nicht mehr umkehrbarer Prozeß, nur noch vielleicht zu verzögern, wie sich der Arzt im Krankenhaus ausdrückte, man habe sich damit abzufinden, mit dem dauerhaften Verfall des Opticus, es sei Schicksal, den einen treffe es und den anderen nicht. Ich bin mit dem Zug fünfhundert Kilometer nach Westen gefahren, morgen geht es ungefähr genausoweit nach

Norden, zurück in Richtung Südosten, was ein leicht verschobenes, spitzwinkliges Dreieck ergibt, denke ich, und daß es schön sein wird, Christine wiederzusehen. Bei meinem ersten Besuch damals fand ich den richtigen Aufgang erst, nachdem ich jemanden im Hof gefragt hatte, ihre Schrift ist für Uneingeweihte kaum zu entziffern, die Zahlen fünf und sechs mit ähnlichem Schwung von unten beziehungsweise innen gegen den Strich hochgezogen, Christine war in der Küche und kochte Kaffee, hatte eine Tüte Kekse gekauft, aus der wir uns, an ihrem Tisch sitzend, bedienten, auf dem Bildschirm ihres notebooks blinkte ein kleines c, dahinter ein Doppelpunkt und eine eckige Klammer. Nichts Sensationelles, sagte ich, als sie Einzelheiten über meine Arbeit wissen wollte, Serienmörder oder irgendwelche Superhirne, wie sie durch die Zeitungen geistern, kommen einem nie vor, mir jedenfalls nicht, zumal ich auch eher als Redakteur denn als Gutachter beschäftigt bin, meist sind die Tatverdächtigen ziemlich gewöhnliche Leute, nicht gerade wie du und ich, aber eben keine Zombies, was man sich als Laie so vorstellt, dieser Verrückte im Schweigen der Lämmer, kennst du den Film?, sicher, sagte Christine, wer kennt den nicht, Hannibal the cannibal.

Sah man sich in ihrem Zimmer länger um, wurde deutlich, daß sie schnell noch für Ordnung gesorgt, Platz freigeräumt hatte, auf der Spanplatte mit Rechner und Drucker waren in einer Ecke zusammengeheftete Papiere schief übereinandergestapelt worden, an den Rand geschoben standen zwei Joghurtbecher, aus denen Löffelstiele herausschauten, Gläser, eine Flasche Wein und eine Flasche Moskovskaja, die Seiten oft mehr eingerollt als gefaltet, lag ein Bündel Tageszeitungen neben dem Tisch, beim Bett ein Haufen Bücher, zwischen denen Illustrierte steckten, Kabel, Musikkassetten, obenauf ein Paar Schuhe und ein grüner Pullover. Ein vollgestopftes Bücherregal nahm die Wand von der Zimmertür zu den großen Fenstern ein, ein anderes derselben Art, in den Raum hineingebaut und das niedrige Bett vom Eingang trennend, war Kleiderschrank und Abstellkammer zugleich, unten eine Reihe Leitzordner, schwarze Pappkartons, Bohrmaschine, Werkzeuge sowie ein altes tragbares Fernsehgerät mit einem kugelförmigen Gehäuse. Ob wir nicht einmal gemeinsam zu einer Gerichtsverhandlung gehen könnten, fragte sie mich, also einer, in der ein Gutachten vorgetragen würde, und ich willigte ein, hinterher sollte ich ihr erklären, falls ich dazu Lust hätte, wie die Diagnose zustande gekommen sei, worauf sie beruhte, die ganzen Begriffe, sie interessiere sich für solche Fachsprachen, dieses besondere, an der Wirklichkeit nicht selten haarscharf vorbeischrammende Vokabular, sie meine, diese eigentümliche Mischung aus äußerster Genauigkeit und glatt verfehlt, wie ließe es sich sagen, daß alles richtig sei und trotzdem nicht alles, wie ein Negativ oder ein Röntgenbild, auf dem man bloß noch das Innere sieht, Knochen ohne Fleisch drumherum, eine Gegenwelt praktisch. Als ich mich nach ihrer Arbeit erkundigte, zeigte sie mir die Nummer einer Zeitschrift, die ein Prosastück von ihr abgedruckt hatte, Christines Name im Inhaltsverzeichnis neben anderen, die ich kannte, sie arbeite im Augenblick mit Stimmen, sagte sie, Resonanzräumen, deren

Widerhall sie versuche einzufangen, sich überschneidende Sprechebenen und Jargons, wie sie einem in den Ohren klingen würden, nachklingen im Kopf, Schaltpläne des, naja, ich behaupte mal, sie lachte, Bewußtseins bildend. Wer denn meine Lieblingsautoren seien, fragte sie mich, ich müßte jetzt schon ein paar nennen, oder zumindest eine oder einen, wie wäre es mit Svevo, fragte ich zurück, Zeno Cosini oder Ein Mann wird älter, gut, sagte Christine, kann ich akzeptieren. Zwar blieb ihr Tonfall scherzhaft, doch schien es mir ein wenig wie in einer Prüfung zu sein, auch die Frage nach meinen Lebensumständen, als examiniere sie angehäuftes Material, den Stoff, den ich vorrätig hatte, wenngleich keiner von uns wußte, um was es genau ging, ab wann man besteht und wann man durchgefallen ist. Im Unterschied zu dem Abend zwei Tage zuvor trug Christine eine Brille, ovale, von bläulichem Draht gerahmte Gläser, kein neues oder ausgesprochen modisches Gestell, sondern eines, das sie vermutlich seit ihrer Schulzeit besaß und seinen Zweck zu Hause noch erfüllte, ihre Haare waren mit Klammern ganz aus ihrem Gesicht nach hinten gesteckt, und ihr weites, farbig bedrucktes T-Shirt hatte seitlich einen Riß, Fäden hingen aus der aufgerissenen Naht, wenn sie sich vorbeugte, sah man den Ansatz ihrer Brust. Wie in der Morena Bar redete Christine schnell, unterbrach sich selber, sprang über das Ende von Nebensätzen hinweg, als sei es Zeitverschwendung, alles vollständig auszuformulieren, man könnte wissen oder rückschließen, was sie sagen wollte, manchmal mußte ich sie bitten, einen ihrer Gedankengänge zu wiederholen, weil ich die Verbindung verloren hatte, sie sah mich dann erstaunt an, wie verblüfft darüber, daß es vielleicht schwierig sein könnte, ihr zu folgen. Später erzählte sie mir, daß sie immer dann, wenn es sonst nicht mehr reiche, als Frühstückskellnerin in einer Hotelpension auf der Nürnbergerstraße ihr Geld verdiene, sie kenne die Empfangsdame, oder aushilfsweise bei einem zweimal wöchentlich erscheinenden Anzeigenblatt, wo sie die Annoncen ins Reine tippe und nach Rubriken sortiere, im Dezember sei sie in Rom, eine private Stiftung habe ihr einen bezahlten Aufenthalt dort zukommen lassen, ein anderer Antrag fürs nächste Jahr laufe noch, ihre Honorare würden meistens gerade mal die Miete abdecken.

Bevor ich ging, lieh ich mir das Heft mit ihrer Geschichte aus, aber zurückbringen, sagte Christine, oder kaufen, mühsam ernährt sich das Eichhörnchen, natürlich, sagte ich, was denkst du?, wir werden ja sehen, next week same place same time?, ich nickte, gut, nächste Woche Donnerstag. Wie aufgedreht, dachte ich, als ich den Text zu Hause las, ihre Sprache, wegkippende Bilder, sich vermengende, eigentlich nicht zusammengehörende Metaphern, die das, was sie erzählte, in eine merkwürdige Spannung versetzten, die Gedanken in Bewegung, als schrieben sie sich von alleine fort, hätten einen eigenen Willen, der sich scheinbar äußerem Einfluß entzog, Überholvorgänge oder plötzliche Bremsmanöver ausführend, ungewöhnliche Kombinationen bildend, deren Logik sich einem erst nach und nach entschloß, da war nichts willkürlich, ich meine, man erkannte beim Lesen irgendwann, daß es ein System gab, eine Ordnung, die das Ganze durchdrang und auf eigene Weise zusammenhielt; in Rom habe ich Christine bei der Arbeit beobachtet, gesehen, wie sie immer wieder anfing, verbesserte, Ausdrucke wegschmiß, bis endlich einmal ein Stück vor ihren Augen Gnade fand und abgespeichert werden konnte.

Was man darf und was nicht, was davor war und was noch folgt, sich aneinanderreihende Sätze, einsetzend an einer bestimmten Stelle, Schnitt durch die Zeit, Ketten von Silben und Worten, die man empfindet oder empfunden hat, man hört und sieht, für die Dauer eines Lidschlags, in diesem Moment, sprechend. Die Vögel in den Bäumen vor der Stazione Termini, Tausende von Vögeln, deren Geräusche die Dämmerung erfüllten, den Straßenlärm rund um den Busbahnhof übertönten mit ihrem Tschilpen und Flattern, Rast auf dem Weg nach Süden, dachte ich, oder hier den Winter verbringend, jetzt ist es Juli, erinnere dich mal, sagte Christine eines Nachmittags, als wir auf ihrem Bett saßen, und erzähl' mir, das dürfte doch nicht so kompliziert sein, wie geht die Geschichte?

- Quifezit oder Eine Reise im Geigenkoffer. es 2001. 106 Seiten
- Tabula rasa oder Eine Reise ins Reich des Irrsinns. es 2076. 107 Seiten

Esther Dischereit
- Joëmis Tisch. Eine jüdische Geschichte. es 1492. 122 Seiten
- Merryn. 118 Seiten. Gebunden
- Übungen, jüdisch zu sein. Aufsätze. es 2067. 150 Seiten

Dirk Dobbrow
- Late Night. Legoland. Stücke und Materialien. es 3403. 204 Seiten
- Der Mann der Polizistin. Roman. es 2237. 224 Seiten

Kurt Drawert
- Alles ist einfach. Stück in sieben Szenen. es 1951. 116 Seiten
- Frühjahrskollektion. Gedichte. 96 Seiten. Gebunden
- Haus ohne Menschen. Zeitmitschriften. es 1831. 120 Seiten
- Privateigentum. Gedichte. es 1584. 138 Seiten
- Rückseiten der Herrlichkeit. Texte und Kontexte. es 2211. 256 Seiten
- Spiegelland. Ein deutscher Monolog. es 1715. 157 Seiten
- Steinzeit. es 2151. 160 Seiten
- Wo es war. Gedichte. 122 Seiten. Gebunden

Kurt Drawert (Hg.)
- Lagebesprechung. Junge deutsche Lyrik. st 3297. 190 Seiten

Oswald Egger
- Herde der Rede. Poem. es 2109. 380 Seiten
- Nichts, das ist. Gedichte. es 2269. 160 Seiten

Robert Fischer
- Römische Abschweifungen. Erzählung. st 3030. 102 Seiten

NF 229/2/2.02

- Sex kills. Roman. st 3268. 140 Seiten

Werner Fritsch
- Aller Seelen. Golgatha. Stücke und Materialien. es 3402. 200 Seiten
- Cherubim. 254 Seiten. Gebunden
- Es gibt keine Sünde im Süden des Herzens. Stücke. es 2117. 302 Seiten
- Fleischwolf. Gefecht. es 1650. 112 Seiten
- Jenseits. Erzählung. 72 Seiten. Gebunden
- Die lustigen Weiber von Wiesau. Stück und Materialien. es 3400. 189 Seiten
- Stechapfel. Legende. 102 Seiten. Gebunden
- Steinbruch. es 1554. 53 Seiten
- CHROMA/EULEN:SPIEGEL. Stücke und Materialien. es 3419. 208 Seiten

Rainald Goetz
- Abfall für alle. Roman eines Jahres. 800 Seiten. Broschur
- Celebration. Texte und Bilder zur Nacht. es 2118. 286 Seiten
- Dekonspiratione. Erzählung. Gebunden und st 3377. 208 Seiten
- Hirn/Krieg. es 1320. 508 Seiten
- Irre. Roman. Mit zahlreichen Abbildungen. st 1224. 331 Seiten
- Jeff Koons. Stück. 159 Seiten. Englische Broschur
- Kontrolliert. st 1836. 281 Seiten
- Kronos. Berichte. es 1795. 401 Seiten
- Rave. Erzählung. Leinen und st 3237. 271 Seiten

Dieter M. Gräf
- Treibender Kopf. Gedichte. 79 Seiten. Gebunden

Durs Grünbein
- Das erste Jahr. Berliner Aufzeichnungen. 320 Seiten. Gebunden
- Erklärte Nacht. Gedichte. 152 Seiten. Gebunden

NF 229/3/2.02

- Falten und Fallen. Gedichte. 124 Seiten. Gebunden
- Galilei vermißt Dantes Hölle und bleibt an den Maßen hängen. Aufsätze 1989-1995. Mit drei Abbildungstafeln und fünf Vignetten. 269 Seiten. Gebunden
- Grauzone morgens. Gedichte. es 1507. 93 Seiten
- Nach den Satiren. Gedichte. 250 Seiten. Gebunden
- Schädelbasislektion. Gedichte. 154 Seiten. Gebunden
- Den Teuren Toten. 33 Epitaphe. 48 Seiten. Büttenbroschur

Norbert Gstrein
- Anderntags. Erzählung. es 1625. 116 Seiten
- Einer. Erzählung. es 1483. 118 Seiten
- Die englischen Jahre. Roman. 360 Seiten. Gebunden. st 3274. 392 Seiten
- Der Kommerzialrat. Bericht. st 2718. 148 Seiten
- O2. Novelle. st 2476. 170 Seiten
- Das Register. Roman. st 2298. 300 Seiten
- Selbstportrait mit einer Toten. Roman. 112 Seiten. Gebunden

Katharina Hacker
- Der Bademeister. Roman. 208 Seiten. Gebunden
- Morpheus oder Der Schnabelschuh. es 2092. 126 Seiten
- Tel Aviv. Eine Stadterzählung. es 2008. 145 Seiten

Joachim Helfer
- Cohn & König. Roman. Gebunden und st 3120. 232 Seiten
- Du Idiot. Roman. st 2998. 268 Seiten
- Nicht Himmel, nicht Meer. Roman. 216 Seiten. Gebunden

Peter Henning
- Aus der Spur. Erzählung. st 3156. 123 Seiten
- Tod eines Eisvogels. Roman. st 2908. 135 Seiten

Unda Hörner
- Unter Nachbarn. Roman. st 3171. 201 Seiten

NF 229/4/2.02

Johannes Jansen
- heimat ... abgang ... mehr geht nicht. ansätze. mit zeichnungen von norman lindner. es 1932. 116 Seiten
- Reisswolf. Aufzeichnungen. es 1693. 67 Seiten
- Splittergraben. Aufzeichnungen II. Mit zahlreichen Abbildungen. es 1873. 116 Seiten
- Verfeinerung der Einzelheiten. Erzählung. es 2223. 112 Seiten

Daniel Kehlmann
- Beerholms Vorstellung. Roman. st 3073. 288 Seiten
- Der fernste Ort. Roman. 152 Seiten. Gebunden
- Mahlers Zeit. Roman. Gebunden und st 3238. 160 Seiten
- Unter der Sonne. Erzählungen. st 3130.128 Seiten

Gerhard Kelling
- Beckersons Buch. Roman. 269 Seiten. Gebunden

Ady Henry Kiss
- Atlantic City. Erzählungen. st 2838. 230 Seiten
- Baker's Barn. Roman. st 2633. 338 Seiten
- Canyons. Roman. st 3096. 160 Seiten
- Manhattan II. Roman. st 2416. 152 Seiten

Barbara Köhler
- Blue Box. Gedichte. 59 Seiten. Leinen
- Deutsches Roulette. Gedichte. es 1642. 85 Seiten
- Wittgensteins Nichte. vermischte schriften / mixed media. es 2153. 175 Seiten

Uwe Kolbe
- Abschiede. Und andere Liebesgedichte. es 1178. 82 Seiten
- Die Farben des Wassers. 80 Seiten. Gebunden
- Hineingeboren. Gedichte. 1975-1979. es 1110. 137 Seiten
- Nicht wirklich platonisch. Gedichte. 98 Seiten
- Vineta. Gedichte. 68 Seiten. Gebunden

NF 229/5/2.02

Ute-Christine Krupp
- Alle reden davon. Roman. es 2235. 128 Seiten
- Greenwichprosa. es 2029. 102 Seiten

Ute-Christine Krupp/Ulrike Janssen (Hg.)
- »Zuerst bin ich immer Leser«. Prosa schreiben heute. es 2201. 144 Seiten

Christian Lehnert
- Der Augen Aufgang. Gedichte. es 2101. 100 Seiten
- Der gefesselte Sänger. Gedichte. es 2028. 92 Seiten

Jo Lendle
- Unter Mardern. es 2111. 100 Seiten

Andreas Maier
- Wäldchestag. Roman. 320 Seiten. Gebunden st 3381. 316 Seiten
- Klausen. Roman. 200 Seiten. Gebunden

Jagoda Marinić
- Eigentlich ein Heiratsantrag. Geschichten. 128 Seiten. Gebunden

Thomas Meinecke
- The Church of John F. Kennedy. Roman. es 1997. 245 Seiten
- Hellblau. Roman. 336 Seiten. Gebunden
- Holz. Erzählung. st 3010. 112 Seiten
- Mode & Verzweiflung. st 2821. 129 Seiten
- Tomboy. Roman. 251 Seiten. Gebunden. st 3118. 256 Seiten

Bodo Morshäuser
- Blende. Erzählung. 161 Seiten. Broschur
- Hauptsache Deutsch. es 1626. 205 Seiten
- In seinen Armen das Kind. Roman. 368 Seiten. Gebunden

NF 229/6/2.02

- Liebeserklärung an eine häßliche Stadt. Berliner Gefühle. st 2933. 155 Seiten
- Nervöse Leser. Erzählung. 150 Seiten. Broschur
- Revolver. Vier Erzählungen. es 1465. 140 Seiten
- Tod in New York City. Roman. 140 Seiten. Gebunden
- Warten auf den Führer. es 1879. 142 Seiten
- Der weiße Wannsee. Ein Rausch. st 2713. 192 Seiten

Sabine Neumann
- Streit. Erzählungen. st 3119. 140 Seiten

Andreas Neumeister
- Äpfel vom Baum im Kies. 261 Seiten. Gebunden
- Ausdeutschen. Roman. 132 Seiten. Gebunden
- Gut laut. Roman. Gebunden und st 3282. 180 Seiten
- Salz im Blut. 195 Seiten. Gebunden

José F. A. Oliver
- fernlautmetz. Gedichte. es 2212. 80 Seiten

Albert Ostermaier
- Autokino. Gedichte. Mit CD. 112 Seiten. Gebunden
- Death Valley Junction. Stücke und Materialien. es 3401. 111 Seiten
- Erreger. Es ist Zeit. Abriss. Stücke und Materialien. es 3421. 111 Seiten
- fremdkörper hautnah. Gedichte. es 2032. 100 Seiten
- Heartcore. Gedichte. Mit CD. 110 Seiten
- Herz Vers Sagen. Gedichte. es 1950. 73 Seiten
- Letzter Aufruf. 99 Grad. Katakomben. Stücke und Materialien. es 3417. 150 Seiten
- The Making Of. Radio Noir. Stücke. es 2130. 192 Seiten
- Tatar Titus. Stücke. 198 Seiten. Gebunden

NF 229/7/2.02

Doron Rabinovici
- Credo und Credit. Einmischungen. es 2216. 160 Seiten
- Instanzen der Ohnmacht. Wien 1938-1945. Der Weg zum Judenrat. 495 Seiten. Gebunden
- Österreich. Berichte aus Quarantanien. Herausgegeben von Isolde Charim und Doron Rabinovici. es 2184. 172 Seiten
- Papirnik. Stories. es 1889. 134 Seiten
- Suche nach M. Roman in zwölf Episoden. 287 Seiten. Gebunden. st 2941. 270 Seiten

Ilma Rakusa
- Die Insel. Erzählung. 134 Seiten. Englische Broschur
- Love after Love. Gedichte. es 2251. 68 Seiten
- Ein Strich durch alles. Neunzig Neunzeiler. 96 Seiten

Patrick Roth
- Corpus Christi. st 3064. 180 Seiten
- Johnny Shines oder Die Wiedererweckung der Toten. Seelenrede. Gebunden und st 2783. 163 Seiten
- Die Nacht der Zeitlosen. 152 Seiten. Gebunden
- Meine Reise zu Chaplin. Ein Encore. 80 Seiten. Gebunden
- Riverside. Christusnovelle. st 2568. 93 Seiten
- Ins Tal der Schatten. Frankfurter Poetikvorlesungen. es 2277. 120 Seiten

Ralf Rothmann
- Berlin Blues. Ein Schauspiel. 100 Seiten. Bütten-Broschur
- Flieh, mein Freund! Roman. Gebunden. 278 Seiten. st 3112. 288 Seiten
- Gebet in Ruinen. Gedichte. 72 Seiten
- Kratzer und andere Gedichte. st 1824. 85 Seiten
- Messers Schneide. Erzählung. st 1633. 133 Seiten
- Milch und Kohle. Roman. 216 Seiten. Leinen. st 3309. 212 Seiten
- Stier. Roman. Leinen und st 2255. 372 Seiten

NF 229/8/2.02

- Wäldernacht. Roman. st 2582. 304 Seiten
- Der Windfisch. Erzählung. 133 Seiten. Broschur
- Ein Winter unter Hirschen. Erzählungen. 200 Seiten. Gebunden

Lutz Seiler

- pech & blende. Gedichte. es 2161. 96 Seiten

Silke Scheuermann

- Der Tag, an dem die Möwen zweistimmig sangen. Gedichte. es 2239. 80 Seiten

Hans-Ulrich Treichel

- Der einzige Gast. Gedichte. es 1904. 71 Seiten
- Der Entwurf des Autors. Frankfurter Poetikvorlesungen. es 2193. 117 Seiten
- Gespräch unter Bäumen. Gesammelte Gedichte. Ausgewählt und mit einem Nachwort von Rainer Weiss. st 3400. 128 Seiten
- Heimatkunde oder Alles ist heiter und edel. Besichtigungen. st 3111. 132 Seiten
- Liebe Not. Gedichte. es 1373. 79 Seiten
- Tristanakkord. Roman. Gebunden und st 3303. 240 Seiten
- Über die Schrift hinaus. Essays zur Literatur. es 2144. 241 Seiten
- Der Verlorene. Erzählung. Gebunden und st 3061. 176 Seiten
- Von Leib und Seele. Berichte. Englische Broschur und st 2924. 86 Seiten

Jamal Tuschick

- Kattenbeat. Roman in drei Stücken. es 2234. 180 Seiten
- Keine große Geschichte. Roman. es 2166. 200 Seiten

NF 229/9/2.02